FUSION FANTASTIC STORY

독토르 5
김준 판타지 장편 소설

초판 1쇄 찍은 날 § 2006년 6월 30일
초판 1쇄 펴낸 날 § 2006년 7월 10일

지은이 § 김준
펴낸이 § 서경석

편집장 § 문혜영
편집책임 § 최하나
편집 § 문정흠

펴낸곳 § 도서출판 청어람
등록번호 § 제1081-1-89호
등록일자 § 1999. 5. 31
어람번호 § 제1-0719호

주소 § 경기도 부천시 원미구 심곡1동 350-1 남성B/D 3F (우) 420-011
전화 § 032-656-4452 팩스 § 032-656-4453
http://www.chungeoram.com
E-mail § eoram99@chollian.net

ⓒ 김준, 2005

ISBN 89-251-0195-5 04810
ISBN 89-5831-883-X (SET)

DOKTOR

Contents

36

It's raining man 2

It's
raining man 2

비행선에서 뛰어내린 병사들과 드간트들에게서 펼쳐진 낙하산들이 하늘을 가득 메운 가운데, 그들이 목표로 삼은 폴리스는 혼란에서 벗어나지 못하고 있었다.

"으아아!"

"도망가!"

"무너진다!"

콰르릉! 콰릉!

건물의 벽이 무너지면서 불운한 병사들이 그 잔해에 깔려 비명을 질렀고, 제대로 대처를 하지 못한 채 우왕좌왕하는 병사들의 머리 위로 폭탄들이 계속 떨어져 내리고 있었다.

쉬우웅! 콰쾅! 쾅!

"으와악! 으아!"

포린트 병사들의 아우성 위로 카마인의 병사들이 낙하산에 의지한 채 떨어져 내리고 있었다.

"움직여! 움직여!"

"적은 소규모다! 우리가 유리해!"

"어서 움직여라! 적들이 완전히 자리를 잡기 전에 밀어내야 한다!"

카마인 병사들이 하늘에서 떨어져 내리자 상당수의 포린트 지휘관들이 방어를 하기 위해 부지런히 병사들을 지휘하기 시작했다. 하지만 폭격으로 인해 통신 체계와 조직이 와해되어 버렸기에 조직적인 반격이 쉽게 이어지지 않고 있었다. 마비된 통신으로 인해 지휘관들은 계급의 고하를 불문하고 주변에 있는 병사들을 그러모아 방어전을 펼치기 시작했다.

폭격의 기세를 타고 땅에 내려온 카마인 군 병사들도 급하기는 마찬가지였다. 처음 낙하할 때부터 병력의 집결이 쉽도록 자리를 잡고 낙하를 개시했지만 상당수의 병사들은 예상 지점에서 벗어나 착지했고, 더욱 불운한 병사들은 폭격으로 인해 불타오르는 건물 위로 떨어지거나 포린트 군 한복판으로 떨어져 버렸다. 전쟁이 벌어지기 한참 전부터 강훈을 해왔던 이들이지만, 막상 실전에 투입되니 여기저기에서 작은 혼란이 벌어졌다.

"움직여! 움직여!"

"황제를 잡아야 한다!"

포린트 군보다 조금 더 빨리 정비를 마친 카마인 군 병사들은 황궁을 향해 달리기 시작했고, 곧 황궁 근처에서 총격전이 벌어지기 시작했다.

탕! 타탕! 타타탕!

"막아! 막아!"

포린트의 황궁 방어병들과 근위대는 몰려오는 카마인 병력을 상대로 필사적인 저항을 하고 있었다.

"적들이 들어오지 못하게 막아!"

"조금만 더 버텨라! 지원이 곧 온다!"

방어를 맡은 병사들과 장교들은 그렇게 서로 고함을 치면서 카마인 군을 향해 방아쇠를 당겼다. 하지만 병사 개개인이 보유한 무장에서 생긴 전력 차이로 인해 포린트 군에게는 숨돌릴 여유조차 없었다.

콰앙!

"우와악!"

커다란 폭음과 함께 황궁의 한쪽 담이 무너져 내렸고, 파편과 연기를 피해 엎드린 포린트의 병사들은 가장 만나고 싶지 않은 상대가 나타났음을 알게 되었다.

"기간트다!"

무너진 담장을 통해 4대의 드간트가 황궁으로 들어서고 있었다.

"B그룹은 외곽을 맡은 병사들을 도와 밖에서 몰려오는 포린트 놈들을 막는다. A그룹의 알파와 베타는 나를 따라 안으로! 감마는 경계! 움직여! 황제를 잡아야 한다!"

"후아!"

신규 편성된 드간트 부대의 리더를 맡은 크리안의 명령에 따라 드간트들은 빠르게 움직였다. 20대의 드간트 중 8대는 황궁 바깥에 있는 시가지로 몸을 숨겼고, 12대의 드간트 중에서 8대는 일단의 병사들과 함께 황궁 안으로 깊숙이 들어섰다. 남은 4대는 2대씩 짝을 지어 중간 지점에 자리를 잡고는 상황을 살피기 시작했다. 황궁의 방어를 맡은 포린트의 병사들의 필사적인 저항에도 불구하고, 드간트가 진입하자 방어선은 뒤로 밀리기 시작했다. 잠시 후 황궁 안쪽에서 포린트의 기간트 3대가 모습을 드러냈다. 크리안은 신속히 명령을 내렸다.

"적이 나타났다! 드간트의 파일럿들은 아군이 적 기간트에 당하지 않도록 신경을 쓰도록! 정면 대결은 피해! 체급과 장갑에선 우리가 밀린다! 훈련대로 움직여! 우리가 가진 장점은 작지만 빠른 드간트와 강한 화력뿐이다! 로테를 흩뜨리지 말고 움직여라! 보병들은 우선 뒤로 피해!"

"후아!"

부하들의 함성을 확인하며 크리안은 부지런히 드간트를 조작했다. 조준경에 적 기간트가 포착되자 크리안은 주저없이 방아쇠를 당겼다.

쾅! 쾅! 쾅! 쾅!

드간트의 허리에 장착되어 있던 40mm캐논이 불을 뿜었지만 포린트의 기간트, 일명 '푸른 늑대' 의 유명한 중장갑은 별다른 피해를 보이지 않았다. 약간 주춤하다가 다시금 자신을 향해 돌진하는 포린트의 기간트를 본 크리안은 혀를 찼다.

"쯧! 전선에 있던 놈들보다 더 두껍군! 한스! 내가 홀린다! 잡아라!"

"후아!"

쾅!

크리안은 40㎜캐논의 탄창에 남아 있던 한 발을 자신을 향해 달려오는 기간트에 쏘고는 재빨리 옆으로 움직이기 시작했다. 크리안과 짝을 이룬 드간트 역시 약간의 거리를 두고 크리안의 뒤를 따라 움직이기 시작했다. 드간트의 작은 덩치와 스피드를 이용해 크리안은 교묘히 적 기간트를 유인했고, 크리안에게만 주의가 쏠린 상대는 자신의 뒤를 노리는 한스의 존재를 잊었다. 한스는 곧 그 기회를 잡았고, 상대는 부주의의 대가를 치러야만 했다.

파욱! 쾅!

쿠쿵!

한스의 드간트는 자신에게 등을 내보인 상대 기간트를 향해 G—파우스트를 발사했고, 등이 뚫린 포린트의 기간트는 땅에 쓰러졌다.

"잘했다, 한스! 다른 놈들을 돕는다! 움직여!"

"후아!"

크리안과 한스의 드간트는 곧 다른 드간트들을 돕기 위해 자리를 움직였다.

"으악!"

"젠슨! 조심해! 뒤다! 뒤다!"

"피해! 토미! 피해!"

"모두 등을 조심해라! 이놈들은 일기토를 할 의향이 없다!"

"비겁한 놈들!"

황궁의 제일 깊숙한 곳에서 포린트의 황제 에드먼드 2세는 통신구를 통해 들리는 기간트 파일럿들의 외침을 들으며 인상을 구기고 있었다. 그의 뒤에서는 황궁과 황도의 경비를 맡은 부대들로부터 오는 통신과 전언을 가진 전령들, 그리고 황제의 옆에 있는 장군들이 아래로 내려 보내는 명령서를 가진 전령들이 바쁘게 뛰어다니고 있었다.

"황도에 있는 우리 군의 기간트가 모두 몇 대요?"

"10대입니다, 폐하."

"지금 전투에 참가한 기간트는?"

"5대입니다."

"나머지는 어디에 있소?"

"폭격에 휘말렸습니다."

에드먼드 2세의 질문에 알빈 후작은 죽을죄를 지었다는 표정으로 대답했다. 둘의 대화가 이어지는 동안 통신구에선 비명이 울려 퍼졌다.

"으악!"

"젠슨! 젠슨!"

"필립도 당했다!"

"막아! 막아!"

통신구의 대화를 듣던 에드먼드 2세는 알빈 후작을 돌아보았다.

"이제 3대 남았구려."

"죄송합니다, 폐하."

포린트의 기간트 수가 줄어듦과 비례해 밖에서 들리는 총성과 고함 소리가 조금씩 가까워지기 시작했다. 옆에서 조용히 앉아만 있던 다우닝 공작이 알빈 후작에게 물었다.

"전선의 상황은 어떠하오?"

"전 전선에 걸쳐 카마인의 공세가 계속 이어지고 있습니다. 하지만 가장 강한 공세가 집중되는 곳은 왈 강 지역과 여기 킹스필드입니다."

"킹스필드라면?"

"바로 여기, 황도와 가장 빠른 길이 연결된 곳입니다."

"폐하, 드릴 말씀이 있습니다."

알빈 후작의 대답에 다우닝 공작은 에드먼드 2세의 앞에 무릎을 꿇고는 입을 열었다. 에드먼드 2세는 무표정한 얼굴로 손짓을 했다.

"말하시오. 단, 도망가라는 말이면 듣지 않겠소."

"새로운 기회를 찾기 위해서입니다, 폐하. 어서 움직이셔야 합니다."

에드먼드 2세의 경고에도 불구하고 다우닝 공작은 탈출을 권유했다. 그 말에 에드먼드 2세는 다우닝 공작을 노려보았다.

"아직 밖에서는 내 백성들이 나를 위해 목숨을 걸고 싸우고 있소. 그런데 지금 나보고 꼬리 만 개처럼 도망을 치라는 것이오?"

“그 백성들의 목숨을 헛되게 만들지 않기 위해서입니다, 폐하.”

“도망자가 된 황제를 백성들이 뭐라 생각할 거라 여기오?”

“그렇다고 여기서 제국의 역사를 닫을 생각이십니까? 폐하가 계셔야 제국이 있는 법입니다.”

공작의 말에도 불구하고 에드먼드 2세는 침묵으로 일관했다. 다우닝 공작은 다시 간청을 했다.

“폐하, 아직 제국 전체가 카마인의 손에 넘어간 것은 아닙니다. 제국의 땅은 넓고 폐하께 충성을 맹세한 백성은 많습니다.”

“폐하! 어서 몸을 피하시옵소서!”

다우닝 공작의 간청에 이어 알빈 후작도 탈출을 종용했고, 곧 다른 귀족들까지 가세해 탈출을 종용했다. 에드먼드 2세는 잔뜩 굳은 얼굴로 결론을 내렸다.

“좋소.”

“영명하신 결단입니다, 폐하.”

에드먼드 2세가 탈출을 결정하자 귀족들과 군 장성들은 부지런히 탈출을 준비했다. 다우닝 공작은 알빈 후작을 조용히 불렀다.

“난 여기 남겠네.”

“각하!”

기겁한 알빈 후작이 공작을 붙잡자, 공작은 알빈 후작의 손을 가볍게 토닥이며 미소를 지었다.

“아, 저놈들에게 백기를 내걸기 위해 남는 것은 아니네. 남아 있는 병사들을 다시 모아 싸울 생각이야. 절대 저놈들의 뜻대로 전황이 바뀌게 만들 순 없지. 안 그런가?”

"각하!"

공작의 말에 알빈 후작은 고개를 숙이며 눈물을 흘렸다.

"똘똘한 놈으로 몇 놈만 남겨놓게나."

"크흑! 알겠습니다!"

"놓쳤습니다!"

황제 일가와 고위 관료, 군 지휘관을 놓쳤다는 보고에 크리안과 강하부대 지휘관 딕트는 인상을 구겼다. 비어버린 대회의실을 살피던 딕트가 크리안을 돌아봤다.

"이런, 시간을 너무 오래 끌었나?"

"그런 듯합니다."

딕트의 물음에 크리안 역시 인상을 잔뜩 구긴 채 대답했다. 딕트는 테이블 위에 지도를 펼쳐 놓고 작전 계획을 다시 점검했다.

"이젠 우리가 버텨야 할 입장이군. 이봐! 지금 즉시 모든 병력을 황궁과 근처 거점으로 모이라고 전해! 보급품과 장비들도 황궁 안으로 옮기도록 하고!"

"알겠습니다! 따라와!"

딕트의 명령에 회의실에 들어와 있던 장교 하나가 부하들을 이끌고 밖으로 달려나갔다. 딕트는 크리안과 머리를 맞대고 의견을 나누었다.

"킹스필드에서 여기까지 250㎞, 위에서는 킹스필드를 점령하고 여기까지 오는 데 열흘이면 된다고 장담했지만, 자네, 그 말을 믿나?"

“글쎄요.”

크리안의 자신감없는 대답에 딕트는 턱을 쓰다듬었다.

“난 믿지 않네. 킹스필드에서 여기까지 오는 길에 거쳐야 할 모든 곳에서 ‘환영! 어서 오세요!’ 하는 현수막을 내걸고 아가씨들이 나와 꽃을 던지는 상황이 벌어지면 모를까, 열흘은 무리야.”

“그런 상황이 벌어져도 열흘은 무리입니다. 거치는 도시마다 연회를 벌이고 아가씨들과 노닥거리느라 말입니다.”

“푸훗!”

크리안의 농담에 딕트는 작게 킥킥거렸다. 잠시 웃던 둘은 곧 웃음을 가라앉히고 다시금 대화를 나누었다.

“내 예상은 빨라야 보름일세. 자네는 어떻게 생각하나?”

“저도 비슷하게 생각합니다. 포린트 군이 패주하지 않는 이상 보름이 아마 최고의 결과일 것입니다.”

딕트는 각종 기호와 주석으로 가득 찬 지도철과 작전 계획표, 진행 시간표를 옆으로 밀어 놓고는 옆에 대기하고 있는 장교에게 명령을 내렸다.

“통신을 준비하게.”

“알겠습니다.”

연락 장교가 부지런히 통신을 준비하는 동안, 딕트는 카리안과 함께 또 다른 지도를 펼쳐 놓았다.

“지금은 이놈들이 정신없지만 곧 우리를 잡아먹으려고 달려들 걸세. 다시 말하지만, 이제부턴 우리가 버텨내야 할 상황이야. 그나마 이놈들이 지도를 버리고 간 것이 도움이 되는군.”

　　딕트와 카리안은 황궁과 그 근처의 길, 건물들이 표시된 지도를 꼼꼼히 살피며 우선적으로 병력을 배치해야 할 지점들을 설정하기 시작했다.

　　그동안의 장기전에서 기력을 상실한 포린트 군은 카마인의 대공세에 맥없이 뒤로 밀리기 시작했다. 모든 전선에서 카마인 군은 공세를 벌였고, 전 전선에 걸친 카마인 군의 견제 공격에 발이 묶인 포린트 군은 북쪽에서 깊숙이 뚫고 들어오는 카마인 군의 공세를 제대로 막아내지 못하고 점점 길을 내주기 시작했다. 물론 상당수의 부대들은 분전을 거듭하며 카마인 군의 발을 잡으려 했지만, 카마인 군의 압도적 공세에 번번이 뒤로 밀릴 뿐이었다.

　　"현재 적의 진격은 어떠한가?"
　　"황도에서 130㎞ 떨어진 곳까지 진출했습니다."
　　깊은 산속에 설치된 임시 군막에서 에드먼드 2세는 전황을 보고받고는 인상을 구겼다.
　　"놈들의 공세가 시작된 지 이제 닷새째, 너무 심하게 밀리는 것 아닌가? 닷새에 80㎞나 밀리다니 말일세."
　　"병사들은 분전을 하고 있습니다만, 병력 차이가 너무 심한지라……."
　　"우리 병력은 어디에서 무엇을 한단 말인가!"
　　"전 전선에 걸친 카마인의 공세에 뺄 여력이 없습니다."
　　"끄응……."

알빈 후작의 답변에 에드먼드 2세는 앓는 소리를 했다. 전쟁이 장기전으로 빠져들면서 포린트와 카마인은 동시에 수렁에 빠져들었다. 하지만 제국이라는 칭호를 달았음에도 전 분야에 걸친 확연한 차이로 인해 포린트와 카마인은 아이와 어른이 동시에 물에 뛰어든 상황이 되어버렸다. 아이에겐 뜨기 위해 필사적으로 손발을 놀려야 할 수심이 어른에겐 여유가 있는 것처럼, 포린트는 한계점에 도달한 상황이었지만 카마인은 아직 여유가 있었다.

"병사들의 소집은 어떠한가?"

"우선 후방에서 병력을 모으고 있습니다만, 훈련이나 보급이 쉽지가 않습니다. 거기에 전선에서 예비병의 요청도 쇄도하고 있는 상황입니다."

"크레티스와 연결하라!"

알빈 후작의 보고를 들은 에드먼드 2세는 옆에 서 있는 마법사에게 버럭 소리를 질렀다. 부산하게 움직인 마법사가 연결한 수정구가 크레티스의 황제 루이 4세의 얼굴을 허공에 투영했다.

"안녕하시오?"

"안녕 못하오."

빙긋이 웃으며 안부를 묻는 루이 4세의 얼굴을 보며 에드먼드 2세는 으르렁거렸다. 얄미운 미소를 짓는 루이 4세의 얼굴을 보면서 에드먼드 2세는 부들부들 떨리는 주먹을 감싸 쥐며 따졌다.

"왜 약속을 지키지 않는 것이오? 우리와 함께 행동을 같이하기로 한 약속을 잊은 것이오!"

"아, 잊지 않았소."

쾅!

"그럼 왜 카마인을 치지 않는 것이오!"

주먹으로 테이블을 내려치며 따지는 에드먼드 2세의 반응에 루이 4세는 미안하다는 몸짓을 하며 대답했다.

"우리에게도 문제가 있소이다. 지난 전쟁으로 인해 변경된 국경선이 문제지요. 카마인을 치려면 도강을 해야 하는데 쉽지가 않소. 아, 도강이 문제가 아니라 도강 후 교두보를 확보하기가 쉽지가 않다는 것이 문제지요."

"그렇다고 그렇게 손가락만 빨고 있을 것이오!"

"아, 그렇지는 않소. 귀국에 대한 카마인의 공세 소식을 들은 즉시 병력을 귀국으로 보내라고 명령을 내렸소. 보름 후면 10만의 병력이 귀국에 도착할 것이오. 설마 포린트 제.국.이. 보름도 견디지 못할 나라는 아니겠지요?"

"끄응……."

루이 4세의 비아냥에 에드먼드 2세는 제대로 대답하지도 못하고 앓는 소리만을 내야 했다.

"보름 후에 10만이 동시에 도착하는 것이오?"

"아니오. 10일 후에 4만이 1진으로 도착할 것이오. 도착지는 전과 같은 곳이오."

"알겠소. 지원, 감사하오. 좋은 소식을 기다리리다."

"걱정 마시오."

그렇게 통신이 끝나자마자 에드먼드 2세는 거친 몸짓으로 의자에서 일어나 뒤쪽의 선반으로 걸어갔다. 시종의 손길을 뿌리치고 술병을 손에 쥔 에드먼드 2세는 거칠게 술을 들이켰다.

"젠장! 젠장! 빌어먹을!"

"폐하!"

알빈 후작이 다급히 말렸지만, 에드먼드 2세는 그의 손길을 뿌리치고는 계속 술을 들이켰다. 순식간에 반병의 술을 마신 에드먼드 2세는 숨을 몰아쉬고는 알빈 후작을 돌아봤다.

"알빈 후작, 지금 즉시 크레티스에서 보낸다는 10만 병력의 지휘권을 인수할 준비를 하시오. 선심을 썼으니 감사히 받아야겠지. 하지만 지휘권은 우리가 쥐고 있어야 하오."

"알겠습니다, 폐하."

"그리고 여러분들은 새로이 편성되는 병력들의 훈련과 배치, 보급에 만전을 기하도록 하시오."

"알겠습니다, 폐하."

"어서들 나가보시오."

에드먼드 2세의 말에 신하들은 부지런히 밖으로 몰려 나갔고, 홀로 남은 에드먼드 2세는 다시금 술병을 입에 댔다.

"멍청이."

통신을 끝낸 루이 4세는 에드먼드 2세의 표정을 회상하며 짧게 촌평을 내렸다. 루이 4세의 뒤에 서 있던 각료들도 고개를 끄덕이며 동감을 표시했다. 회의실로 돌아오며 루이 4세는 파이퍼에게 물었다.

"정보는 적당히 흘리고 있겠지?"

"예, 폐하. 5만 정도의 병력이 포린트로 흘러들어 갈 것이라는 소문이 퍼지도록 만들어놨습니다."

"좋아. 저 둘이 좀 더 서로 물고 물려야 해. 우리 군의 준비 상태는 어떠한가?"

크레티스 군의 준비 상태를 묻는 질문에 파이퍼의 얼굴이 굳어졌다.

"준비는 다 끝났습니다만……."

"만?"

파이퍼의 묘한 대답에 루이 4세는 걸음을 멈추고는 몸을 돌려 파이퍼를 노려보았다. 점점 날카로워지는 루이 4세의 눈초리에 파이퍼는 설명을 덧붙이기 시작했다.

"카마인의 태세가 장난이 아닙니다."

"상당수의 병력이 빠져나간 것으로 아는데?"

"중요 전략 지점의 병력은 더욱 강화되었습니다. 그리고……."

"그리고?"

"엘프들의 움직임이 관측되었습니다."

"엘프들이?"

"그렇습니다. 카마인 내부에 거처가 있는 엘프들의 상당수가 카마인을 돕고 있는 것으로 보고되었습니다."

"아~ 그랬었지, 그랬었어."

파이퍼의 보고에 루이 4세는 자신의 이마를 톡톡 두드리며 고개를 끄덕였다. 루이 4세는 다시금 걸음을 옮기며 골똘히 생각했다. 회의실로 들어서서 자리에 앉은 루이 4세는 회의실 전면에 붙어 있는 지도를 뚫어지게 쳐다봤다. 한참 동안 지도를 보면서 생각하던 루이 4세는 입을 열어 파이퍼에게 물었다.

"우리 제국에도 엘프들이 있지 않나?"

"약 1만가량이 살고 있습니다."

"많이도 사는군. 우리도 그들을 써먹어볼까?"

"문제가 많습니다."

루이 4세의 의견에 슈타시가 부정적인 답변을 했다. 설명을 요구하는 루이 4세의 눈길에 슈타시가 좀 더 자세하게 설명하기 시작했다.

"지난 전쟁의 단초가 되었던 것이 제국의 귀족들과 엘프들의 충돌이었습니다."

"그 옛날이야기 때문에 안 된다는 것이오?"

"엘프들에겐 옛날이야기가 아니지요. 그들에겐 얼마 전에 일어난 일일 따름입니다."

"흐음……."

"그리고 더욱 문제가 되는 것은 우리 제국 내부에 사는 엘프들과 카마인에 사는 엘프들이 연결되어 있을 가능성이 매우 높다는 것입니다. 잘못하면 우리의 일거수일투족을 우리 손으로 카마인에 알려주는 상황이 생길 수 있습니다."

"차단은 안 되나?"

"힘듭니다. 엘프들만의 소리 신호와 마법 통신을 차단하기는 어렵습니다."

"엘프들의 거주지로 통하는 통로 자체를 막는다면?"

"엘프들에게는 '엘프들의 길'이 있습니다."

슈타시의 답변에 루이 4세는 턱을 괴고 앉아 손가락으로 뺨을 톡톡 두들기며 생각에 잠겼다. 루이 4세가 자신만의 생각에 잠겨 침묵에 빠져 있을 때, 조용히 앉아 있던 티스만이 입을 열었다.

"저어, 우리도 엘프들을 이용하는 것이 어떻습니까?"

티스만의 발언에 회의실에 앉아 있던 모든 이들의 시선이 티스만에게 집중되었다. 루이 4세는 바로 티스만에게 관심을 향했다.

"좀 더 설명을 해보게."

"우리도 카마인처럼 엘프들을 이용하는 것입니다. 카마인의 모든 분야에서 엘프들과 드워프들이 차지하는 비중은 상당합니다. 특히 우리가 제일 목표로 삼는 경제와 국방 분야에서 이 두 종족이 차지하는 비중 또한 매우 큽니다. 마찬가지로 우리들도 제국에 있는 엘프들을 이용하자는 것입니다."

"무리입니다. 지난 역사 내내 우리 제국과 엘프들은 잦은 충돌을 일으켰습니다. 지금 와서 우리가 손을 벌린다 해도 엘프들이 얼씨구나 하면서 마주 잡을 것이란 희망은 없습니다."

티스만의 의견을 들은 슈타시가 곧장 반론을 내놓았다. 하지만 티스만의 재반론도 바로 이어졌다.

"충돌이 없었던 시간이 더 깁니다. 반복된 충돌의 원인을 살피면 반드시 해법이 있소이다."

"호오~ 해법이라? 설명해 보게."

루이 4세의 말에 티스만이 잠시 숨을 가다듬고 말을 이어갔다.

"잘 아시다시피 지난 역사에서 반복적으로 일어난 엘프들과 제국의 충돌은 몇몇 아둔한 자들의 욕심으로 인한 것이었습니다. 즉, 몇

몇 문제아들이 자신들의 비정상적인 욕구를 충족시키기 위해 엘프들에게 무력을 사용했고, 그 결과 제국과 엘프들이 충돌을 일으킨 것입니다. 이런 일이 발생할 때마다 선제들은 분란을 일으킨 이들에게 징계를 내리시고, 엘프들에게는 사죄와 보상을 해오셨습니다. 문제는… 이런 일이 한 번이 아니라 약 3대 간격으로 벌어졌던 것이 문제이며, 이것이 제국 내에 존재하는 엘프들과 제국이 벌어진 이유입니다."

"그렇다면 해법은?"

"당근과 채찍입니다. 여태까지 제국은 제국 내부에 거주하는 엘프들에게 무관심으로 일관해 왔습니다. 하지만 이제부턴 엘프들도 제국의 한 부분으로 집어넣는 것입니다. 제국에서 그들의 권익을 보장하는 대신 그들에게도 제국을 보호해야 할 의무를 주는 것입니다."

"그들이 쉽게 응하리라 보는가?"

"응하게 만들어야지요. 어차피 그들도 제국과의 교역이 없으면 곤란하기는 마찬가지입니다. 그들에게 확실한 안전을 법률로 보장하는 대신, 지금까지 민간 부분에서 이뤄지던 교역을 정부에서 맡는 것입니다. 엘프들에게는 고정적인 물량의 교역을 보장함과 동시에 정치적 권리를 주는 대신 그들에게서 필요한 것을 확실하게 받아내자는 것이지요."

"만약에 그들이 반대한다면? 우리의 제안을 거부하고, 카마인에 있는 동족들에게로 가버린다면 어떻게 할 것이오?"

"이주할 생각이 있었다면 이미 예전에 갔을 것입니다. 엘프들의 자존심은 인간들에게만 강한 것이 아닙니다."

티스만의 설명에 루이 4세는 손가락으로 뺨을 두들기다 질문을 했다.

"우리가 각종 특혜를 내밀었음에도 엘프들이 거부한다면?"

"박멸해야 합니다. 더 이상 제국 내부에 걸림돌이 되는 존재들을 그냥 놔둘 수는 없습니다. 여태까지와 달리 제국의 전력을 투입해 박멸해야 합니다."

"카마인이 가만히 있을까?"

"카마인은 지금 움직일 수 없습니다. 포린트에 손이 묶인 상태에서 우리까지 상대할 여력은 없습니다."

확인을 요청하는 루이 4세의 눈길에 파이퍼가 대답했다.

"확실히 카마인이 우리와 전면전을 벌일 능력은 없습니다. 국경선과 그 후방에 상당수의 병력이 유지되고 있지만, 공세를 벌이기에는 부족한 병력입니다."

"하지만 인간들은 그렇다 쳐도, 저 국경선 여기저기에 숨어 있는 엘프와 드워프들의 전력도 만만치 않은 수 아닌가?"

"우리가 방어를 하고자 마음먹으면 저들 역시 손을 쓸 수 없습니다."

"그렇다면 우리가 이번 전쟁에 참여하지 않고 방어에만 신경 쓰면서 제국 내부에 있는 엘프들을 쓸어버리는 것이 가능하다는 것인가?"

"가능합니다."

"흐음……."

파이퍼의 답변을 듣고 난 루이 4세는 다시금 생각에 빠져들었다. 그런 루이 4세에게 티스만이 다시금 자신의 의견을 피력했다.

"이번 전쟁에 우리 제국이 끼어드는 것은 별다른 이익이 없습니다. 병력은 준비되었습니다만, 그 뒤를 받쳐 줄 산업 능력은 아직 제 궤도에 오르지 못하고 있습니다. 차라리 이 기회를 이용해 모자란 부분을 채워 나가야 합니다. 포린트에 대한 공작을 강화해 유용한 기술 인력을 빼냄과 동시에 제국에 있는 이종족들을 확실히 이용해야 합니다."

"경의 의견은 지금이 우리가 카마인에게 당한 치욕을 갚을 기회가 아니라는 것인가?"

"부족한 저의 소견으로는 그렇습니다. 지금은 기회가 아닙니다."

"그 이유는?"

차가워진 루이 4세의 물음에 티스만은 잔뜩 긴장한 모습으로 대답했다.

"카마인과 포린트의 싸움에서 보셨듯이 이제 전쟁에서는 국가의 모든 능력을 다해 충돌을 해야 합니다. 하지만 아직 우리 제국은 전선을 뒷받침할 뒷심이 부족합니다."

"카마인은 이미 포린트에 손이 묶여 있지 않나? 그것은 경도 인정한 사실일 텐데?"

"하지만 카마인의 공장은 지금도 잘 굴러가고 있습니다. 반대로 포린트는 산업 시설까지 날아가 버려 점점 숨이 차오르고 있고 말입니다. 승기는 이미 카마인에게 넘어갔다고 보셔야 합니다."

"하지만 우리에겐 잘 훈련된 40만의 병력이 있네. 그리고 30만을 추가로 동원할 수 있고 말이지."

"숫자상으로는 그렇습니다만, 문제는 그 30만을 무장시킬 산업 시설의 문제입니다. 지금의 경제력으로는 30만을 추가로 무장시키는 데 걸리는 시간이면 카마인은 50만을 무장시킬 수 있습니다."

"지금 내가 제위에 오른 지 몇 년이나 흘렀는지 아는가? 그 긴 시간 동안 힘을 쏟았는 데도 그렇다는 것인가?"

"그전에 이미 카마인은 우리보다 앞서 나가고 있었다는 사실을 생각해 주십시오, 폐하."

루이 4세가 잔뜩 분노해 있음에도 불구하고 티스만은 자신의 의견을 관철시키기 위한 노력을 필사적으로 계속했다. 상황을 보고만 있던 슈뢰더가 조용히 손을 들어올렸다.

"폐하, 제게 말할 기회를 주시겠습니까?"

"말하라."

"저로서는 티스만 장관님의 의견에 찬성을 합니다. 제국의 기술력은 이제 겨우 포린트를 따라잡은 정도입니다. 아직 카마인과 붙기엔 능력이 부족합니다. 게다가 우리 군은 이번 전쟁에서 카마인이 보여준 하늘로부터의 공격에 대한 방어력이 없습니다."

"비행선을 말하는 것인가?"

"그렇습니다. 비행선의 공격으로 날아간 포린트의 산업 단지들과 지금도 전투 중인 포린트의 수도를 보십시오. 이것에 대한 방비를 세우기 전엔 카마인과의 충돌은 절대 불리입니다."

"그 비행선 부대는 이미 포린트 전선에 박혀 있소."

"하지만 그들은 빠른 속도로 날아올 수 있습니다. 극과 극인 전선이라지만, 우리가 카마인 국경에서 허비할 시간이면 그들에겐 충분한 시간이 됩니다.”

슈뢰더의 말에 파이퍼가 반론을 폈지만 이어진 슈뢰더의 말에는 입을 다물 수밖에 없었다.

“결론은 무리란 것인가? 허어~ 여태까지 내가 무엇을 해왔는지 허탈하구만.”

“망극합니다, 폐하.”

“망극합니다, 폐하.”

루이 4세가 허탈해하자 자리에 있던 신하들은 모두 머리를 조아리며 사죄를 청했다. 루이 4세는 손을 내저었다.

“아니오. 단지 이번이 절호의 기회라고 여겼는데, 그것이 아니라니 좀 분할 따름이오.”

여전히 허탈해하는 루이 4세를 보면서 슈뢰더가 다시금 입을 열었다.

“기회는 기회입니다. 하지만 전쟁을 할 기회는 아닙니다.”

“기회는 기회지만 전쟁의 기회는 아니라?”

“그렇습니다, 폐하. 이번 전쟁으로 포린트는 물론이고 카마인 역시 큰 손실을 입을 것입니다. 물론 카마인의 산업 시설은 멀쩡하지만, 인명 손실과 금전적 손실은 쉽게 메울 수 있는 성질의 것이 아닙니다. 우리 제국에겐 이것이 기회입니다. 카마인의 발이 멈추고 있을 순간에 우리는 그들과의 격차를 메울 수 있을 것입니다. 이 기회를 잘만 살린다면, 우리에겐 승전 이상의 큰 이득을 가져올 수 있을 것입니다.”

슈뢰더의 말을 조용히 듣고만 있던 루이 4세는 잠시 생각을 하다가 입을 열었다.

"경들의 의견은 잘 들었소. 내 좀 더 생각해 볼 터이니 내일 다시 이야기합시다. 우선 포린트로 보내는 용병 건에 대해서는 확실하게 마무리를 짓는 것으로 오늘 일은 끝냅시다. 수고하셨소."

"감사합니다, 폐하."

신하들이 인사를 하고 밖으로 나가자 회의실에 홀로 앉은 루이 4세는 한숨을 내쉬었다.

"후우~ 세상일이라는 것이 내 뜻대로 되는 것이 하나도 없군."

그 후로 일주일 동안 루이 4세의 신료들은 엘프들과의 문제와 참전 문제로 격론을 벌였다.

"엘프들이 과연 우리의 말을 들을 것이라고 보오!"

"시간과 정성을 투자한다면 들을 것입니다!"

"시간? 얼마나? 인간들보다 압도적으로 긴 수명을 자랑하는 엘프들이오! 적어도 10년은 들여야 하는데, 10년이 적은 시간입니까?"

"그렇다고 뱃속에 칼을 삼킨 채 있을 수는 없지 않습니까!"

"엘프들을 상대로 시간 낭비를 벌인다면 호기를 놓칠 수 있소이다!"

"지금은 카마인과 전쟁을 벌일 때가 아닙니다!"

"우리는 반드시 이길 수 있소!"

"반드시 집니다!"

"우리 군의 준비 상태를 허투루 보지 마시오!"

"그 군의 무장과 보급을 하는 것이 내 일이오! 그래서 안 된다는 것이오!"

파이퍼와 슈타시, 티스만과 슈뢰더는 서로의 의견을 계속 반박하면서 논쟁을 벌였다. 한참 동안 격론을 벌이던 두 진영은 루이 4세에게 자신들의 의견을 계속 주장했다.

"폐하! 이번이 호기입니다. 물론 우리 군의 장비가 카마인에 비해 열악한 것은 사실이오나, 카마인은 지금 포린트에 묶여 제대로 움직이지 못하고 있으며, 그 상태를 유지하기 위해 지금도 공작을 계속하고 있습니다. 이번 기회를 놓쳐서는 아니 됩니다! 시간이 없습니다!"

"아닙니다, 폐하! 지금의 기회는 오히려 함정이 될 수도 있습니다! 대륙 전체에서 가장 많은 인구와 가장 넓은 영토, 가장 발달한 기술과 경제력을 보유한 나라가 카마인입니다. 아직 카마인이 본전을 다 꺼낸 것이 아닙니다! 현재 우리 군의 장비는 카마인에 비해 열악하며, 그 뒤를 받쳐 줄 산업과 기술 기반도 제자리를 잡지 못하고 있습니다. 아직은 은인자중해야 할 때입니다! 차라리 이 기회에 포린트에서 우리가 필요한 것을 빼오는 것과 이종족들을 우리의 전력으로 하는 것에 힘을 기울여야 할 때입니다!"

다람쥐 쳇바퀴 돌듯 반복되는 격론에 루이 4세는 인상을 구겼다. 양쪽이 다 틀린 의견이 아니었기에 어느 한쪽의 손을 쉽사리 들어주지 못하는 상황에 루이 4세는 골치가 지끈거리고 있었다. 손을 들어 설전을 벌이는 신료들을 조용히 시킨 루이 4세는 슈타시에게 물었다.

"카마인의 내부 상황은 어떠한가?"

"강화된 방첩망으로 인해 정확하게 결론을 내릴 수는 없지만, 아직 결속력은 유지하고 있는 것으로 파악되고 있습니다."

"포린트의 상황은?"

"황도가 넘어간 것으로 인해 백성들의 흔들림이 점점 커져 가고 있으며, 사회 전 분야에 걸쳐 피로 증상이 나타나기 시작했습니다."

"그럼 우리 상황은 어떠한가?"

루이 4세의 마지막 질문에 슈타시는 잠시 멈칫하더니 대답을 했다.

"참전을 해야 한다는 쪽과 반대하는 쪽이 격론을 벌이고 있습니다만, 약간의 힘만 실어주면 우매한 백성들은 참전에 찬성을 할 것입니다."

"자네, 자네가 말한 그 우매한 백성을 이끌고 전쟁을 해야 한다는 것을 잊었나? 내부에서조차 단합이 안 된 상황에서 도박을 하자는 것인가!"

루이 4세의 노호에 슈타시는 다급히 그에 대한 대답을 했다.

"반대를 하는 쪽은 소수입니다! 거기에 많은 백성들은 지난 전쟁에서 카마인에게서 받은 치욕을 씻을 기회를 바라고 있습니다! 백성들은 항상 다수에 끌리는 법입니다!"

"그렇다 치고, 그럼 반대를 외치는 이들은 주로 어떤 이들인가?"

"그들은……."

"말하라!"

"상공업인들이 상당수를 차지하고 있습니다."

슈타시의 대답을 들은 루이 4세는 이를 악문 채 되물었다.

“그러니까, 전쟁을 해야 할 우리 군의 보급을 책임져야 할 이들이 반대를 하고 있는 데도 약간의 ‘힘’만 실어주면 된다는 말이 나오나? 우리가 상대해야 할 이들은 아직 단단히 뭉쳐 있고, 쳐야 할 우리는 여기저기 금이 간 상황이 호기라는 것인가?”

“어차피 그들 역시 우리의 백성입니다! 폐하의 뜻이 정해지신다면 그들은 따라올 수밖에 없습니다! 폐하! 지금의 호기를 놓치시면 안 됩니다, 폐하!”

루이 4세의 질책이 섞인 물음에도 슈타시는 끝까지 참전을 주장했다. 루이 4세는 한숨을 쉬고는 손을 밖으로 저었다.

“좀 생각을 해봐야겠소. 오늘은 이만 합시다. 아, 용병군의 상황은 어떠하오?”

“현재까지는 무사히 순항 중이라고 합니다.”

“정보 공작은?”

“중립국 상인을 통해 흘러들어 가게 만들어놨습니다. 카마인에서는 5만으로 알 겁니다.”

“한 방 먹겠군.”

“그러니까 이번에 참전해야 합니다, 폐하! 기회를 놓치시면 안 됩니다!”

“생각해 본다고 하지 않았소! 나가보시오!”

다시금 참전을 강조하는 슈타시를 향해 루이 4세가 역정을 내자, 신하들은 분분히 인사를 하고 밖으로 나갔다. 홀로 남은 루이 4세는 머리에 쓰고 있던 왕관을 벗어서 왕관 한가운데에 보석으로 치장된 크레티스 제국의 문장을 쓰다듬으며 한숨을 쉬었다.

다음날, 신하들은 다시금 회의실에 모여들었다. 참전과 관망으로 나뉜 신하들은 다시금 설전을 벌일 분위기를 다잡으며 루이 4세를 기다렸다. 잠시 후 회의실로 들어선 루이 4세는 밤을 새워 고민을 했는지 붉은 핏줄이 드러난 눈으로 신하들을 바라봤다. 조용히 신하들을 쳐다보던 루이 4세는 느릿하게 입을 열었다.

"결론을 내리겠소. 우리는 이번에 끼어들지 않소."

"폐하!"

루이 4세의 결론을 들은 슈타시와 파이퍼가 대경하며 그를 불렀지만, 루이 4세는 손을 들어 둘을 제지하며 입을 열었다.

"나 또한 매우 아깝소. 하지만 말이오. 우리 제국이 아직 준비가 덜된 것은 사실이오. 좀 더 확실한 승리를 위해서 이번에는 참읍시다."

"폐하! 이길 수 있습니다! 재고해 주십시오!"

파이퍼가 간절하게 결정을 번복하길 바라고 외쳤지만 루이 4세는 자신의 결정을 번복하지 않았다.

"내 한 가지만 묻겠소. 이번 전쟁에 참가한다면 한 달, 아니, 길어야 석 달 이내에 끝낼 자신이 있소?"

"……."

루이 4세의 물음에 파이퍼는 조용히 입을 다물었다.

"지난 일주일 동안 밤을 새워가며 관련 서류들을 다시 다 검토해 보았소. 그래서 내가 내린 결론은, 만약 참전을 한다면 우리 역시 장기전을 각오해야 한다는 것이었소. 아쉽게도……."

말을 끊은 루이 4세는 고통에 찬 표정으로 창밖을 바라보았다. 천도 이후 이제는 완전히 수도로 자리잡은 시가를 바라보면서 루이 4세는 한숨을 쉬었다.

"후우~ 아쉽게도 아직 우리의 역량이 따라주지 못하오. 이번엔 포기합시다."

"폐하!"

"죄송합니다, 폐하!"

루이 4세의 고통을 아는 듯 신하들 역시 비통한 목소리로 용서를 청했다. 루이 4세는 손을 내저어 신하들의 외침을 잠재운 다음, 마지막 결론을 내렸다.

"티스만 경, 엘프들을 우리 쪽으로 끌어들이는 작업을 최대한 빨리 시행하시오. 만약 엘프들이 우리와 손을 잡지 않으려 한다면, 미련을 두지 말고 제국 내 모든 엘프들을 박멸하시오. 또한 박멸을 해야 한다면 카마인이 여력을 되찾기 전에 끝내도록 하시오. 그렇게 된다면 카마인은 손을 쓸 수가 없고, 카마인 내부의 엘프들과 카마인 사이에 금이 갈 것이오. 아시겠소?"

"제 목숨을 걸고 반드시 성공시키겠습니다."

"그리고 슈뢰더."

"예, 폐하."

"제국의 기술력 배양에 모든 노력을 다하시오. 마법사, 학자, 기술자, 상인 등 관련된 모든 이들에게 할 수 있는 모든 지원을 다해 적어도 5년 이내에 포린트를 추월할 수 있도록 하시오. 필요하다면 슈타시

경에게 협조를 요청해서 반드시 목표를 완수하시오."

"신명을 다 바치겠습니다."

"파이퍼 경, 경은 제국의 군대를 다시 한 번 더 강화시키시오. 이번 전쟁에서 포린트와 카마인이 쓰는 각종 신무기들과 장비들을 최대한 분석해서 그 대응책을 찾아내시오."

"반드시 완수하겠습니다."

"슈타시 경, 경의 임무가 제일 크오. 모든 조직을 다 가동시켜서 슈뢰더와 파이퍼의 일을 도우시오. 뇌물을 쓰든 미인계를 쓰든 하다못해 납치와 협박을 해서라도 슈뢰더와 파이퍼가 필요하다고 하는 정보와 인력을 구하시오."

"반드시 성공시키겠습니다."

"지금 당장 실행하시오."

"알겠습니다, 폐하."

루이 4세의 명령에 대답을 한 신하들은 빠른 걸음으로 회의실을 빠져나갔다. 회의실에 홀로 남은 루이 4세는 한숨을 쉬었다.

"카마인에 내전이 벌어졌을 때, 아바마마가 결심을 하셨어야 했어. 그때가 기회였거늘……. 앞으로 또 얼마나 기다려야 할까?"

크레티스 황실에서 그런 격론이 벌어지는 동안, 카마인 역시 빠른 걸음으로 움직이고 있었다. 준비해 두었던 예비 전력을 동원한 공세로 전선에 돌파구를 뚫은 카마인은 통로를 유지하면서 포린트의 목을 죄기 위해 숨이 가쁘게 움직였다.

"어때? 보급에는 이상이 없겠나?"

서부 전선 총사령관을 맡은 엘레판트는 틈만 나면 독토르와 테레사를 찾아와 보급 문제를 체크했다.

"침공군이 철도를 확보한 덕택에 수송에는 큰 차질이 없습니다. 철도를 무사히 손에 넣은 것이 행운이었습니다."

"아직도 포린트에 합병된 옛 왕국을 조국이라고 생각하는 현지민들이 많았기에 가능한 일이었지. 예상 밖이었어."

포린트에 병합된 리튜사 지역 주민들은 카마인이 쳐들어오자마자 재빨리 카마인을 도와 포린트 군을 압박하기 시작했다. 전력에서는 큰 도움이 되지 않는 이들이었지만, 현지의 모든 상황을 자세히 파악하고 있는 이들로 인해 처음 계획했던 것만큼의 진격 속도를 달성할 수 있었다. 그 결과, 테레사가 '마켓가든 작전의 판타지 버전'이 될 가능성이 높다고 우려했던 작전의 성공 확률이 비약적으로 높아진 상태였다. 독토르에게서 긍정적인 답변을 들은 엘레판트는 곧 진짜 안건을 꺼내었다. 엘레판트는 부관이 들고 있던 가방에서 한 개의 목재 홀스터를 꺼내 들었다.

"이거 자네 작품이지?"

"어디서 구하셨습니까?"

"어떻게 돌고 돌아 구하게 되었지. 이거 명품이더군."

엘레판트는 홀스터에서 권총을 뽑아 들고는 권총 아래쪽에 홀스터를 끼워 넣었다.

"홀스터가 개머리판의 역할을 하고, 방아쇠 앞쪽에 10발들이 탄창을 끼운다. 탄창 교환도 매우 쉽고, 공간이 좁은 참호전에서도 충분한 위력을 발휘할 수 있는 명품이더군."

"칭찬 감사합니다."

엘레판트의 극찬에 독토르는 기분 좋은 미소를 지으며 고개를 숙였다. 테이블 위에 권총을 내려놓은 엘레판트는 본론을 꺼내었다.

"실은 이 피스톨을 전군에 보급하고 싶은데 말이야……."

엘레판트가 본론을 꺼내자 독토르는 턱으로 테레사를 가리켰다. 엘레판트가 자신을 바라보자 테레사는 펜을 내려놓으며 입을 열었다.

"기각합니다."

"아~ 왜~"

엘레판트가 칭얼(?)거리자 테레사는 그 이유를 설명했다.

"이미 군에는 충분한 수의 피스톨이 보급되어 있고, 피스톨용의 전용 탄환 재고도 넘칩니다."

"구경은 같잖아!"

테레사의 짧은 답변에 엘레판트가 반발을 했지만, 독토르가 부연 설명을 했다.

"구경은 같아도 탄환, 정확히는 탄피의 모양이 다릅니다. 군용 제식 피스톨의 탄환은 이 피스톨에 상용할 수 없습니다. 새로이 생산해야 합니다."

"하면 되잖아!"

엘레판트가 다시 칭얼(?)거리자 테레사가 짧게 물었다.

"제국에 돈이 남아돕니까?"

"권총 몇 자루를 못 만들 정도로 가난하지는 않네."

"기존의 권총을 대체하기 위해서라면 적어도 천 단위가 넘어갑니다.

그리고 새로이 만들어서 공급해야 할 탄까지 생각해 보시지요.”

“가격을 낮출 방법은 없나?”

엘레판트의 말에 테레사는 기도 안 찬다는 표정을 지으며 대답했다.

“지금도 생산 업체들은 생존하기 위한 최소한의 이익만을 받으며 군에 필요한 장비들을 생산하고 있습니다. 그런 상황에서 또다시 희생을 강요하시는 것입니까?”

“국가가 국민을 보호하기 위해 전쟁을 하고 있는데 국민들도 희생을 감수해야 하는 것 아닌가? 그리고 단지 권총의 신규 생산을 이야기한 것뿐인데 너무 과민반응 아닌가?”

“지금도 국민은 막대한 출혈을 감수하고 있습니다. 가정을 책임지고 있는 가장과 제국의 내일을 젊은이들이 전선에서 죽어가고 있습니다. 학교에서 지식을 배워야만 하는 학생들이 공장에서 기계를 만지고, 펜 대신에 총을 들고 있습니다. 가족들이 먹을 맛있는 음식을 준비해야 할 여성들이 한 사람의 생명을 죽일 수 있는 탄환을 만들고, 아버지가, 아들이, 오라버니가, 남동생이 전선에서 입을 군복을 만들고 시체에 입힐 수의를 만들고 있습니다. 이 상황에서 더 희생하란 소리입니까? 지금 상황은 단 한순간이라도 보급이 멈추면 성공 자체가 힘든 상황입니다. 사용할 사람이 한정된 권총의 신규 공급이 아니라 전선의 병사들이 사용할 무장과 장비의 보급에 더욱 만전을 기해야 할 상황입니다.”

“알겠네, 알겠어.”

엘레판트는 마침내 테레사에게 백기를 내걸고 항복했다. 테레사의 신랄한 비판이 이어지는 동안 모든 행동이 멈춰져 있던 사무실도 그제야 다시금 움직이기 시작했다. 그 순간, 여러 개의 결재 서류를 들고 들어오던 아인은 사무실 안에 흐르는 싸한 분위기에 서류를 받아 챙기는 독토르에게 조용히 물었다.

"무슨 일이야?"

"그것이……."

독토르는 작은 목소리로 조용히 사태를 설명했고, 정황을 들은 아인은 고개를 끄덕이더니 큰 목소리로 한마디를 했다.

"당연한 소리 했네. 누군 땅 파서 먹고사는 줄 아나?"

아인의 말에 사무실은 다시금 조용해졌고, 사무실 안에 있던 모든 이들의 시선이 아인에게로 집중되었다.

"아, 왜? 내가 뭐 틀린 말했어?"

자신에게 집중된 시선이 부당하다고 외치는 아인의 말에 독토르가 머리를 긁적이며 대답했다.

"틀리지는 않았지만, 드워프인 네가 그렇게 말하니까 좀 그러네."

"……."

[재기동 19,200일.

'Show me the money!'

전쟁은 돈질이다. 지구의 역사를 빽빽이 메운 그 수많은 전쟁에서 나온 결론은 이 단 한 문장이다.]

아침 해가 밝아오는 폴리스.

"오늘로 며칠이나 지났지?"

"일주일째입니다."

포위 아닌 포위를 당한 상태에서 부대를 지휘하던 딕트는 옆에 서 있는 크리안에게 지친 목소리로 물었다. 그러자 크리안 역시 피곤에 찌든 목소리로 대답했다. 그의 대답에 딕트는 까칠한 수염을 쓰다듬으며 툴툴거렸다.

"있는 대로 당겨도 사흘은 더 기다려야겠군."

"착실하게 온다면 말이지요."

"어디 보자… 이놈들도 끈질기게 버티는군. 징한 놈들이야."

"그 말은 저들이 우리에게 할 말 아닐까요? 지금은 우리가 버티는 상황 아닙니까?"

"버티는 것은 아니지. '방어적 공세'가 더 낫지 않을까?"

"어울리는 말은 아니라고 봅니다만……."

지도를 보면서 현재의 전황을 살피며 둘은 실없는 대화를 이어가고 있었다. 황궁과 주위의 건물을 거점으로 카마인 군은 포린트 군과 시가전을 벌이고 있었다. 첫 공수 작전에서 상당수의 포린트 군 방어 거점이 날아갔고, 기간트 역시 전파된 상황이었기에 카마인 군의 점령은 수월하게 이루어졌다. 하지만 곧 태세를 정비한 포린트 군은 카마인 공수부대를 제압하기 위해 맹렬한 공격을 가하기 시작했고, 카마인 공수부대는 드간트와 공수부대용으로 개발된 몇 가지 중화기를 이용해 그 공세를 버텨 나가고 있었다.

사상자 보고서를 비롯한 다른 보고서 뭉치와 지도를 번갈아 보면서 오늘 하루를 어떻게 버틸지 궁리하는 딕트에게 통신 장교가 달려와 통신문을 건네주었다. 통신문을 살피던 딕트는 욕설을 뱉었다.

"젠장!"

"무슨 일입니까?"

딕트는 붉어진 얼굴로 크리안에게 통신문을 건네줬다. 통신문을 읽은 크리안 역시 욕설을 내뱉었다.

"이 미친!"

"내 이놈들을!"

딕트는 분을 못 참고 통신실로 달려갔다. 딕트의 서슬에 통신 장교는 급히 통신을 연결했고, 수정구는 벽에 영상을 송출했다.

"여~ 딕트, 잘 지내고 있는가?"

"너냐? 몬티?"

"뭐가 말인가?"

영상 저편에 자리를 잡고 앉아 여전히 느긋한 자세로 되묻는 자신의 동기, 몬티를 본 딕트는 버럭 소리를 질렀다.

"여기 시간으로 정오에 2차 강하라니!! 제정신이냔 말이야!"

"어쩔 수가 없네. 동부 전선으로 비행선들이 많이 차출되는 바람에 말일세. 여기저기 폭격 스케줄과 겹쳤다네. 그나마 뽑아낸 시간이야."

"난 보충병을 원하는 것이지, 시체를 원하는 것이 아니야!"

"그래도 야간보단 낫지 않나? 그리고 드간트가 아직 잘 버티고 있지 않나?"

"드간트가 모든 것을 막아주지는 못해!"

딕트가 계속해서 화를 내자 수정구 너머에 있던 몬티 역시 책상을 내려치며 화를 냈다.

"여긴들 무슨 수가 있는 줄 아나! 자네도 잘 알 것 아냐!"

"그렇다고 한낮의 강하라니! 강하병들이 무슨 사형대 위에 사형수인가? 아니면 사격용 표적인가!"

"이미 출발했네. 그들을 살리고 싶으면 자네가 노력해 봐!"

"낙하하기 전에 보충병들에게 눈가리개나 제대로 씌워주게. 이상."

통신을 끊은 딕트는 이를 갈면서 작전실로 돌아왔다. 딕트와 마찬가지로 뭐 씹은 얼굴로 크리안이 옆에 서자, 딕트는 지도를 보면서 씨근거렸다.

"이렇게 된 거 어쩔 수가 없군. 지금까지 살아남은 드간트가 몇 대나 되나?"

"이리저리 그러모아 재생한 놈들까지 15기입니다. 하지만 무장이 부족해 전투에 투입할 수 있는 애들은 9기밖에 안 됩니다."

"그럼 여기 광장을 중심으로 배치를 해주게. 비행선에 연락을 해서 이 광장에 낙하시키라고 하는 수밖에 없어. 그것이 그나마 많이 살릴 수 있는 방법이겠지. 여기 황궁과 광장을 중점으로 그 외곽을 우선적으로 청소한다."

"알겠습니다."

딕트의 명령은 곧 부하 병사들에게로 전해졌고, 크리안 역시 자신의 드간트 부대를 지휘하기 위해 밖으로 나섰다.

"젠장!"

챙그랑!

부하들과 크리안이 밖으로 나간 후에도 지도를 노려보던 딕트는 욕설을 뱉으며 손에 들고 있던 물 컵을 벽에 집어 던졌다.

"놈들이 밀어붙이고 있습니다."

"으응?"

폴리스 외곽에서 포린트 군을 지휘하던 다우닝 공작은 전령의 보고에 기름기로 범벅이 된 머리를 긁적였다. 곧이어 몇 명의 전령들이 비슷한 내용의 보고를 가지고 달려왔다. 다우닝 공작은 지도에서 보고되어 올라온 지점들을 찾았다.

"흐음, 여기 공원 광장과 황궁 주변이 중심이로군. 황궁은 황궁이니까 그렇다 치고, 공원 광장을 왜 손에 넣으려고 그러는 거지? 여기는 확 트인 공간이기 때문에 어느 쪽이든 나서기만 하면 표적만 되는 곳인데?"

"카마인의 소형 기간트가 이 공원 지역에 집중되고 있다 합니다."

다우닝 공작을 보좌하는 장교가 첨언을 했고, 그 말에 다우닝 공작은 카마인 군이 하려는 것이 무엇인지를 더욱 골똘히 생각하기 시작했다. 하지만 한참을 생각해도 답이 안 나오자 다우닝 공작은 고개를 가로저었다.

"저들이 무슨 생각을 하는지 전혀 모르겠군. 전통적인 야전이라면 수가 보이는데, 처음부터 기상천외한 방법으로 온 놈들이라……. 저놈들의 수를 잘 모르니 원론적인 방법으로 대응을 하는 수밖에 없군. 아직 수적 우위는 우리가 지키고 있으니까, 이쪽 중앙 공원에 병력을 추가 배치한다. 단, 모습을 드러내면 드간트에게 박살이 나니까 함부로 모습을 드러내지 말고, 저들의 다음 행동이 무엇인지 알기 전까지 불필요한 교전을 삼간다."

"알겠습니다. 전령!"

폴리스, 현지 시각 오전 11시 40분.

하늘에는 다섯 대의 비행선이 모습을 드러내고 있었다. 포린트와 카마인의 병사들은 하늘에 떠 있는 비행선이 점점 자신들을 향해 다가오자 분주히 움직이기 시작했다.

"아침부터 저놈들이 부지런을 떤 이유를 알겠군."

하늘에 뜬 비행선들을 보면서 다우닝 공작은 혀를 찼다. 다우닝 공작은 조금 더 비행선을 보다가 몸을 돌려 명령을 내렸다.

"머신 라이플과 솜씨 좋은 놈들을 높은 곳으로 보내라. 이번에는 무사히 땅에 내리지 못하게 만들어라."

"알겠습니다."

카마인 쪽에서도 분주히 움직이고 있었다.

"신호탄 준비해!"

"후아!"

곧 광장과 황궁의 풀이 많은 곳들에서 붉은색 연기가 피어오르기 시작했다. 붉은색 연기가 하늘 높이 오르기 시작하자 비행선들의 진형이 변화하기 시작했다. 비행선 다섯 대 중의 세 대는 연기가 피어오르는 곳으로 다가가기 시작했고, 나머지 두 대는 그 외곽으로 빠져나가기 시작했다. 외곽으로 빠져나간 비행선 두 대는 강하 지역에서 조금 떨어진 시가지에 폭탄을 퍼붓기 시작했다.

씨유유웅~

쾅! 쾅! 콰쾅!

하늘에서 폭탄이 떨어지면서 나는 날카로운 파열음과 함께 폐허로 변해 있던 시가지는 다시금 잘게 부서져 나가기 시작했다. 그러는 동안 연기가 피어오르는 지점에 도착한 비행선들에서 하나둘 낙하산이 떨어지기 시작했다.

"드간트용 보급품이 먼저 떨어진다! 조심해!"

"깔리면 개죽음이다! 조심해!"

"하늘만 쳐다보지 마! 각자 맡은 지역을 잘 살펴라!!"

장교들과 부사관들이 여기저기서 고래고래 소리치는 가운데, 몇 명 사병 복장을 한 마법사들이 손가방만 한 장비들을 들고 뛰어다녔다. 장비를 든 마법사들은 자리를 잡자 곧 장비를 내려놓고는 복잡한 수인을 맺기 시작했다. 또 다른 병사들은 수인을 맺는 마법사들 주위에서 사방을 경계했다.

"마법사 양반들이 결계를 맺기 전까지 확실하게 보호해라!"

"이미 하고 있슴다!"

"말이 길다!"

"후아!"

그러는 동안 방어 결계를 친 마법사들은 땅에 내려놓은 장비에 마나를 불어넣으며 장비를 움직이기 시작했다.

"코드가… 3490321."

장비에 달린 숫자판을 두들기자 장비에 청색 등이 들어왔고, 낙하산에 매달린 화물 컨테이너들 중의 하나에서 작은 날개들이 튀어나왔다. 날개가 튀어나온 컨테이너는 날개를 움직여 낙하 방향을 마법사 쪽으로 향하기 시작했다. 곧이어 다른 컨테이너들도 날개가 튀어나오더니 다른 마법사들을 향해 낙하 궤도를 움직이기 시작했다. 마법사들은 자신을 향해 다가오는 컨테이너들을 보면서 조심스럽게 장비에 달린 스틱을 움직였고, 컨테이너는 점점 더 낙하 궤도를 마법사들이 원하는 지점으로 바꾸기 시작했다.

쿵!

"착지 성공!"

"어서 옮겨라!"

"대형 화물은 드간트를 불러!"

화물 컨테이너가 땅에 떨어지자 병사들은 화물 컨테이너를 향해 달려가기 시작했다. 무장이 떨어져 전투에 참가할 수 없었던 드간트들도 화물 컨테이너를 향해 움직이기 시작했다. 그 순간, 폭격 속에서도 조용히 숨어 있던 포린트 군의 공격이 재개되었다.

탕! 탕! 탕! 타타타타타타!

"으악!"

"아악!"

"회수조 외에는 적의 공격을 막아라!"

"드간트들은 머신 라이플을 제압해!"

화물 컨테이너들을 향해 달려가던 병사들이 비명과 함께 땅에 쓰러지자 카마인 군은 다급히 반격하기 시작했다. 드간트들 역시 자신이 맡은 구역에서 눈에 보이는 모든 포린트 군의 머신 라이플을 파괴하기 위해 움직였다.

자신의 드간트 '패피'를 몰아 포린트 군의 사격 지점을 향해 나가던 그레고리의 눈에 반쯤 무너진 건물 옥상에서 머신 라이플을 쏘아대는 포린트 군의 모습이 들어왔다. 그레고리는 자신의 드간트가 들고 있던 G-파우스트를 겨누고는 방아쇠를 당겼다.

퍼엉! 콰쾅!

반쯤 무너져 있던 건물이 완전히 무너져 내렸고, 그레고리는 통신에 귀를 기울이며 드간트를 몰았다. 전투용 도끼를 이용해 또 다른 포린트 군의 진지를 박살 내는 순간, 아군들의 다급한 목소리가 통신을 메워댔다.

"보충병이 온다!"

"이런! 적의 사격이 집중되고 있다! 막아! 막아!"

"적을 제압하라!"

"이런, 다 죽겠다!"

"쏴! 쏴!"

보급품이 무사히 투하되고, 다른 두 대에서 보충병들이 낙하를 준비하기 시작했다. 낙하를 위해 문 앞에 선 선두 병사들의 눈에 연막탄에서 피어오른 연기와 폭격으로 파괴된 건물에서 피어오르는 연기로 엉망이 된 지면이 들어왔다.

"낙하!"

"낙하!"

강하 조장의 명령에 병사들은 허공으로 몸을 날렸다. 곧 하늘에는 낙하산에 매달린 병사들로 채워지기 시작했다. 그 순간 포린트 군의 총구가 하늘로 향해졌고, 허공에는 낙하하는 카마인 군 병사들과 지상에서 쏘아 올려지는 포린트 군의 총탄이 섞이기 시작했다.

"아악!"

낙하산에 모든 것을 맡긴 채 하늘에 떠 있던 사무엘은 갑자기 총알이 옆을 스쳐 자신과 함께 낙하한 동료가 비명과 동시에 축 늘어지는 것을 보고는 필사적으로 낙하산 줄을 당기기 시작했다. 그는 조금이라도 총격이 집중되는 곳에서 피하기 위해 산줄을 당겨댔다. 그 순간, 갑자기 가슴과 여기저기에서 날카로운 통증이 느껴지더니 온몸의 힘이 빠지며 시야가 흐려져 갔다.

2차로 낙하한 보충병들은 순식간의 표적 신세가 되어버렸다. 포린트 군의 공격은 집요하게 그들을 노렸고, 하늘의 여기저기에서 비명이 터져 나왔다. 팔과 다리에 총상을 입고 버둥거리는 병사들이 속출했고, 치명상을 입고는 축 늘어진 채 낙하산에 매달려 그냥 떨어지는 병사들도 있었다. 땅에서 그것을 바라보던 카마인 군은 필사적으로 포린트 군을 찾아내 무력화시키기 시작했다.

"드간트들은 지금 즉시 포린트 군이 있을 만한 건물들을 다 날려 버려!"

"옥상에 있는 놈들은 지금 즉시 포린트 군을 찾아내 쓸어버려!"

딕트는 다급히 통신기를 붙잡고는 비행선과 연결을 시도했다. 통신이 연결되자 딕트는 고래고래 소리를 질렀다.

"낙하 지역 외곽에 있는 포린트 놈들을 쓸어버려!"

"폭탄이 없소."

"머신 라이플은 있잖아!"

"사거리가 안 되오!"

"그럼 고도를 낮춰!"

"그럼 우리가 표적이 돼! 비행선 몸체가 무슨 철갑인 줄 알아!"

"표적이 되기 전에 쓸어버리면 되잖아! 우리 애들이 다 죽어가는 것 안 보여!"

그렇게 한참 싸운 것이 통했는지, 낙하를 마친 비행선과 폭격을 끝낸 비행선들이 약간씩 고도를 낮춰 비행선에 달린 모든 구경의 머신 라이플을 지상으로 쏘아대기 시작했다.

투투투투퉁!

타타타타타타타타탕!

낙하병들을 잡기 위해 옥상과 지붕에 올라왔던 포린트 군들이 그 사격에 제압되어 쓰러져 갔고, 비행선의 사격 지점을 확인한 드간트들이 그 건물로 달려 들어갔다.

콰쾅!

와르르르!

무장이 남아 있던 드간트들은 건물을 폭파시켰고, 무장이 떨어진 드간트들은 도끼를 휘두르거나 주먹으로 건물을 무너뜨렸다. 그러는 동안 보충병들이 생사를 불문하고 땅에 떨어지기 시작했다.

그날 저녁, 황궁에 자리를 잡은 작전실에서는 딕트와 크리안, 그리고 보충 부대의 지휘관이 자리를 함께했다.

"제2진의 지휘를 대행하고 있는 스컬 소령입니다. 지휘관 쏘렐 중령은 전사했습니다."

"오느라 수고했네. 난 딕트 대령일세. 이쪽은 드간트 부대의 지휘관 크리안 준남작."

"고생했소이다."

짧은 상견례가 끝나고, 딕트는 상황을 보고받았다.

"낮에 있었던 난장판에서 몇 명이나 잃었소?"

"전사 120, 실종 40, 부상 80입니다."

"그럼 560이 남은 것인가?"

"정신적 쇼크로 전투 불능에 빠진 병사가 40명입니다."

"간단히 말해, 500만 남은 상황이군."

"그렇습니다."

"2진의 거의 절반이 날아간 것인가?"

"그렇습니다."

"젠장!"

쾅!

딕트는 욕설과 함께 테이블을 내리쳤다. 딕트가 화를 참느라 애를 쓰는 동안 크리안이 그를 대신해 쏘렐과 이야기를 나누었다.

"죽은 병사들의 장비는 회수했소?"

"이미 회수해서 분류해 놓았습니다."

"여기 오늘 보급된 보급품의 목록입니다."

보급된 물품의 목록을 들고 들어오던 장교는 회의실 안의 분위기를 살피고는 크리안에게 보고서를 건넸다.

"수고했다."

"아닙니다."

"가보게."

"옛!"

눈치를 살피던 장교는 크리안의 말이 떨어지기가 무섭게 밖으로 줄행랑을 쳤다. 목록을 살피던 크리안은 한숨을 쉬었다.

"근근이 버티겠군."

크리안의 푸념을 들은 딕트는 크리안에게서 목록을 건네받았다. 목록을 읽어 내려가던 딕트는 허탈한 표정을 지었다.

"진짜 근근이 버티겠군. 뭐? 군모 300개? 여기에 모자 못 써서 죽은 놈들이 있나?"

"품위 유지라고 하지 않습니까?"

"개 풀 뜯어 먹을……."

목록 마지막에 적힌 '군모 300개' 라는 항목을 보면서 이를 갈던 딕트는 분을 삭히며 명령을 내렸다.

"좋아, 이제는 진짜 버티기로 들어간다. 낮의 난장판으로 저놈들도 한 방 먹었을 거다. 불필요한 교전을 삼가고, 지금까지 점령한 중요 지역을 방어하는 것을 일차 목표로 한다. 이제부턴 조공이 올 때가지 살아남는 것이 관건이다."

"낮에 우리가 입은 피해는?"

낮에 있었던 폭격으로 인해 머리에 부상을 입은 다우닝 공작은 머리에 붕대를 감은 채 상황을 정리했다.

"전사 200, 부상 70입니다."

"많이도 죽었군."

"더 큰 문제는 중화기의 상당량을 상실했다는 것입니다."

"교전 첫날에 기간트와 각종 야포들을 상실한 여파가 컸습니다."

"탄약도 충분치가 않습니다. 황도로 들어오는 주요 교통로가 다 끊겨 있습니다."

지휘관들은 다우닝 공작에게 작전을 펼치는 데 있어서 애로사항을 하나둘 지적했다. 통증으로 인해 인상을 찌푸린 다우닝 공작이 상황을 정리했다.

"이제부터 불필요한 교전은 삼가도록. 무절제한 돌격은 삼가고, 전력을 집중해 가능한 지역부터 하나씩 잡아간다."

"알겠습니다."

"주민들의 피해는?"

"지하실에 대피하거나 교전 첫날에 피난을 떠난 이들이 상당수입니다만, 많은 수가 교전에 휘말려 목숨을 잃었습니다."

"쯧."

다우닝 공작은 짧게 혀를 찼다.

"아군의 상황은?"

"황도로 향하는 적의 진공을 막기 위해 필사의 노력을 하고 있으나 역부족이라고 합니다. 남은 산업 단지들도 잦은 공습에 시달려 보급력이 많이 떨어지고 있다고 합니다."

"구 리튜사 지역의 민심의 이반도 상당합니다. 구 리튜사 지역 주민들의 상당수가 카마인 군에게 적극적으로 협력하고 있다고 합니다."

"병력의 모집은 어떠한가?"

"전국적으로 대대적인 징병을 하고 있으나 징병을 피해 도망가거나 탈영을 하는 사건의 비율이 많이 늘어가고 있습니다. 하지만 10만의 용병이 곧 충원되며 알빈 후작이 이들을 지원하기 위해 움직이고 있다고 합니다."

"자국민은 도망가고 용병에게 전쟁을 맡기다니, 나라 꼴이 우습게 되었군."

다우닝 공작은 계속해서 이어지는 머리의 통증을 잊기 위해 컵에 술을 따랐다. 보고를 위해 둘러선 장교들이 술을 보며 군침을 삼키는 것을 본 다우닝 공작이 술잔을 돌렸다.

"우선 한잔씩 하지. 이제부터 쉴 틈도 없을 것 같으니 말일세."

"감사합니다."

"감사합니다."

장교들은 돌아가면서 술잔을 비웠다. 술잔 돌리기를 끝으로 회의가 끝났고, 장교들은 밖으로 나갔다. 다우닝 공작은 빈 술잔에 술을 채우며 중얼거렸다.

"힘들군, 힘들어."

그 뒤로 이틀 동안 포린트 군과 카마인 군은 격렬한 공방전을 벌였다. 골목 하나, 건물 하나를 사이에 둔 격렬한 전투였다.

탕! 타탕!

"아악!"

"막아! 막아!"

무너진 건물 잔해에 몸을 숨긴 채 카마인 군과 포린트 군은 서로에게 총을 쏴대었다. 하지만 한곳에 집중을 한 포린트 군의 공격에 카마인 군은 조금씩 뚫리기 시작했다. 눈앞에 숨어 있는 카마인 군을 향해 방아쇠를 당기던 포린트 병사는 자기 몸에 돌멩이가 떨어지자 돌멩이가 날아온 방향을 돌아봤다. 그곳에는 카마인 병사 몇이 돌멩이를 던지고 있었다.

"하하! 저놈들, 탄환이 떨어졌다!"

"돌격! 돌격!"

"가자!"

포린트 군은 기세를 타고 앞으로 달려나가기 시작했다. 그들의 눈에 공포에 질려 뒤로 물러서는 카마인 군의 등이 크게 들어오기 시작했다. 금방이라도 도망치는 카마인 군의 등에 총검을 꽂을 기세로 달리는 포린트 군들 앞에 있던 건물들이 갑자기 무너지기 시작했다.

와르르!

"우악!"

"멈춰!"

무너지는 건물 파편에 불운한 몇 명이 쓰러졌지만, 다른 병사들은 급히 걸음을 멈추고는 무너진 건물에 시선을 모았다.

콰드득!

"기간트다!"

"후퇴! 후퇴!"

건물의 잔해를 밟으며 드간트가 모습을 드러내자, 달려들던 포린트 군은 급히 뒤로 달아나기 시작했다. 그런 포린트 군을 향해 40㎜반자동 캐논이 불을 뿜었다.

퉁퉁퉁퉁퉁!

펑펑펑, 퍼펑!

"으악!"

"아악!"

40㎜포탄이 터지면서 도망치던 포린트 병사들은 폭발과 파편에 찢기며 목숨을 잃어갔다. 반면에 탄환이 떨어져 후퇴하던 카마인 군들은 안도의 한숨을 내쉬었다.

"후아~ 살았다."

카마인 병사들은 건물 벽에 의지해 주저앉은 채 한숨을 길게 내쉬었다. 몇몇 병사들이 수통을 꺼내 들고 물을 마시는 동안, 다른 카마인 병사들이 몇 개의 상자들을 들고 달려왔다.

"보급이다!"

이틀 동안의 격렬한 공격은 오히려 포린트 군에게 피해만을 남겨주었다. 첫날 폭격으로 중화기를 상실한 포린트 군은 번번히 드간트에 발이 묶여 목적을 이루지 못하고 희생자만을 늘여갔다. 물론 카마인 군 역시 병력의 손실로 인해 별다른 공세는 취하지 않고 중요 거점들만을 손에 쥐고 있을 뿐이었다. 그 후 이어진 전투는 산발적인 총격전과 저격이 이어지고 있었다.

탕!

폐허가 된 시가지에서 날카로운 총성이 울렸다. 그와 동시에 골목을 달리던 포린트 군 병사 하나가 흙먼지와 함께 땅에 쓰러졌다. 포린트 군을 저격한 카마인 병사는 무표정한 얼굴로 방아쇠울을 움직여 차탄을 장전하고 어디에서 튀어나올지 모르는 포린트 병사를 겨누었다.

"자… 하나, 두울… 달려!"

타타탕!

"달려!"

타타타탕!

"아윽!"

다른 곳에선 다른 건물로 옮기기 위해 달리던 카마인 군 병사들을 향해 포린트 군의 머신 라이플이 불을 뿜었다. 필사적으로 달려서 병사들 대다수는 무사히 목표로 했던 건물로 들어섰지만 불운한 병사 하나가 총에 맞아 땅에 쓰러졌다. 건물 안에 들어선 병사들은 슬픈 눈으로 불운했던 자신의 동료를 바라봤다.

"한스……."

"약속했던 날이 언제였지?"

"2일 전입니다."

"쳇!"

황궁 회의실에서 딕트는 아직 오지도 않는 주력군을 향해 욕설을 내뱉었다. 드간트 파일럿인 크리안을 제외한 딕트와 쏘렐은 3일 전 있었던 전투 중 부상을 입어 팔과 다리에 붕대를 감고 있었다. 살아남은 부대원 전원이 모두 한두 곳에 부상을 입은 상태였지만, 다행히 마법사들이 살아 있어서 많은 병사들이 생명을 구할 수 있었다.

"만약에 내일까지 안 온다면 물어봐야겠군. '그쪽에서 못 온다면 우리가 갈까?' 라고 말일세."

"허락 안 할 겁니다. 우리가 황도를 점령하고 있고, 포린트의 황제는 지금 도망 중이라는 것이 가져올 효과는 무시할 것이 아니니 말입니다."

"그렇다고 여기 죽치고 앉아서 개죽음을 당할 수는 없지 않나? 정찰병의 보고로는, 소규모래도 계속 적은 병력의 보급이 되고 있어. 우리는 앉아서 까먹고만 있고 말이야."

"하지만……."

"우리는 우리 밥값을 충분히 했어. 이번 작전에 안 좋은 결과가 나온다고 해도 우리 탓은 절대 아니야."

딕트가 슬슬 철수할 방안을 궁리할 때, 통신 장교가 달려왔다.

"왔습니다!"

"어디야!"

"폴리스 동북쪽 2㎞랍니다! 통신이 들어왔습니다."

"가보자고!"

딕트와 크리안, 쏘렐은 서둘러 통신실로 달려갔다. 수정구를 통해 벽에 비춰진 영상에는 잘 차려입은 장성이 자리를 잡고 있었다. 딕트가 경례를 하자 장성은 느긋하게 답례를 하고는 입을 열었다.

"고생이 많네, 딕트 군."

"아닙니다. 부하들이 애를 썼지요."

"그래, 그래. 지금 상황은 어떠한가?"

"황도를 중심으로 근처 중요 거점을 장악하고 있습니다."

"그래? 곧 도착하니 자네들을 꺼내줄 수 있을 거야. 조금만 더 참게나."

“알겠습니다. 기다리겠습니다.”

“그래, 그럼 나중에 보세나.”

통신이 끝나자 딕트는 다른 이들을 보며 투덜거렸다.

“만약에 그 누구라도 우리를 구해줬네, 어쨌네 하는 소리만 해봐라. 평생 죽만 먹고살게 만들어주겠다.”

“멀쩡히 걸어다니게 만들어주지 않을 겁니다.”

“약속 시간을 못 지킨 것은 지들이지, 우리가 아닙니다.”

다른 두 사람 역시 딕트의 말에 동감을 표시했다. 그들뿐만 아니라 안에 있던 모든 이들이 동감의 표정을 지었다.

그날 늦은 오후, 카마인 침공군이 포린트의 황도 폴리스를 접수했다. 딕트는 침공군 사령관인 뮬러 장군을 보고는 경례했다. 답례를 한 뮬러 장군이 손을 내밀어 악수를 청했다.

“늦어서 미안하네. 중간에 방해가 좀 심하더군.”

“아닙니다. 버틸 만했습니다.”

“그럼 다행이군. 대령! 애들을 투입시켜라! 남은 적들을 잡아라! 그리고 공수부대와 교대할 병력들을 편성해라!”

“알겠습니다.”

뮬러의 명령에 대령은 곧 부하들에게 명령을 전했다. 병사들이 부산히 움직이자, 뮬러는 딕트의 어깨를 가볍게 두드리고는 황궁으로 걸음을 옮겼다.

“자, 그럼 포린트의 황궁이 얼마나 으리으리한지 한번 볼까?”

"카마인의 본진이 드디어 들어왔습니다."

"이런, 이런……."

부하의 보고에 다우닝 공작은 고개를 가로저었다.

"아쉽군, 아쉬워."

"어떻게 하시겠습니까?"

부하의 질문에 다우닝 공작은 엉망이 된 턱수염을 쓰다듬으며 잠시 생각을 하다가 결론을 내렸다.

"옥쇄는 미친 짓이고, 항복은 자존심 상하니 도망이나 가야지. 후퇴를 준비하게. 옮길 수 없는 중상자들은 포기하도록."

"알겠습니다."

공작의 명령을 들은 부하가 부지런히 전령을 부르는 동안 다우닝 공작은 빈 잔에 술을 따랐다. 잔을 반쯤 채우고 술병이 비자 공작은 미련 없이 술병을 뒤로 던졌다.

"이놈도 딱 맞춰서 떨어지는군. 짐이 줄어서 좋구먼."

침공군에 속한 주니어의 부대도 황도로 들어섰다. 주니어와 동료들은 완전히 폐허로 변해 버린 황도의 살풍경한 모습에 씁쓸한 표정을 지었다. 그들의 귀에 코르바 중위의 목소리가 들렸다.

"우리가 진다면 우리들의 고향이 이렇게 될지도 모른다. 마음을 다 잡아라. 승리만이 살길이다."

"후아!"

병사들이 한목소리로 대답하자, 코르바 중위의 인솔하에 병사들은 안으로 걸어 들어갔다. 그들이 가는 맞은편에서 한 무리의 병사들이 걸어오고 있었다.

"공수부대다."

누군가가 그렇게 조용하게 알려줬고, 공수부대란 말에 병사들의 시선은 다가오는 병사들에게 모였다.

"허!"

공수부대가 가까이 다가오자 누군가가 기도 안 찬다는 듯 바람 빠지는 소리를 했다. 완전히 엉망이 되어버린 군복, 여기저기 찌그러진 방탄 흉갑, 모든 병사들이 여기저기에 붕대를 감고 있었다. 세수도 제대로 못했는지 개기름이 줄줄 흐르는 얼굴에선 두 눈만이 야수의 빛을 흘리고 있었다.

주니어를 비롯한 고참 병사들은 그런 그들을 보면서 고개를 끄덕였다.

"저 친구들도 지옥을 보고 왔군."

주니어의 말에 걸음을 옮기던 공수부대 병사 하나가 걸음을 멈추고는 물었다.

"어디에 있었는데?"

"서부 전선의 참호. 침공 작전 전까지."

"그랬었군."

공수부대 병사는 손을 내밀었다. 주니어는 내민 손을 맞잡고 악수를 나누었다.

"또다시 고생길이 열렸군."

"설마 여기서 땅 파고 들어앉지는 않겠지. 고생했어."

짧게 악수를 나눈 주니어와 병사는 자신들의 부대로 돌아갔고, 두

부대는 그렇게 반대 방향으로 걸음을 옮겼다. 주니어는 멍하니 서 있
는 신참들을 보면서 으르렁거렸다.
　"어쭈? 팔자 좋게 멍하니 서 있지?"

37

막바지

막바지

카마인의 침공군이 포린트의 황도 폴리스에 거의 다다를 무렵, 카마인 총사령부는 정보부가 물고 들어온 정보에 발칵 뒤집어졌다.

"용병 5만?"

"10만이란 정보도 있습니다."

세 공작과 몰트케는 난데없는 정보에 난색을 표했다. 정보장교는 지도에 남쪽을 지적하며 설명했다.

"최소 5만, 최대 10만으로 알려진 용병 세력은 포린트 남쪽 데번항이 집결지로 파악되었습니다. 저들의 예상 경로는 여기서 북상, 국경을 넘어 제국의 남쪽을 치고 들어올 것으로 보입니다."

"계속 북상해서 폴리스로 올 확률은 없나?"

다이만 공작의 물음에 몰트케가 고개를 가로저었다.

“거의 없습니다. 포린트의 황제가 폴리스를 버린 이상, 거기에 올 이유가 없습니다. 차라리 방어선이 얇은 남쪽을 돌파해 제국의 남부를 유린하는 것이 더욱 효과적입니다.”

“거기로 돌릴 병력이 있나?”

“2만밖에 없습니다.”

“미치겠군.”

“진짜 대략난감이로군.”

독토르가 애용해서 유행어가 되어버린 ‘대략난감’ 이 정확하게 들어맞는 상황 속에서 세 공작들과 최고 지휘관들은 골머리를 싸매고 있었다.

“독토르 폰 패스파인더 자작과 테레사 패스파인더 양이 들어오십니다.”

“오오!”

“어서 오게!”

“어서 와!”

독토르와 테레사가 들어서자 회의실 안에 있던 이들은 모두 열화와 같이 환영했다. 폭발적인 반응에 독토르는 쓴웃음을 지었다.

‘대충 예상은 했다만, 이것은 너무 심각한데?

대충 표정을 가다듬은 독토르는 잘 모르겠다는 표정으로 질문을 했다.

“무슨 일이 있으십니까?”

“큰일이 생겼네!”

다시 한 번 상황 설명을 들은 독토르는 자못 심각한 표정을 지으며 생각하는 듯했다. 공작들과 다른 이들은 옆에 앉은 테레사의 얼굴에 시선을 모았다. 하지만 테레사 역시 눈을 감은 채 무표정한 얼굴로 앉아 있었다. 잠시 생각을 하던 독토르가 입을 열었다.

"리히토펜 왕국을 이용하는 것이 어떻습니까?"

"그 왕국은 중립을 선언했네!"

"그렇다면 중립을 포기시켜야지요."

"제국의 명예에 먹칠을 할 셈인가! 제국의 역사가 이어져 온 이래 제국은 남의 손을 빌어 해결한 적이 없네!"

"용병은 남의 손 아닙니까?"

"이것과 그것이 같나? 잘못하면 남은 왕국들 모두를 반카마인으로 만들어 버릴 수 있네!"

"자네가 외교를 모르는구만! 함부로 타국에 압력을 넣기가 쉬운 줄 아나?"

'내가 아는 어떤 나라들은 잘만 하던데? 고지식한 거냐, 순수한 거냐? 아님 멍청한 거냐? 못하는 놈들이 병신 아냐?'

예상외의 반응 속에 독토르는 다시 입을 열었다.

"물론 부당하게 압력을 가할 수는 없지요. 하지만 양국에 모두 이익이 된다면 어떻습니까?"

"이번 전쟁에 참전하는 것으로 리히토펜이 얻을 것이 무엇이 있는가?"

"지도에 있습니다."

독토르의 짧은 대답에 테레사를 제외한 모든 이들의 시선이 지도에 모였다. 잠시 후 노이만 공작이 손가락을 튕겼다.

"그렇군! 바로 그것이 있었군! 잘만 강! 왜 그것을 몰랐을까!"

"그렇습니다. 바로 이 잘만 강을 이용하면 됩니다. 보시다시피 이 잘만 강은 제국을 관통해 포린트와 리히토펜 사이를 지납니다. 문제는 리히토펜의 북쪽 국경입니다. 제국과 맞닿아 있는 국경은 산맥으로 막혀 있어서 교통로가 제대로 없습니다. 따라서 교역의 대부분은 이 잘만 강을 이용해 이뤄집니다만, 산맥을 가로막은 10km의 강을 이용해 포린트가 가로막고 있습니다. 그 결과, 리히토펜은 정가의 몇 배나 되는 비싼 비용을 치르며 물건들을 구입하고 있습니다. 만약 저들이 우리를 도와 참전한다면, 그 대가로 잘만 강 서쪽의 포린트 영토를 차지하는 것입니다. 그들로서는 쉽게 무시할 수 없는 먹이이지요."

독토르의 설명에 공작들은 부지런히 셈을 하기 시작했다. 독토르의 뒤를 이어 테레사가 부연 설명을 했다.

"리히토펜으로서는 자국의 군 장비를 개선하기 위해 부단히 노력해 왔습니다만, 포린트의 방해 공작으로 지지부진했습니다. 지금 가까스로 수도 방어 부대와 왕실 근위대만 추세에 맞춰서 카마인의 장비로 무장을 했을 뿐이고, 다른 부대들은 임무 교환이란 명목으로 돌아가며 장비를 익히고 있을 뿐입니다. 이 상황에서 참전의 대가로 카마인 군과 동등한 무장을 지원해 준다고 제안한다면 저들로서는 쌍수를 들어 환영할 일이지요."

"우리 군과 동등한 무장을 지원해 준다면 너무 비용이 많이 들어가는 것 아닌가?"

"이번 전쟁에 쓸 무장만 넘겨주면 됩니다. 그 다음엔 돈 주고 사 가게 만들어야겠지요. 돈 들어갈 곳도 많아지는데 돈 들어올 기회를 놓

칠 수는 없지 않겠습니까? 리히토펜 역시 우리의 동맹국 지위를 이용
해 승전 후 포린트에서 긁어갈 것을 계산하겠지요."

"자네는 아예 패전은 생각지도 않는구만."

"지금 상황에서 진다면 모두 접시 물에 코 박고 죽어야지요. 지금은
전쟁 중입니다."

테레사의 따끔한 한마디에 모두들 쓴웃음을 지었다. 공작들은 잠시
머리를 맞대고 의견을 나누더니 곧 결정을 내렸다.

"황제 폐하께 상신하겠네. 폐하도 윤허를 하실 걸세. 시간이 없으니
서둘러 준비해 주게."

"알겠습니다."

황제는 공작들의 의견을 듣고는 즉시 시행할 것을 명했고, 노이만
공작이 리히토펜으로 날아갔다. 리히토펜에 도착한 노이만 공작은 즉
시 리히토펜의 국왕과 회담을 하기 시작했다. 사흘에 걸쳐 온갖 설득
과 회유를 통해 리히토펜의 국왕과 각료들은 참전을 결정했고, 그 소식
은 곧장 독토르에게 전해졌다.

"우선 5만 명의 정규 병력이 무장할 물량을 뽑아낼 수 있겠는가?"

"우선 구형 후장식 단발총이라면 지금 당장 선적할 수 있습니다. 탄
약 역시 마찬가지고요."

독토르의 답변에 다인 공작이 곤란하다는 표정을 지었다.

"후장식 단발총이라면 화력이 불리하지 않을까?"

"포린트 군도 아직 후장식 단발총이 대세입니다. 우리식의 5연발 소
총은 아직 일선까지 대량으로 배치되지 못하고 있습니다. 다른 나라들
도 마찬가지구요. 5만의 병력이 우리 군과 동일한 무장을 하기 위해서

는 빨라도 3개월은 걸립니다. 하지만 머신 라이플은 우리 군과 동일한 놈을 같이 선적하겠습니다. 이쪽은 좀 여분이 있으니 말입니다. 문제는 우리가 보내주는 무기들을 익히는 데 걸리는 시간입니다."

"그것은 리히토펜 국왕이 문제없다고 자신하더군. 앞서 말한 5만의 병력은 이미 다 잘 숙지하고 있다고 하네. 뭐, 무기가 없어서 문제였다나?"

"알겠습니다. 우선 가용할 수 있는 모든 수송용 비행선을 이용해 공수하겠습니다. 총기류와 탄약이라면 비행선 수송이 제일 유리합니다. 브레이커—M과 쁘띠 브레이커들은 철도로 수송한 뒤 비행선으로 다시 단거리 수송을 하겠습니다."

"그렇게 하는 데 걸리는 예상 소요 시간은?"

"브레이커들까지 수송하는 데 3주, 소총류만이라면 5일입니다. 브레이커들은 생산에 소요되는 시간이 좀 오래 걸립니다."

"적들이 우리 국경을 넘기까지는 앞으로 15일 정도 걸릴 것이라고 예상하니까 조금 아슬아슬하겠군. 우선은 브레이커들은 우리 군이 맡아서 해야겠군."

"그것은 군에서 할 일입니다. 전문가들이니 좀 더 효율적인 방안들을 찾아내겠지요. 단, 지금 상황에서 생산률을 높이라는 것은 무리입니다. 이미 8시간씩 3교대로 돌리고 있습니다. 억지로 생산량을 늘리다 보면 불량률이 높아집니다."

"알겠네. 그럼 부탁하지."

"알겠습니다."

통신을 끊은 독토르는 서류를 살피고 있는 테레사에게 질문을 했다.

"이젠 확실히 국제전이 되어버렸군. 여기도 세계 대전인가?"

"그렇다고 볼 수 있겠지요."

"그럼 여기도 4, 5년씩 끌까?"

"장기전을 좋아하는 군주나 국민들은 어디에도 없습니다. 모두들 이번 봄 농사철이 오기 전에 끝을 내려고 할 겁니다. 이미 2년이 넘어 3년이 되어가는 때이니 말입니다. 질릴 만큼 질렸지요. 슬슬 카마인 내부에도 피로 현상이 나타나고 있습니다."

"참 빨리도 지나갔네."

"전쟁이 끝나기를 기다리는 이들에겐 저주라고 생각될 정도로 긴 시간이었을 것입니다."

"그나마 주니어가 아직 무사하다는 것이 안심이로군."

"이번 일이 성공한다면 전쟁은 끝날 수 있을 것입니다."

"크레티스는 어때?"

"아르고스의 눈에 의하면, 이번 전쟁에 끼어드는 것은 단념한 듯합니다."

"의외로군."

"이번 전쟁의 가장 큰 수혜자는 크레티스일 것입니다."

"재주는 뭐가 부리고 돈은 누가 버는 격이군."

"재주는 AI가 부리고 돈은 겜방 사장이 버는 법이지요."

"비유를 해도……."

테레사의 대답에 독토르는 투덜거렸다. 하지만 테레사는 한 장의 서류를 독토르에게 건네주었다.

"뭐냐?"

“아르고스의 추가 보고입니다. 크레티스가 엘프들과 협상을 시작했습니다.”

서류를 읽어 내리던 독토르는 테레사를 보며 추가 보고문에 대한 감상을 이야기했다.

“이건 협상이 아니라 협박인데? 아무리 글자 하나 차이라지만 엄연히 다른 말인데 말이야.”

“뭐, 힘있는 자들의 단골 소재 아니겠습니까?”

“그래서 어떤 결과를 예상해?”

“분열이겠지요.”

“분열?”

“예. 엘프들 사이에서도 분열이 있을 것이고, 카마인 정부와 엘프들 사이에서도 분열이 있을 가능성이 높습니다. 우선, 크레티스 내부에 있는 엘프들 사이에서 분열이 발생할 것입니다. 그 연쇄 반응으로 카마인에 거주하는 엘프 사회에서도 분열이 발생할 것입니다. 아마 카마인에 거주하는 엘프들은 일차적으로 자신들의 공훈을 주장하며, 그 대가로 크레티스에 대한 전쟁을 요구할 것입니다. 문제는 카마인은 그럴 여력이 없다는 것이고, 그 결과 카마인 정부와 엘프들 사이에 분열이 발생하고, 그 다음엔 카마인 거주의 엘프들 사이에서 분열이 발생할 것입니다. 이렇게 갈라져 나가다 보면 엘프 전체가 인간들과 다시 척을 지고 예전의 생활로 돌아가거나, 아니면 종족보다 국적이 우선시되는 상황으로 귀결이 되겠지요.”

“어느 쪽이 가능성이 높아?”

“아직은 모릅니다. 이제 협상이 시작되었고, 크레티스 정부도 시간적 여유를 가지고 있기 때문에 처음부터 강한 압박은 들어가지 않을 것입니다. 마찬가지로 크레티스 거주 엘프들도 자신들의 의견 조율을 하고 있을 때입니다. 그리고 카마인 거주 엘프들도 크레티스 엘프들의 전체적인 결정이 내려지기 전까지는 어떠한 결정도 내리지 않을 것입니다. 더구나 지금은 전쟁 중입니다. 생각 많은 종족으로 유명한 엘프들이라면 섣불리 결정을 내리지 않을 것입니다. 거기에 제일 중요한 것은 엘프들에 대한 데이터가 부족합니다. 인간들이야 지구에서 가져온 데이터와 여기에 있는 인간들의 행동 양식을 비교해 시뮬레이션이 가능하지만, 엘프와 드워프들은 생소한 지적 생명체입니다. 19,210일 동안의 기록으로는 예상하기 힘듭니다."

"그렇군. 그렇다면 당분간은 큰 사고가 없기를 기도하는 수밖에 없는 것인가?"

"그런 셈이지요. 저로서는 마음에 안 드는 결과이긴 합니다만……."

오랜만에 감정을 드러내는 테레사의 얼굴을 보며 독토르는 작게 미소를 지었다.

[재기동 19,210일. 제일로 하기 싫은 것이 데이터가 전혀 없는 상태에서 시뮬레이션을 하는 것이고, 그 다음이 불확실한 데이터로 시뮬레이션을 돌리는 것이다. 감정이 있는 생명체는 확실한 데이터를 가져도 예상과 다른 결과를 가져오는 법인데, 지금과 같은 상황이 제일 싫다. 내 정체는 컴퓨터지, 점쟁이가 아니다. 컴퓨터에게 내일의 운세를 말하라고 하는 인간이 세상에서 가장 병신이라는 명언을 다시 떠올린다.]

“알빈 후작, 황도가 함락되었다.”

알빈 후작이 크레티스가 보내준 10만과 신규 편성한 2만의 병력을 모아 행군한 지 4일째 되는 날 아침, 통신구를 통해 나타난 에드먼드 2세는 피곤한 얼굴로 황도의 완전한 함락을 알렸다.

“지금 즉시 군세를 몰아 황도를 탈환하겠습니다!”

“경은 지금 나를 역사에 길이 남을 멍청이로 만들고 싶은가?”

“아닙니다. 하지만 황도를 적의 손에 놔둘 수은 없지 않습니까?”

“황도에만 머무르고 있는 병력이 5만일세. 근처에 흩어진 병력들까지 합하면 그 수는 20만이 넘지. 12만으로, 그것도 긴 행군으로 지친 병사들로 그들을 이길 수 있다고 보는가? 얼마 전에 짠 계획대로 움직이게. 카마인의 남부로 쳐들어가 크게 한 방 먹이고 돌아오게. 서로 한 방씩은 맞아야 남는 장사가 아니겠는가?”

“알겠습니다, 폐하.”

“그리고 이것은 리히토펜에 있는 조직으로부터 방금 들어온 소식일세. 리히토펜이 카마인의 편을 들기로 했다는군. 리히토펜의 국방군이 움직이기 시작했다.”

“얼마입니까?”

“우선 5만일세.”

“최대한 빨리 움직이겠습니다.”

“부탁하네.”

통신이 끝나자 알빈 후작은 전령을 불렀다.

“즉시 모든 지휘관들을 소집하게.”

"알겠습니다!"

한편, 카마인 군을 알빈 후작과 그가 이끄는 부대를 찾아내기 위해 사용할 수 있는 모든 수단을 다 사용하기 시작했다. 포린트와 맞닿아 있는 남쪽 국경 전역에서 기병대와 장거리 수색대, 비행선과 비행기들이 각자가 맡은 구역을 샅샅이 헤매고 다녔다. 12만이라는 엄청난 군세였지만, 그들이 있을 것이라고 생각되는 남부의 평야는 무척이나 넓었다.

"이거야 원… 짚더미 속에서 바늘 찾기지. 어느 세월에 찾냐고~"

엘레판트 장군은 '아직 발견 못함' 이라는 문장만 적힌 서류들을 흔들면서 푸념을 해댔다.

"동부 전선처럼 산이 많아서 이동로가 한정되어 있음 좀 수월해?"

"그래도 찾아야 하지 않겠습니까? 한 방 맞고 시작한다면 타격이 크니 말입니다."

"그게 문제야. 10만+신규 병력이라는데, 그냥 맞아주면 무지 아프겠지. 역시 믿을 것은 비행기뿐인가?"

"현재로서는 비행기밖에 답이 없군요. 넓은 지역을 가장 빠른 시간에 돌아다닐 수 있는 것은 비행기밖에 없으니 말입니다."

"덕분에 여기저기서 발이 묶였어. 당장 엠페러 급 비행선 5척이 남부에서 대기 중이고, 남부에서 올라오기로 예정되어 있던 병력들도 그 자리에서 발이 묶였어. 진짜 피곤한 상황일세."

"그래도 이번만 잘 넘기면 전쟁을 끝낼 수 있지 않겠습니까?"

독토르의 말에 엘레판트는 고개를 끄덕이더니 한숨을 쉬었다.

"후우~ 그렇겠지. 이번만 이기면 전쟁을 끝낼 수 있겠지. 포린트 국토의 상당수가 이미 황무지로 변한 상황이니 말일세. 포린트의 황제가 제정신을 가진 인간이라면 이번 한 수가 끝나면 백기를 들겠지. 문제는 제정신을 가진 인간이라면 이 망할 전쟁을 시작했겠느냐는 거야."

"나름대로 계산을 했겠지요. 보나마나 크레티스도 한몫을 했고 말입니다."

"그랬겠지. 그런데 크레티스는 꼼짝도 안 하고 있으니 포린트의 황제도 답답하지만, 나도 답답해 죽겠어. 저놈들이 언제 치고 들어올지 모르니 말일세."

엘레판트의 푸념에 독토르는 난감한 미소를 짓기만 했다. 테레사가 만들어놓은 아르고스를 통해 크레티스가 이번엔 움직이지 않을 가능성이 크다는 것을 알고 있었지만, 그것을 말할 수가 없었기 때문이다. 한참 푸념을 하던 엘레판트가 돌아가자, 독토르는 테레사를 돌아보았다.

"이러다 진짜 갈대밭에 가서 임금님 귀는 당나귀 귀라고 외쳐 댈지도 모르겠다."

"여기 사람들은 임금님이란 단어 자체를 모릅니다."

"그거 농담이지?"

"마음대로 생각하시지요."

[재기동 19,230일. 그래, 히든. 그 상황에서 웃길 기대한 내가 바보다. 사과하마.]

카마인 군이 알빈 후작의 별동대를 찾아 헤매기 시작한 지 10일째 되는 날, 하늘에는 한 대의 비행기가 유유자적하게 비행을 하고 있었다. 조종석에 앉은 메르만 소위와 벡터 상병은 전성관을 통해 수다를 떠는 것으로 지루함을 달래고 있었다.

"이거 피곤한데?"

"그래도 원없이 하늘을 날지 않습니까?"

"그렇긴 한데 말이지, 뭔가 건지는 것이 있어야 나는 재미가 있지. 무슨 공중 곡예를 하는 것도 아니고, 그렇다고 마음대로 항로를 정하는 것도 아니고. 그냥 시계추마냥 정해진 공간을 뒤지는 거잖아."

"임무니 별다른 수가 있습니까?"

"항로는 제대로 기록하고 있지?"

"예, 걱정 마십시오."

"아, 진짜 배고프고 졸리고 짜증난다. 그냥 아무 데나 착륙해서 잠이나 자다 갈까?"

"영창은 사절입니다."

그런 영양가없는 대화가 계속 이어졌고, 이야깃거리가 떨어지자 둘은 묵묵히 비행을 계속했다. 한두 시간여를 더 날자 메르만 소위가 입을 열었다.

"연료도 다 되어가는데 슬슬 돌아가자."

"잠깐만 기다리십쇼!"

"뭔데 그래?"

"찾은 것 같습니다!"

벡터 상병의 다급한 목소리에 메르만의 얼굴에서 지루함은 가시고 긴장감이 그 자리를 대신했다.

"어디냐!"

"8시 방향! 지평선이 있는 곳을 보십시오!"

벡터의 말에 메르만은 눈을 가늘게 뜨면서 벡터가 가리킨 방향의 지평선을 살폈다.

"잘 안 보이는데… 아! 있다! 위치 기록해! 저쪽으로 다가간다!"

"알겠습니다!"

벡터의 대답이 나오자마자 메르만은 조종간을 그쪽으로 돌렸다. 5분 정도 날아가자 땅을 가득 채운 병사들과 병사들 사이사이에 세워진 깃발들이 눈에 들어오기 시작했다. 망원경으로 깃발들을 살피던 벡터가 큰 목소리로 외쳤다.

"아군 깃발이 아닙니다! 리히토펜 군의 군기도 아닙니다!"

"잡았다! 본부에 연락해!"

"알겠습니다!"

"휴가다!"

희열에 가득 찬 메르만의 외침을 들으며 벡터는 부지런히 텔레라이터의 자판을 두들겨 댔다.

"잡았습니다!"

정찰기들의 보고를 받고 있던 사병 하나가 크게 외치면서 종이 한 장을 흔들어댔다. 그의 외침에 반쯤은 졸고 앉아 있던 장교가 자리에서 벌떡 일어나 사병에게로 달려왔다. 사병이 내민 종이를 잡아채서

읽던 장교는 후다닥 밖으로 달려나갔다.

"잡았다!"

"잡았습니다!"

"어딘가?"

엘레판트 장군의 다급한 물음에 보고서를 가져온 장교는 급히 지도에 위치를 표시했다.

"마파이 시 서남쪽 120㎞ 지점입니다."

"아군을 오인한 것은 아닌가?"

"발견 지점 사방 10㎞ 내에 아군 부대는 없습니다!"

"리히토펜 군의 현재 위치는 그보다 남쪽으로 30㎞ 정도 떨어져 있습니다!"

부하들의 보고를 들은 엘레판트 장군은 주먹을 움켜쥐고는 크게 외쳤다.

"잡았군! 즉시 정찰기를 더 띄워라! 비행선 부대에 폭격 명령을 내려! 근처 모든 부대에 전투 준비 명령을 보내라! 리히토펜 군에게는 속도를 더욱 높이라고 전해!"

"알겠습니다!"

기다렸다는 듯이 엘레판트의 명령이 떨어졌고, 부하 장교들은 통신실을 향해 달려갔다.

한편, 부지런히 길을 걷던 알빈 후작의 부대 역시 자신들의 머리 위를 맴도는 항공기를 발견했다.

“어? 저게 뭐지?”

한 병사가 하늘을 보며 고개를 갸웃하자 근처 병사들도 걸음을 멈추고는 하늘을 올려다봤다.

“왜 걸음을 멈추는 것인가!”

병사들이 걸음을 멈추자 근처에 있던 부사관이 다가와 행군을 멈춘 이유를 물었다. 그러자 병사들은 하나같이 손을 들어 하늘을 가리켰다. 병사들이 가리키는 방향으로 시선을 돌린 부사관은 하늘에서 맴도는 비행기를 발견하고는 얼굴이 하얗게 질려 소리쳤다.

“이런 젠장!”

부사관은 지휘관을 향해 허겁지겁 달려갔다.

“발견되었습니다!”

“나도 보고 있네.”

지휘관들이 허겁지겁 달려오면서 외치자 알빈 후작은 하늘을 보면서 담담하게 대답했다. 조금 더 하늘의 비행기를 바라보던 알빈 후작은 고개를 돌려 지휘관들을 돌아보았다.

“그렇지 않아도 부르려 했는데 잘됐군. 부관! 아직 오지 않은 지휘관들을 찾아서 지금 즉시 오라고 해.”

“알겠습니다!”

부관은 곧 모여든 지휘관들의 얼굴을 보면서 안 온 이들이 누구인지 확인하고는 전령을 불렀다. 잠시 후 알빈 후작의 부대를 이끄는 고급 지휘관들이 전원 모여들었고, 알빈 후작은 불러모은 이유를 설명했다.

“제군들도 봤듯이, 결국은 카마인에게 위치를 들켰다. 근처에 바로 우리를 요격할 수 있는 카마인 부대가 없고, 리히토펜 군은 아직도 우리 뒤에서 쫓아오기 바쁘다. 따라서 곧 카마인 군의 장기인 항공 공격이 우리에게 가해질 것이다. 이에 따라 우리가 할 수 있는 일이 무엇인가 먼저 확인해 보자.”

알빈 후작의 말에 지휘관들은 테이블 위에 놓인 대형 지도를 보면서 알빈 후작과 의견을 교환하기 시작했다.

“마파이 시까지는 얼마나 남은 것입니까?”

“약 100㎞.”

“공습에 대비해 병력을 쪼갭시다! 지금처럼 밀집해서 움직이면 매우 위험합니다.”

한 지휘관이 분산을 할 것을 피력하자, 곧 다른 지휘관이 반론을 내밀었다.

“무슨 소리! 지금 우리 부대의 절대 다수는 용병들입니다! 만약 잘게 쪼개지면, 그들은 다 도망갈 것입니다!”

“우리 용병들을 무시하는 것이오! 지난번에도 용병들은 전멸에 가까운 피해를 입으면서도 끝까지 전선을 지켰소! 오히려 탈영할 기회를 노리는 것은 그 잘난 당신네 정규군들 아닌가!”

“뭐라!”

“조용! 지금 적을 코앞에 두고 자중지란을 일으킬 생각인가!”

용병부대 지휘관들과 정규군 지휘관들이 의견 충돌을 일으키자, 잠자코 보고만 있던 알빈 후작이 일갈을 했다. 혼란스럽게 떠들어대던 지휘관들이 조용해지자 알빈 후작이 다시금 모인 목적을 이야기했다.

“지금은 누가 잘났는지 따지려 모인 것이 아니네. 얼마 후면 있을 것이 확실한 적의 항공 공격에서 최대한 병력을 보존하면서 우리의 목표를 달성할 수 있는지를 결정하기 위해 모인 자리일세. 그 점을 유념하도록.”

“죄송합니다, 각하.”

후작에게 사과를 한 지휘관들은 다시금 지도를 보면서 의견을 나누기 시작했다.

“어차피 폭격을 피하기 위해서는 분산을 해야 합니다. 그렇다면 아예 부대를 세 개로 나누어 이동하는 것이 어떻겠습니까? 세 부분 중 하나가 녹아내릴 즈음엔 다른 두 부분이 훨씬 더 멀리 진출해 있을 것입니다. 만약 세 부분을 동시에 공격해 들어오려 한다면 저들의 항공 전력도 그만큼 쪼개져서 들어올 것이고, 잘하면 예상보다 적은 피해를 볼수 있을 것입니다.”

“그렇게 부대를 나누어서 이동할 경우 각개격파를 당할 수 있습니다. 우리 뒤를 맹렬하게 쫓아오고 있는 리히토펜 군을 잊어서는 안 됩니다. 카마인이 발견한 이상, 리히토펜에게 연락이 갔을 것입니다. 현재 리히토펜의 군대는 5만으로 알려져 있습니다. 우리가 셋 이상으로 부대를 쪼갠다면 수적 열세를 통해 각개격파당할 수 있습니다.”

“그렇다고 지금처럼 잔뜩 몰려 있으면 표적 신세밖에 안 됩니다! 분산이 나아요!”

“이 문제를 다시 꺼내기 참 그렇지만, 병사들의 문제도 있습니다. 정규군은 거의 대부분이 신병이고, 용병들도 도망칠 기회를 엿보는 이들이 상당수 있을 것입니다. 작게 쪼개지면 탈영을 통해 이탈하는 병사들도 많을 것입니다. 그로 인한 전력 누수도 생각해 봐야지요.”

　그 후로 여러 지휘관이 계속 의견을 내놓았지만 분산과 집중에 자신들의 지지표를 던졌을 뿐, 참신한 의견은 나오지 않았다. 그동안 조용히 듣고만 있던 알빈 후작이 입을 열었다.

　"제군들이 항공에 대해서 주의를 기울이고 있으며, 그 대처 방안에 대해 많은 생각을 했음을 알게 되었소. 제군들의 충심에 감사를 드리오. 제군들의 이야기를 들으면서 생각해 본 내 의견을 말하겠소."

　지휘관들은 알빈 후작의 입에 시선을 모았다. 잠시 숨을 돌린 알빈 후작이 자신의 생각을 지휘관들에게 설명했다.

　"아마 저 비행기에서 보내진 보고를 통해 우리의 소식이 전해졌을 것이 확실하고, 근처의 카마인 군 부대가 우리를 잡기 위해 달려오고 있을 것이오. 마찬가지로 뒤에서는 리히토펜의 군대가 뭐 빠지게 달려오고 있을 것이고, 이 상황에서 분산은 위험하오. 하지만 지금처럼 부대가 몰려 있는 것도 위험하오. 거기에 용병들과 정규군 모두 신병들이 절대 다수요. 작게 나누었을 때의 위험도 문제가 되오. 여기까지는 여러분들도 잘 이해하고 있을 것이오. 안 그렇소?"

　"잘 알고 있습니다."

　"그래서 두 방법의 중간을 취하려 하오. 우선 부대별로 지금의 간격을 전후좌우로 늘리시오. 통신이 연결되고 지휘 체계가 연결될 수 있는 최대한의 간격을 유지하며 전후좌우로 흩어져 이동하게 될 것이오. 그리고 병력의 분산은 없소. 모든 지휘관들은 통신에 주의를 기울이고 있다가 명령이 떨어지면 즉시 부대를 모을 수 있게 만드시오. 우리가 가진 정보에 의하면 이 근처에 있는 카마인 군을 다 합쳐 봐야 4만, 그것도 넓은 국경을 지키기 위해 넓게 분산되어 있소. 뒤에서 따라오고 있는 리히토펜 군이나 다른 카마인 부대와 합류하기까지는 시간이 많이 걸릴 것이오. 그들의 진용이 완성되기 전까지는 우리가 압도적인 우세를 가지고 있소. 따라서 적들이 다 모이기 전에 한 번이라도 전투를 한다면 우리가 낙승을 거둘 수 있소. 작더라도 쉽게 이긴다면, 이는 부대 전체의 사기 진작에 큰 도움이 되오. 그래서 나는 부대의 간격을 좀 더 넓게 벌리고, 그 대신 1차 목표인 마파이 시까지 최대한 빨리 가는 방향으로 일을 진행하고 싶소. 이의있소?"

"없습니다."

알빈 후작의 물음에 잠시 생각을 하던 지휘관들은 이구동성으로 대답했다. 지휘관들의 동의를 얻어낸 알빈 후작은 안도의 한숨을 내쉬고는 명령을 내렸다.

"그럼 지금 즉시 실행하시오."

"알겠습니다."

알빈 후작의 명령에 따라 지휘관들은 부대 사이의 간격을 넓히기 시작했다. 넓어진 부대 간격으로 마파이 시 앞쪽으로 자리를 잡은 평야가 알빈 후작의 부대로 가득 찬 듯 보이기까지 한 상황에서 알빈 후작의 부대원들은 최대한 빠른 걸음걸이로 마파이 시를 향해 전진을 하기 시작했다.

"비행선이다!"

"비행선이다!"

"피해!"

"흩어져! 흩어져!"

하늘에 커다란 비행선 다섯 척이 모습을 드러내자 경보를 받은 병사들은 삽시간에 사방으로 흩어지기 시작했다. 잠시 후, 그들의 머리 위로 도착한 비행선은 폭탄을 쏟기 시작했다.

씨웅! 씨웅!

쾅! 콰쾅!

"아악!"

흩어지는 병사들의 머리 위로 폭탄들이 떨어져 내렸고, 폭발에 휘말린 병사들이 비명을 질러댔다. 병사들은 땅바닥에 엎드린 채 자신들의 무사를 기도했다. 영원과도 같았던 시간이 지나자, 비행선들은 몸을 돌려 사라지기 시작했다.

"일어나라!"

"모여라! 모여라!"

"부상자들과 사상자들을 수습해라!"

"각급 지휘관들은 피해 정도를 조사해 보고하라!"

"어서 움직여! 시간이 없다!"

한 시간 정도가 흐르고 부대는 다시금 앞을 향해 전진하기 시작했다. 전진을 계속하면서 알빈 후작은 피해 정도를 보고받았다.

"사망 300, 부상자 320, 실종 200이라… 예상보다 적은 수치로군."

"그렇습니다."

"좋아, 그럼 실종자를 빼고 이 숫자를 병사들에게 알려주시오. 폭격이란 것은 잘만 대비하면 예상보다 큰 효과가 없다고 병사들을 안심시키시오."

“알겠습니다.”

첫 번째 비행선의 공습 이후로 카마인 군은 하늘을 이용해 포린트 군의 발을 묶기 시작했다. 비행선의 대규모 폭격이 지나가면, 그 다음엔 여기저기서 날아온 비행기들이 폭탄을 투하하고 기관총을 쏘고는 달아났다. 그럴 때마다 포린트 군은 이리저리 흩어져야만 했고, 피해는 적었지만 발이 묶여야만 했다.

“이젠 지겹다 못해 짜증이 나는군.”

“그렇습니다.”

또 한 번의 공습이 지나간 후 피해 보고를 듣던 알빈 후작은 짜증난다는 표정을 지었고, 다른 지휘관들도 마찬가지의 표정을 지었다.

“그래도 이젠 병사들도 익숙해졌는지 피해가 예상보다 적군 그래. 사망 150에 부상 200. 실종자 30. 실종자가 많이 줄었군.”

“얼마 전, 사과나무에 사과 대신에 목을 매달았던 것이 주효했나 봅니다.”

“그런가?”

탈영을 시도했던 병사 100명을 한꺼번에 교수형시킨 이후, 탈영자의 수는 크게 줄어들었다. 지도를 보던 알빈 후작이 지휘관들에게 명령을 내렸다.

“이제 마파이 시까지는 5㎞. 내일이면 마파이 시를 걸고 전투가 벌어질 것이오. 병사들의 주의를 환기시키시오. 그리고 마파이 시를 손에 넣으면 약탈을 허가한다고 전하시오. 고생을 했으니 대가도 있어야겠지.”

"알겠습니다."

지휘관들은 알빈 후작에게 경례를 하고는 밖으로 나갔다. 지휘관들의 설명을 들었는지 병사들 사이에서 함성이 터져 나왔다.

"와아!!"

"만세!!"

"이기자!!"

병사들의 함성을 듣는 알빈 후작의 얼굴에는 씁쓸함이 감돌았다.

"약탈 허가에 저리도 좋아하다니… 군인들이냐, 도적 떼들이냐?"

"적들이 마파이 시 근처까지 도달했다는 첩보입니다."

"우리 측 병력은?"

"뽑아두었던 예비대 포함 4만입니다."

"리히토펜 군의 현재 위치는?"

"다 따라잡았답니다. 내일이면 마파이 시에 도착할 수 있다고 합니다."

"시간과의 경주인가?"

부하들로부터 보고를 받은 엘레판트 장군은 턱수염을 쓰다듬으며 난감한 표정을 지었다.

"적들의 손해는?"

"지난 일주일간의 공습을 통해 5000 정도입니다……."

"엄청 밑지는 장사를 했군. 지난번에는 4만을 날려 버렸는데 말이지."

"작전 평가사의 판단으로는 그 당시에는 적들이 도시에 집결해 있던 때를 노릴 수 있었고, 비행선들도 한 번에 10척씩 투입되었기 때문이라고 했습니다. 지금처럼 넓게 퍼질 수 있는 평야가 아니라 갇힌 도시였고, 투입된 아군 전력도 지금과는 비교가 불가능할 정도였습니다.”

“아직도 좀 더 전술적인 연구가 필요한 병기인가…….”

엘레판트는 혼잣말을 중얼거리며 지도를 살펴보았다. 지도에는 마파이 시와 그 주변이 표시되어 있었고, 포린트 군의 기호가 적힌 커다란 화살표가 마파이 시로 향하고 있었다.

“좋아! 내일은 비행선 10척을 동원한다! 놈들이 마파이 시 코앞에 오는 순간 폭격을 해야 하니까, 마파이 시의 주둔군과 비행선 사이의 통신에 만전을 다하라고 전해! 그리고 리히토펜 군에게는 무슨 일이 있어도 내일 교전이 있기 전까지 마파이 시에 도착해서 적들의 뒤통수를 치라 전하고!”

“알겠습니다.”

엘레판트의 명령을 들은 참모는 곧장 작전 명령서를 작성하기 시작했고, 작전 명령서가 완성되자 명령서는 통신을 통해 해당 부대로 전송되었다.

다음날 아침, 전날 밤에 마파이 시 앞에 도착한 포린트 군은 그곳에 포진한 카마인 군의 진영을 확인할 수 있었다.

“저게 다야?”

“이것들이 우릴 깔보나?”

“아주 물로 봤군!”

병사들과 지휘관들은 자신들에 비해 턱없이 적은 병력들로 구성된 카마인 군을 보면서 분통을 터뜨렸다. 하루에도 몇 번씩 공습을 받는 동안 전진은 지체되었고, 병사들과 지휘관들은 이러다간 카마인 군이 모일 시간을 주는 것이 아닌가 하고 잔뜩 걱정을 했었다. 하지만 막상 와서 보니 자신들의 1/3 정도밖에 안 되어 보이는 적의 규모를 보자 허탈함을 넘어 분노까지 치밀어 오르고 있었다. 흥분하기 시작한 부하들을 알빈 후작이 진정시키기 시작했다.

"자~ 자, 심호흡을 하고 흥분을 가라앉혀라. 적은 우리보다 규모가 한참 작지만 무장을 잘 갖추고 있다. 하지만 우리에겐 소총과 머신 라이플, 소구경 화포가 전부이다. 절대로 흥분으로 일을 망치는 일이 없도록 냉정함을 유지해라! 저놈들에 대한 분풀이는 우리가 이긴 후에 하자! 알겠나!"

"알겠습니다!"

부하들은 큰 목소리로 대답했고, 알빈 후작은 총검이 꽂힌 소총을 높이 들어올렸다.

"좋아! 그럼 작전대로 움직여라!"

"우와!"

마파이 시 근처에 참호를 파고 대기하고 있던 카마인 병사들은 반대편 포린트 진영에서 외친 함성이 은은히 들려오기 시작하자 마른침을 삼켰다.

"진짜 오지게도 많군."

"공습으로 꽤 죽었다던데……."

"지지리 복도 없지!"

작은 목소리로 병사들이 대화를 나누고 있을 때, 부사관들이 여기저기서 고함을 질러댔다.

"긴장하지 마라!"

"야! 누가 안전장치 풀어놓고 있으라고 했나!"

"백병전이 벌어질지 모르니 준비하고 있어!"

"머신 라이플들은 적병 하나하나를 제압할 생각하지 말고, 적이 뭉친 지역을 제압해야 한다는 것을 잊지 마!"

"훈련받은 대로만 하면 이길 수 있다!"

"후아!"

"후아!"

사방에서 고함과 외침이 들리는 동안, 방어군 사령관 하루제 소장은 참모와 이야기를 나누었다.

"비행선과의 통신은?"

"5분 거리에 있다고 합니다. 언제든지 폭격 가능하답니다."

"브레이커들의 준비는 끝났나?"

"20문 모두 준비되어 있습니다."

"리히토펜 군에서의 연락은?"

"지금 전력으로 오고 있다고 합니다. 앞으로 3시간 이내에 합류할 수 있을 것이라고 합니다."

"흐음……."

참모의 보고를 받으며 하루제 소장은 망원경을 들어 적진을 관찰했다. 망원경을 통해 본 적진에는 수많은 적들이 부지런히 전투를 준비하고 있었다. 특히 화려하게 차려입은 알빈 후작으로 보이는 이가 눈에 잘 띄는 곳에서 움직이는 것이 잡히자 하루제 소장은 투덜거렸다.

"사냥꾼들이나 지정 사격수만 있었어도 단 한 발로 조금 수월해졌을 것을……."

작게 투덜거리면서 다시 망원경을 눈에 댄 하루제 소장은 망원경에서 눈을 떼지 않고 크게 외쳤다.

"온다! 전투 준비! 비행선 불러!"

"가자! 가자!"

"앞으로!"

"우와~"

진격 명령이 떨어지자 포린트 병사들은 함성과 함께 앞으로 걸어가기 시작했다. 말이 끄는 경야포가 부지런히 달려가 자리를 잡았고, 저 앞으로 달려간 머신 라이플 조원들은 자신들을 향해 쏟아지는 카마인 군의 탄환 속에서 부지런히 머신 라이플을 조립해 카마인 군을 향해 쏘기 시작했다. 잠시 후 발사 준비가 다 된 경야포들도 카마인 군을 향해 불을 뿜기 시작했다.

펑! 퍼엉! 펑! 펑!

경야포들이 불을 뿜을 때마다 카마인 군 참호에선 커다란 불기둥들이 솟아올랐고, 전진을 계속하는 포린트 군의 발걸음이 점점 빨라지기 시작했다.

"가자! 가자!"

"죽이자! 죽이자!"

온갖 살벌한 외침들이 병사들 사이로 퍼지면서 병사들의 눈빛에 살기가 짙어질 무렵, 하늘에서 폭탄들이 쏟아지기 시작했다.

쾅! 쾅! 콰쾅! 쾅!

"공습이다!"

"피해라!"

10척의 비행선이 밀집한 포린트 군을 향해 폭탄을 떨어드리는 동안, 포린트 군의 전진은 주춤거리며 혼란에 빠져들기 시작했다. 그 순간 병사들과 함께 전진하던 부대 지휘관 하나가 크게 외쳤다.

"달려라! 적들과 섞이면 저들은 폭격할 수가 없다! 얼마 안 남았다! 달려!"

"가자! 가자!"

주춤거리던 병사들은 폭격 속에서 전진하기 위해 필사적으로 달리기 시작했다. 많은 병사들이 폭격 속에 죽어나가고 있었지만, 운이 좋았던 상당수는 눈앞에 잘 보이는 카마인 군 진지를 향해 달리기 시작했다. 그러자 기다렸다는 듯이 카마인 군의 브레이커들과 머신 라이플들이 불을 뿜었고, 카마인 진지를 향해 달려들던 선두가 그 자리에서 무너지기 시작했다.

"사격! 사격! 적들의 접근을 허용치 마라!!"

"쏴!"

콰앙! 탕! 타앙! 타타타타타타타타타타타타탕!

카마인 병사들은 미친 듯이 방아쇠를 당겨댔다. 적들의 난입을 허용해 난전이 벌어진다면 수적으로 열세인 자신들이 불리했다. 그랬기에 카마인 병사들은 부지런히 방아쇠들을 당기고 빈총에 새로운 탄환들을 채워 넣었다.

쾅!

"아악!"

"아악!"

"의무병! 의무병!"

"너희들은 빨리 빈자리를 채워!"

포린트의 포격으로 참호 하나가 날아갔고, 부상을 입은 병사들이 의무병을 찾았다. 의무병들과 마법사들이 부상자들을 치료하는 동안 다른 병사들이 구멍 난 자리를 메웠다. 하루제 소장은 통신기를 붙잡고 고래고래 소리를 질러댔다.

"폭격을 어떻게 하는 거야! 저놈들의 야포를 날려 버려! 머신 라이플까지는 바라지도 않아!"

"미치 중령! 자네가 있는 곳이 밀리지 않나! 어서 병력을 보강시켜! 예비대는 뒀다 잠자리에서 써먹을 거냐!"

"도라 소령! 브레이커들이 저놈들이 가진 야포에 비해 끓리는 것이 뭐야! 왜 저놈들 야포가 설치는 것을 놔두는 거야! 밤마다 브레이커의 포신에 자네 물건을 비벼댈 생각 말고 당장 저놈들을 두들겨 버려!"

"데먼 소령! 잘했다! 저놈들의 엉덩이에 구멍을 내버려라!"

명령과 쌍욕, 칭찬과 비난, 음담패설까지 뒤섞인 하루제 소장의 목소리가 통신망에서 홍수를 일으키는 동안 그의 지휘를 받는 병사들은 생존을 위해 필사적으로 방아쇠를 당겨댔다.

"저항이 거세군."

“그렇습니다.”

말에서 내린 알빈 후작과 참모들은 전투의 흐름을 보면서 혀를 찼다.

“무엇보다 저 비행선의 공습이 최악이었습니다.”

“역시 밀집한 상태에서 공습을 받으면 피해가 커. 지휘관들에게 적들과 좀 더 가까이 붙으라고 전해라.”

“알겠습니다.”

참모가 명령을 전하는 동안 알빈 후작은 망원경을 꼭 붙잡고 기도했다.

“제발, 제발, 제발…….”

하지만 그의 기도는 들어지지 않았다.

“큰일입니다!”

“무슨 일인가!”

후방을 경계하던 부대에서 달려온 전령을 보면서 알빈 후작은 ‘설마!’ 하는 표정으로 물었다. 하지만 전령의 대답은 역시나였다.

“리히토펜의 군대와 접촉했습니다! 견제를 했습니다만, 적은 우리의 측면으로 이동했습니다!”

“젠장!”

“기병댑니다! 기병대가 우리 군의 측면을 치고 있습니다!”

옆에 서 있던 참모의 외침에 알빈 후작은 급히 망원경을 들어 전장을 살폈다. 짙은 회색의 군복을 입은 기병대가 아군의 측면을 치고 있었다. 알빈 후작은 급히 명령을 내렸다.

“모든 병력은 카마인에 달라붙어라! 최대한 난전을 벌여야 한다!”

알빈 후작이 명령을 내리는 동안, 포린트 진지 뒤쪽에서는 총성과 사람들의 고함 소리가 점점 크게 다가오기 시작했다. 알빈 후작은 말에 올라타며 명령을 내렸다.

"나를 따르라! 이제는 카마인 군을 돌파해 마파이 시에 돌입하는 것만이 살길이다! 이랴!"

말과 동시에 알빈 후작은 카마인 군 진지를 향해 말을 달리기 시작했고, 참모들과 후방을 지키던 예비대들도 전력을 다해 카마인 전선으로 달리기 시작했다.

리히토펜의 개입 이후, 카마인 군 진영에서 벌어지는 전투는 한층 거세어졌다. 카마인 군의 저항선을 뚫고 마파이 시에 진입해 안전을 확보하려는 포린트 군과 그것을 저지하고 시가전을 피하려는 카마인 군의 충돌은 필사적이었다.

"수류탄!"

"엄호해!"

"머신 라이플은 뭐 하는 거야!"

참호 바로 앞까지 밀려들어 온 포린트 병사들을 향해 카마인 군은 수류탄을 던져 댔고, 참호에 뛰어든 적을 향해 총검을 찔러댔다. 폭탄이 떨어진 비행선들은 고도를 낮추고는 비행선에 달린 모든 머신 라이플들을 땅으로 돌려 포린트 군에게 쏴대기 시작했다. 병사들은 철모로 적을 후려치고, 칼로 찌르고, 야전삽으로 적의 팔다리를 내려찍었다.

병사들의 얼굴과 몸은 자신의 것인지 남의 것인지 모를 피로 흠뻑 젖어버렸다. 병사들의 치료와 통신에 전념하던 마법사들도 난전 속에서 덤벼드는 적들을 향해 마법들을 난사했다. 결국, 포린트 군은 리히토펜 군이 자신들의 등을 찌를 때까지 카마인의 방어선을 뚫지 못했다.

"항복하라!"

"항복해!"

탕! 타탕!

"아악!"

항복을 거부하고 저항하던 병사들이 총격에 쓰러지자 포린트 병사들은 하나둘 손을 들기 시작했다. 몇몇 포린트 병사들은 손을 들었음에도 불구하고 사살당하는 경우도 있었지만, 결국은 모두 포로의 신세로 떨어지기 시작했다. 알빈 후작 역시 난전 중에 중상을 입고는 포로로 붙잡히고야 말았다.

"포린트 군의 지휘관입니다."

하루제 소장은 한쪽 팔이 잘린 채 땅바닥에 앉아 있는 알빈 후작을 내려다보았다. 마법사의 치료로 지혈은 되었지만 팔 자체가 완전히 잘려져 버려 외팔이가 되어버린 알빈 후작은 하루제 소장을 보면서 입을 열었다.

"포린트 제국의 알빈 후작이오."

"카마인 제국 육군 소장 카를 폰 하루제 남작입니다."

자신의 소개를 한 하루제 소장은 가볍게 경례를 붙였다. 손을 내린 하루제 소장은 참모에게 명령을 내렸다.

"신체 검사를 철저히 한 후에 사령부로 보낸다. 자해를 할지 모르니 대비를 철저히 해서 최대한 빠른 시간에 보낸다."

"알겠습니다. 그리고 지휘 막사에 리히토펜 군의 사령관이 와 계십니다."

　명령을 들은 참모는 병사들을 시켜 알빈 후작을 끌고 갔다. 지휘 천
막으로 향하던 하루제 소장은 자신들의 부하들을 바라봤다. 탈진해서
바닥에 드러눕거나 멍한 눈으로 자신을 쳐다보는 부하들을 본 하루제
소장은 근처에 있던 커다란 나무 상자 위로 올라갔다.

　"제군들!"

　병사들의 눈이 하루제 소장에 모아졌다.

　"제군들! 우리는 이겼다! 제군들! 저 포린트 제국이 우리의 국토를
유린하기 위해 보낸 대군을 우리가 막았다!"

　병사들의 눈에 힘이 들어가기 시작했다.

　"제군들! 우리는 이겼다! 우리는 승리자다! 왜 그리 패잔병처럼 행동
하는가! 지친 것은 안다! 하지만 우리는 승리자다! 어깨를 펴라! 허리
를 꼿꼿이 세워라!"

　병사들의 몸에 힘이 들어가기 시작했다.

　"제군들! 군호를 외쳐라! 우리는! 승리자다!"

　"후아!"

　하루제 소장의 말이 끝나자 카마인 병사들은 한목소리로 군호를 외
쳤다. 이렇게 해서 포린트의 마지막 도박은 실패로 돌아갔다.

38

끝났으나 끝나지 않은…….

끝났으나
끝나지 않은……

마파이 시 전투에서 카마인—리히토펜 연합군에게 대패를 기록한
이후, 포린트는 그 누가 보기에도 한계에 다다랐다는 것이 확실하게 보
여지기 시작했다. 새로이 신병들을 징집하고 기존의 부대들을 재정비
하고 있었지만, 여기저기서 탈영하는 군인들이 속출하고 있었다.

"왜! 우리 군대는 카마인과 같은 군율을 보여주지 않는 것인가?"

지지부진한 병력 재편에 에드먼드 2세는 울분을 터뜨렸고, 가까스로
귀환한 다우닝 공작이 설명했다.

"각지를 다스리는 영주들의 권한이 카마인에 비해 많이 살아 있는
것이 문제의 원인입니다. 지난 내전 이후 카마인의 군대는 완벽하게
중앙정부의 통제 아래에 있었지만, 우리 군은 아직 중앙의 통제력이 약
합니다. 거기에……."

“연속되는 패전이 문제겠지!”

에드먼드 2세의 말에 다우닝은 조용히 고개를 숙였다. 에드먼드 2세는 지친 표정을 지으며 의자에 몸을 깊숙이 기대었다.

“크레티스는 어떠한가? 요즘은 아예 연락도 없군.”

“제가 연락을 해보았으나, 지금은 자기네도 손을 쓸 수가 없다고 합니다.”

“손을 쓸 수가 없다? 기도 안 차는군. 허!”

에드먼드 2세는 바람 빠지는 소리를 내며 테이블 위에 놓인 지도만을 내려다보았다. 황도를 점령당한 이래, 카마인 군의 주력은 북부 왈강 유역을 착실히 잠식해 들어갔다. 그리고 리히토펜 군은 소규모의 카마인 군과 연합하여 포린트의 남부를 잠식해 들어오고 있었다.

“손 털고 떠나 버린 나라에 대해 더 이상은 미련을 갖지 않는 것이 좋겠지. 현재 우리가 확실하게 손에 넣을 수 있는 예비병은 얼마인가?”

“한 달 안에 2만을 준비시킬 수 있습니다.”

“그것밖에 안 되나?”

“산업 시설의 다수가 파괴된 관계로 보급이 쉽지가 않습니다. 주요 공업 지대가 이번에 공격받은 곳에 있기 때문에 그렇게 되었습니다.”

“후우~ 나가 보게.”

에드먼드 2세가 손짓을 하자 다우닝 공작은 예를 취하고는 밖으로 물러갔다. 에드먼드 2세는 한쪽에 놓아둔 술병을 꺼내 들고는 마구 들이키기 시작했다. 술병을 내려놓은 창밖으로 보이는 달을 바라보며 한숨을 쉬었다.

“답이 안 보이는군, 답이 안 보여. 2만으로 무엇을 어떻게 하라는 것인가?”

“폐하, 반란입니다!”
“뭐라!”
우여곡절 끝에 가까스로 편성한 2만의 병력을 어디에 배치할 것인지 에드먼드 2세와 다우닝 공작이 골머리를 앓고 있는 회의실로 난입한 관리의 외침에, 에드먼드 2세와 다우닝 공작은 자리에서 벌떡 일어났다. 에드먼드 2세는 떨리는 목소리로 물었다.
“어, 어디서인가?”
“벨파 군항입니다.”
“벨파 군항?”
에드먼드 2세와 다우닝 공작은 서둘러 지도를 살폈다.
“서대륙과의 교역로를 지키는 제2함대의 모항입니다.”
“반란을 일으킨 이유가 무엇인가?”
에드먼드 2세의 물음에 소식을 가져온 관리가 떠듬떠듬 대답했다.
“부당한 인사 정책과 종전을 요구하고 있습니다.”
“부당한 인사 정책?”
“벨파 군항에 주둔하고 있는 해군 가운데 육전대에 차출 명령을 내렸습니다. 하지만 해당 부대 지휘관들 가운데 상당수가 보급의 문제와 작전의 효과를 이유로 거부했습니다. 그래서 해당 지휘관들을 군사 재판에 회부하고, 새로운 지휘관들로 교체를 했습니다.”
“그것은 정당한 인사 아닌가?”
“아마도 그들이 진실로 원하는 것은 종전일 것입니다.”

"종전? 결국 지금까지 팡팡 잘 놀다가 싸우러 가라 하니 못 가겠다고 버틴다는 것인가? 허!"

에드먼드 2세는 기도 안 찬다는 듯이 바람 빠지는 소리를 냈다. 계속해서 기도 안 찬다는 듯이 혼잣말을 하는 에드먼드 2세를 대신해 다우닝 공작이 입을 열었다.

"규모는 얼마나 되나?"

"처음엔 2,000명으로 시작되었으나 함대의 수병들과 근처 주둔군까지 합쳐 지금은 1만으로 늘었습니다. 상당수의 귀족들도 참가를 한 것이 확인되었습니다."

"귀족들까지?"

"예, 해당 지역에 기반을 둔 귀족들입니다."

"허허허……."

관리의 보고가 이어지자 다우닝 공작까지 허탈하게 웃었다. 한참 동안 혼잣말을 하던 에드먼드 2세가 입을 열었다.

"공작, 2만을 보낼 곳이 생겼구려."

"알겠습니다."

"적전 분열이라니! 최대한 빨리 그들을 제압하시오!"

"알겠습니다, 폐하."

에드먼드 2세의 명령을 받은 다우닝 공작은 서둘러 밖으로 나갔다.

반란의 발발로 포린트의 내정은 점점 수렁으로 빠져들어 가고 있었다. 벨파항의 해군들로부터 시작된 반란은 근처의 귀족들과 군부대, 민간인들까지 합쳐져 점점 규모를 불려가고 있었다. 제국의 제2도시인

에단에 있던 에드먼드 2세는 급히 2만의 병력을 반란 진압을 위해 이동시켰고, 이들은 벨파항에서 동북쪽에 위치한 헨지 평야에서 대회전을 벌였다. 반란군 1만 2천과 진압군 2만이 정면으로 격돌을 했고, 사흘간에 걸친 격전 끝에 대회전은 반란군의 승리로 끝났다.

대부분이 신병들로 구성된 진압군은 출정 당시부터 사기가 떨어져 있었고, 심적으로는 반란군이 내건 종전에 동조하는 병사들이 많았기에 병력의 우세에도 불구하고 진압군은 패배를 기록했다. 그렇게 살아남은 대부분의 병사들이 반란군에 합류해 버리는 사태가 벌어졌다.

"이것이 무슨 소리요! 진압을 하러 간 병사들이 반란군에 합류?"

"죄송합니다, 폐하."

참패 보고서를 읽은 에드먼드 2세의 분노에 다우닝 공작과 신하들은 연신 고개를 조아리며 용서만을 빌었다. 그런 신하들의 말을 귓등으로 흘리며 에드먼드 2세는 보고서를 계속 읽어 내려갔다.

"결론은 진압군 대패, 반란군은 1만 2천에서 2만 2천으로 늘어났고, 죽거나 포로로 잡히지 않은 진압군 2천만 복귀 중……. 안과 밖에서 계속 패배의 소식만 올라오는구려."

"죄송합니다, 폐하."

다시금 신하들은 연신 머리를 조아려 댔고, 그 모습에 짜증이 난 에드먼드 2세는 고함을 쳤다.

"죄송! 죄송! 그 말만 해대지 말고 답을 내놓으시오! 답을!"

그의 말에 알빈 후작을 대신해 군권을 맡은 던롭 백작이 입을 열었다.

"우선은 다시금 진압군을 파견하도록 하겠습니다."

"병력은 있소?"

"지금 훈련 중인 병력 1만에, 주변에 있는 귀족들의 개인 병력을 최대한 충원하면 2만 5천은 구성할 수 있습니다."

"1만 2천 대 2만이 붙어서 졌는데, 2만 2천에 2만 5천이 붙어서 이기겠소?"

"최대한 노력하겠습니다."

"후우~"

던롭 백작의 말에 에드먼드 2세는 길게 한숨을 내쉬었다.

"우선 실행하시오. 경의 도박이 잘되기를 빌겠소."

"최선을 다하겠습니다, 폐하."

"나가서들 일보시오."

에드먼드 2세의 축객령에 신하들은 분분히 자리를 떴지만, 다우닝 공작만이 자리에 남았다. 신하들이 모두 다 나간 것을 확인한 다우닝 공작은 에드먼드 2세에게 입을 열었다.

"폐하, 이제는 결단을 내리서야 할 듯합니다."

"결단?"

"종전을 말하는 것입니다."

"종전이라고? 경은 지금 제정신인가?"

"종전밖에 답이 없습니다."

다우닝 공작의 말에 에드먼드 2세는 발작적으로 소리쳤다.

"종전? 종전이라고? 경은 눈도 없소? 카마인과 리히토펜의 침략으로 제국의 영토가 저렇게 찢겨져 나갔는데 종전을 하자는 것이오! 지금 당장 빼앗긴 땅은 물론이고, 카마인의 황도 바이스란트까지 손에 넣어도 마땅치 않을 판이오!"

"그것이 가능하다고 보십니까! 일개 반란도당들에게도 제대로 손을 못 쓰는 상황입니다! 차라리 지금 선에서 전쟁을 끝낸 다음 심기일전을 하는 것이 낫습니다!"

"그렇게 된다면 종전이 아니라 패전이오! 결국 국민들의 비난의 화살은 모두 짐에게 쏟아질 것이오! 생각이 있는 것이오!"

"그렇다고 계속해서 피를 흘리고 땅을 잃을 순 없습니다! 지금 선에서 멈춰야 합니다!"

"그 후를 생각하란 말이오! 누군 지금 좋아서 질질 끌고 있는 줄 아오!"

"방패막이라면 있습니다."

점점 흥분하는 에드먼드 2세와 달리 다우닝 공작은 침착하게 대안이 있음을 알렸다. 다우닝 공작의 말에 에드먼드 2세는 흥분을 가라앉히며 다우닝 공작을 빤히 쳐다봤다. 다우닝 공작은 천천히 자신의 의견을 설명했다.

"던롭 백작이 2만 5천이라고 이야기를 했습니다만, 귀족들은 자신들의 최후 보루인 사병을 내놓지 않을 것입니다. 제 계산이라면, 잘해야 1만 8천 정도가 최대입니다. 그 정도의 병력이라면 필패입니다. 만약 던롭 백작이 자신의 능력 이상으로 열심히 해서 2만 5천을 모은다고 해도 반란군을 진압하기엔 능력이 되지 않을 것입니다. 그것을 이용해 종전을 진행하십시오. 그리고 전선에서 회군하는 병사들로 반란군을 진압하면 됩니다."

"종전의 비난을 막을 방패는 뭐요? 그것은 이야기하지 않을 것이오?"

“반란군을 이용하면 됩니다. 지금까지 전선의 병사들은 큰 패배를 겪지 않았습니다. 물론 적의 대공세에 지금은 뒤로 후퇴를 하고는 있습니다. 하지만 군율도 살아 있고, 전투 의지도 충만합니다. 그런 그들에게 종전의 이유를 반란군의 탓으로 돌리십시오. 흉악한 반란도배들이 제국을 좀먹어 승리의 기회를 날려먹었다, 이렇게 말입니다. 그들의 울분은 모조리 반란군에게 향할 것입니다. 이 기회에 중앙의 힘을 갉아먹고 있는 귀족들도 정리를 해야 합니다. 그들을 정리함으로써 전비로 나간 재정을 최대한 복구하며 다음을 위한 기회를 만들어내야 합니다.”

“흐음…….”

다우닝 공작의 설명을 들은 에드먼드 2세는 생각에 빠져들었다. 다우닝 공작은 다시 한 번 자신의 주장을 힘주어 강조했다.

“폐하! 이것은 위기를 벗어나기 위한 기회입니다! 저 얌체 같은 크레티스를 보십시오! 지난 카마인과의 전쟁에서 그렇게 큰 피해를 입었을 때, 그것을 기회로 중앙은 힘을 얻었고, 다시 일어설 기회를 얻었습니다. 그리고 저 간악한 카마인을 보십시오. 기회가 있을 때마다 꼬투리를 잡아 귀족들을 정리했고, 지난 내전 이후 귀족들은 명예직으로 변해버렸습니다. 물론 영지도 있고, 작위도 있습니다. 하지만 그들의 실질적인 힘은 의회 안에서만으로 한정되어 버렸습니다. 행정의 모든 것은 황제와 삼 공작, 그리고 전문 관료들로 계획되고 실행됩니다. 이번 반란은 위기이자 기회입니다! 폐하!”

다우닝 공작은 열변을 토해내고는 에드먼드 2세를 간절하게 바라봤다. 에드먼드 2세는 말없이 생각에 잠겨들었다. 한참을 생각하던 에드먼드 2세는 짧게 되물었다.

"우리가 힘을 비축한다면 카마인을 쳐서 이길 수 있겠소?"

"가능합니다. 아니, 반드시 이깁니다! 지금까지 상당한 수의 카마인 신무기들을 노획했습니다. 거기에 그 무기들을 저들이 어떻게 사용하는지 온몸으로 배웠습니다. 우리의 과학자들과 기술자들을 믿으십시오! 지금 그들이 그것을 열심히 연구하고 있습니다. 지금 이 한 번의 굴욕만 참으면 우리는 다시 한 번 크게 일어설 수 있습니다."

다우닝은 다시 한 번 간청을 했다. 묵묵히 다우닝의 간청을 듣던 에드먼드 2세가 드디어 결정을 내렸다.

"이번 도박의 결과를 보고 진행합시다. 거기에 맞춰서 준비를 해두시오."

"감사합니다, 폐하!"

"나가 보시오."

"편히 쉬십시오, 폐하."

다우닝 공작은 길게 읍을 하고는 회의실에서 물러났다. 회의실에 홀로 남은 에드먼드 2세는 길게 한숨을 내쉬었다.

에단에 있는 공작의 임시 거처, 다우닝 공작은 한 여성과 대작을 하고 있었다. 술잔에 술을 채우며 다우닝 공작은 자신의 앞에 앉아 있는 30대 초반의 여성과 이야기를 나누었다.

"자네에게 매우 감사하네. 자네가 말해주기 전까지 난 제국이 여기서 끝날 줄 알았다네."

"과찬의 말씀이십니다."

"그런데 자네가 구해준 설계도가 매우 아쉽구만. 조금만 더 빨랐어도……."

"그 점에 대해서는 송구하옵니다. 저로서도 최선의 노력을 다했으나……."

"아닐세, 아니야. 비록 개략적인 설계도라 해도 그것이 어디인가? 전쟁만 아니었다면 제국 연구소의 과학자들과 기술자들을 총동원해서라도 우리의 것으로 할 수 있었겠지만, 전쟁으로 그들도 사라졌고 공장들도 태반이 넘게 사라졌으니……."

"다시 시작하시면 됩니다."

"그래야지. 게다가 하늘의 도우심인지 자네와 자네가 이끌고 있는 젊은 인재도 돌아왔고 말이야."

"감사합니다."

"감사는 내가 해야겠지. 건배! 제국의 부흥을 위하여!"

"위하여!"

술잔을 입에 댄 여인은 다우닝 공작을 보면서 묘한 미소를 지었다.

패스파인더 영지에서 테레사는 독토르에게 한 장의 쪽지를 내밀었다.

"뭐냐?"

"미끼에 대어가 걸렸습니다."

"성공한 거냐?"

"성공했습니다."

"그 허술한 공작에?"

"여기 정도의 사회 수준이면 하늘이 곡할 작전입니다."

"쩝… 그건 그렇고, 그럼 이제 종전이려나?"

"반란이 좀 더 크게 벌어진다면 말이지요."

"흐음……."

테레사의 설명에 독토르는 턱을 쓰다듬으며 쪽지를 다시 한 번 읽어 내렸다. 포린트에 심어둔 아르고스의 눈이 보낸 보고서였다. 전쟁이 테레사의 승리로 끝이 날 가능성이 높아지면서 독토르와 테레사는 하나의 공작을 수행했다. 예전에 포린트에서 카마인으로 이주해 자리를 잡은 이들과 그들의 가족 중에서 포린트 성향이 강한 이들을 비밀리에 조사했다.

그 후, 독토르와 테레사는 보관 중이던 돌을 친포린트계 인사로 위장하여 그들에게 접근, 그들을 은밀히 포린트로 이동시켰다. 거기에 그들의 가치를 높이기 위해 적당히 손을 본 소총들과 비행기들의 설계도를 약간의 소동을 통해 입수하게끔 만들었다.

"그런데 설계도까지 넘겨준 것은 좀 문제가 있지 않냐? 잘못해서 이번 전쟁에 사용되면 어떻게 되는 거지?"

"걸레가 된 포린트 기술로 설계도에 숨겨진 버그를 디버깅하려면 짧게 잡아 5년은 걸립니다. 이번에 넘어간 부재료들의 실력에 맞춘 버그들입니다."

담담하게 대답하는 테레사를 보면서 독토르는 고개를 모로 꼬았다.

"혹시 저 반란도 네 작품이냐?"

"제가 무슨 베일 속의 악당입니까?"

[재기동 19,260일. '터미네이터 신드롬'의 원인이 된 '크리스마스의 대참사' 이후 배운 점. 티가 안 나게 사고 쳐라. 쿄쿄쿄!]

"진압이 실패했습니다, 폐하."

"그것을 왜 자네가 보고하나?"

진압을 책임진 던롭 백작 대신에 다우닝 공작이 진압 실패를 보고하자, 에드먼드 2세는 던롭 백작의 부재 이유를 물었다. 에드먼드 2세의 질문에 다우닝 백작은 고개를 숙이며 대답했다.

"그는… 진압 실패의 책임을 지고 스스로……."

"참 쉽게 인생을 사는구먼."

대략의 사정을 이해한 에드먼드 2세는 비아냥으로 그의 심정을 대변했다. 잠시 침묵을 지키던 에드먼드 2세는 입을 열어 결과를 물었다.

"진압 실패의 결과는?"

"출전한 2만의 진압군 중 전사 4천, 귀환이 6천입니다. 나머지 1만 중 1,500이 이동 중 탈영, 전투 중 실종이 3,000, 반란군과의 합류가 4,000, 부상 및 포로로 잡힌 자가 그 나머지입니다."

"잘하는군, 아주 잘하고 있어. 우리 포린트 제국의 문장을 단 군대는 항상 지는 상패군이 되었구먼. 반란군의 규모는 그럼 이제 얼마나 늘은 것이지?"

"이번 전투 손실을 빼고 약 28,000으로 늘었습니다."

"더하기 빼기를 해도 갑자기 2,000의 오차가 생겼구먼. 새로이 합류한 친구들인가?"

"…죄송합니다, 폐하."

"눈치 보다가 말을 갈아타는 족속들의 행태가 경이 사죄를 청할 일은 아니지. 흐음……."

의자에 몸을 깊숙이 실으면서 에드먼드 2세는 턱을 쓰다듬었다. 턱을 괴고 앉아 있던 에드먼드 2세는 다우닝 공작에게 시선을 돌리며 물었다.

"준비는 어떻게 되어가고 있나?"

"카마인과의 연락은 준비해 놓았습니다."

"우리가 다급한 상황이긴 하지만, 함부로 다리를 벌리지는 말게. 알겠나?"

"알겠습니다."

에드먼드 2세의 당부를 이해한 다우닝 공작은 즉시 바깥으로 나갔다.

"폐하, 포린트로부터 통신이 들어왔습니다."

"통신이? 용건은?"

다인 공작의 보고에 율리우스 황제는 피곤으로 인해 뻑뻑해진 눈을 문지르며 자세를 바로 했다. 2년을 지나 3년에 들어서는 장기전에 따르는 심력의 소모로 인해 황제의 얼굴은 매우 수척해져 있었다.

"종전 협상을 하자고 합니다."

"종전 협상? 그렇군. 포린트 친구들이 일어났다고 그랬지?"

"그렇습니다."

"그 친구들, 급하긴 급했나 보군. 뭐! 우리로서야 이제나저제나 기다리던 것 아닌가? 공작들이 잘해보게."

"맡겨주십시오, 폐하."

"아, 처음 선전포고인지 뭔지를 받았을 때 내가 포린트의 젊은 친구에게 말하기를, 포린트에서 보자고 했으니 그 조항은 잊지 말게. 아! 그리고 전쟁에서 부역한 부역자들을 넘겨받는 것도 확실히 하고."

"알겠습니다, 폐하."

"급한 것은 저들이니 챙길 것은 최대한 챙기게. 단, 너무 무리하지는 말고."

"맡겨주십시오, 폐하. 그동안 우리가 입었던 손해는 반드시 보상받겠습니다."

"아! 나가기 전에! 그 설계도 도난 건은 어떻게 되었나?"

"지금 수사 중입니다만, 워낙에 깔끔하게 벌어진 일이라……."

"패스파인더 자작은 뭐라 그러나?"

"다행히 개념도 수준이라 크게 문제되지는 않을 것이라고 합니다. 지금 포린트의 상황이라면, 개념도를 가지고 우리를 따라잡기까지 적어도 5년에서 10년은 걸릴 것이라고 말했습니다. 그 정도의 시간이라면 우리는 그보다 한발 더 앞서 나갈 수 있을 것이라고 했습니다."

"자작의 여동생도 그리 말하던가?"

"그렇습니다, 폐하."

"그럼 그렇게 되겠지. 아깝군, 아까워. 패스파인더 자작과 그 여동생 같은 인재가 몇 명 더 있었다면 제국이 대륙을 일통할 수도 있었을 텐데…….”

황제는 아쉽다는 듯이 혀를 찼고, 다인 공작 역시 고개를 끄덕여 동감을 표시했다. 다인 공작은 생각이 났다는 듯이 옆구리에서 서류철을 빼내 들었다.

“아, 그리고 패스파인더 자작에게서 올라온 건의입니다만, 만약 전쟁이 이 상태에서 우리의 승리로 끝난다면 지금 우리가 쓰는 무기들을 타국에 판매하는 것을 전향적으로 검토해 주시기를 건의하고 있습니다.”

“우리 무기를 판다?”

“그렇습니다. 전쟁이 끝난다면 어차피 군의 규모를 줄여야 합니다. 그 결과로 남게 되는 무기와 각종 장비들을 타국에 판매하는 것입니다. 그렇게 함으로써 큰 손실을 입은 재정을 확충하고, 타국에 대한 영향력을 증대시킬 수 있다 강변하고 있습니다.”

“그것이 가능한가?”

“저희들의 분석으로는 충분히 가능하다고 봅니다. 각국의 무력 수단인 군을 우리 영향력 안에 둘 수 있는 일이니 말입니다.”

“추진하도록. 지금도 백성들에게 무거운 부담이 가는 상황인데, 그렇게 해서라도 부담을 줄여야지.”

“알겠습니다, 폐하.”

다인 공작이 예를 표하고 나가자 황제는 혀를 찼다.

“그때 우격다짐으로라도 잡았어야 했나? 마가리타 하나로는 좀 불안한데 말이야.”

다우닝 공작의 종전 협상 제의를 카마인이 수락한 다음, 보름에 걸쳐 포린트와 카마인, 리히토펜은 지리한 협상을 계속했다. 최대한 손해를 덜 보려는 쪽과 최대한 뺏어내려는 쪽의 설전은 치열했지만, 시간은 포린트의 편이 아니었다. 결국 포린트는 카마인에게 왈 강 유역을 내주었고, 리히토펜에게는 잘만 강 서안을 내주었다. 전쟁 보상액까지 다 결정을 보고나서 협정의 조인은 포린트의 황궁에서 하는 것으로 결정이 났다.

세 나라의 국왕에게서 협정 초안이 인준을 받은 후, 횟수로 전쟁이 벌어진 지 3년째 되는 해에 세 나라의 군주들은 포린트의 수도 폴리스에 모였다. 폴리스에 지어진 포린트의 황궁 주위는 카마인과 리히토펜의 군대들로 겹겹이 둘러쳐져 있었다. 대연회장에 모인 카마인의 황제와 포린트의 황제는 서로를 말없이 노려보고 있었다. 먼저 카마인의 황제가 입을 열었다.

"수고하셨소. 고생이 많았나 보구려."

"별말씀을……."

완전히 아랫사람을 보는 듯한 카마인 황제의 말에 에드먼드 2세는 이를 악물고 대답했다. 둘의 대치를 보고 있던 리히토펜의 국왕이 중간에 끼어들었다.

"자! 자! 일부터 하지요! 중요한 것은 일 아닌가요?"

리히토펜 국왕의 말에 두 황제는 테이블로 향했다. 세 군주가 자리에 앉자 관리 하나가 커다란 종이를 들고 앞에 나서 군주들에게 예를 표한 후 몸을 돌려 사람들을 보며 옆구리에 끼고 있던 서류철을 펴 들었다. 관리가 종전 협정문의 내용을 큰 목소리로 낭독하는 동안 대연

회장은 쥐 죽은 듯 조용해졌다. 포린트가 포기하는 부분에 대한 항목
이 읽혀지는 동안, 포린트의 관리들은 눈물을 흘리며 이를 악물고 흐느
꼈다. 낭독을 다 마친 관리는 몸을 돌려 세 군주에게 물었다.

"이상입니다. 세 군주께서는 동의하십니까?"

"동의하네."

"동의하오."

"…동의 ……하오."

포린트의 에드먼드 2세가 이를 악물며 가까스로 승인을 하자, 세 군
주 앞에는 커다란 서류철이 펼쳐졌다.

"서명하시고 옥새를 날인하시면 됩니다."

세 군주는 세 장의 협정문에 돌아가며 사인을 하고 옥새를 날인했
다. 모든 과정을 확인한 관리는 몸을 돌려 크게 외쳤다.

"이제 전쟁은 끝났습니다!"

"와아아!"

짝짝짝!

"크흑!"

카마인과 리히토펜의 관리들은 크게 함성을 지르고 박수를 쳤지만,
그 소음 속에 포린트의 신하들은 눈물을 흘리며 고개를 숙였다. 협정
을 인준한 세 군주들은 황궁 발코니로 나섰다. 발코니 밑에 대기하고
있던 카마인의 군대와 리히토펜의 군대는 함성을 질렀다.

"와아아아!"

병사들의 함성에 카마인의 황제와 리히토펜의 군대는 미소와 함께
손을 들어 화답했다. 곧이어 병사들의 행진이 시작되었다. 멋들어지게

차려입은 병사들이 힘찬 걸음걸이로 군주들 앞을 행진했고, 카마인의 황제와 리히토펜의 국왕이 미소를 지으며 일일이 답례를 하는 동안 에드먼드 2세는 잔뜩 굳은 표정으로 가만히 서 있었다.

이틀 후, 카마인의 황제와 리히토펜의 국왕은 폴리스를 떠났다. 두 군주와 함께 두 나라의 군대는 보무도 당당하게 폴리스의 시가지를 행진했다. 반이 넘게 파괴된 폴리스의 주민들은 무표정한 표정으로 그 행진을 바라봤다. 그렇게 두 군주와 군대가 사라지자 에드먼드 2세는 다우닝 공작에게 명령을 내렸다.

"황궁을 청소하시오! 저들이 잤던 침실의 침구는 모조리 태우고, 황궁의 벽돌 하나, 계단 하나까지 물로 깨끗이 닦아내시오! 청소가 끝나기 전까지 황궁에 들지 않을 것이오!"

"알겠습니다, 폐하."

다우닝 공작은 따라온 시종들과 궁인을 시켜 황궁을 청소하기 시작했다. 황궁이 청소를 시작하자, 시민들도 에드먼드 2세와 똑같은 행동을 벌이기 시작했다.

"거기 물 가져와!"

촤악!

촤아악!

시민들은 카마인과 리히토펜의 군대가 지나간 시가지 곳곳에 물을 뿌려가며 깨끗이 청소를 하기 시작했다.

포린트 군의 임시 숙영지가 있는 마을, 맥스는 마을에 있는 낡은 2층 집 침실로 걸음을 옮겼다.

똑똑똑.

"들어가오."

노크를 했음에도 불구하고 대답이 없는 방문을 열고 들어간 맥스는 눈앞에 펼쳐진 풍경을 보고는 한숨을 쉬었다.

"하아~"

눈앞에 있는 침대에는 두 명의 남녀가 벌거벗은 채 엉겨서 잠을 자고 있었다. 맥스는 잠시 숨을 들이키고는 크게 소리쳤다.

"기상!"

맥스의 고함에 남자는 침대에서 벌떡 일어나 맥스를 보고는 급히 침대에서 뛰어내려 와 부동자세를 취했다. 맥스는 남자 앞으로 걸어가 군화발로 남자의 정강이를 힘껏 걷어찼다.

"욱!"

"자네, 지금 여기가 자네가 있어야 할 곳인가?"

"욱! 아, 욱! 아님! 욱! 아닙니다!"

계속 이어지는 발길질에 남자는 비명을 지르면서 대답했다. 맥스는 남자에게 짧게 명령했다.

"10분 준다. 완전 무장을 갖추고 본부 막사 앞으로 오도록!"

"알겠습니다!"

남자는 경례를 하고는 옷을 집어 들고 후다닥 밖으로 뛰어나갔다. 맥스는 의자를 가져다 침대 앞에 놓고 앉았다. 눈앞에서 맥스가 쳐다보고 있음에도 불구하고, 침대 위의 여자는 별다른 수치도 느끼지 않는지 몸을 가릴 생각도 않고 그냥 앉아서 맥스를 바라봤다. 멍한 눈으로 맥스를 보던 여자는 피식 웃더니 입을 열었다.

"무슨 일로 여기까지 온 것입니까? 맥스 소좌, 아니, 이제는 중좌인 가요?"

"이젠 소위하고 노는 것이오? 내일이면 사병들과 잠자리를 같이하 겠구려."

"젊으니까 힘이 좋더군요. 왜요? 중좌도 저에게 관심이 있나요?"

"없소."

맥스는 단호하게 대답을 하고는 아직도 벌거벗은 채 앉아 있는 여자 를 바라봤다. 에리나 위쿤, 전쟁이 벌어졌을 때 맥스를 도와 마겐시 함 락에 공을 세운 그녀는 에드먼드 2세가 보내준 훈장을 받는 등 큰 주목 을 받았었다.

하지만 그 후로 카마인과의 소모전이 벌어지면서 그녀의 조직원들 이 하나둘 소모되었고, 전선이 다시 밀리면서 그녀의 입지는 점점 줄어 들었다. 마침내 그녀의 든든한 기둥이던 스코르체니까지 카마인 군의 집중 사격으로 목숨을 잃자, 그녀의 존재는 졸지에 허공에 떠버리게 되 었다. 그 결과, 그녀는 생존을 위해 포린트 군 지휘관들과 잠자리를 같 이하게 되었다. 하지만 얼마 지나지 않아 남자들은 그녀에게 싫증을 내게 되었고, 점점 더 낮은 계급의 포린트 군 장교들과 잠자리를 해야 만 했다. 맥스는 침대 바닥에 널려 있는 옷가지를 집어 에리나에게 건 네줬다.

"입고 나오시오."

맥스의 말에 에리나는 말없이 옷을 입기 시작했다. 자신에게 모든 치부를 내보이면서 옷을 입는 에리나를 보면서 맥스는 한숨을 쉬고는 방을 나섰다. 에리나가 밖으로 나오자, 맥스가 손을 들어 후방을 가리켰다.

"우리는 내일 아침에 저쪽으로 가오. 집으로 가지. 그리고 같은 시간에 저쪽에서……."

맥스 소좌는 방금 가리킨 방향과 정반대되는 방향을 가리키며 말을 이었다.

"카마인 군이 올 것이오. 이번 협정에 카마인 출신은 무조건 카마인으로 넘기도록 합의가 이루어졌소."

그의 말에 에리나는 휘청거리더니 바닥에 주저앉았다. 맥스는 그녀에게 배낭과 수통, 그리고 한 세트의 개인 무장을 내밀었다.

"옷가지와 식량, 그리고 무장이오. 약간의 돈도 넣어두었소. 지금 떠나는 것이 좋을 것이오."

맥스의 말에 에리나는 억지로 힘을 주어 자리에서 일어섰다. 무장과 짐을 챙기는 것을 도와준 맥스는 에리나를 보면서 경례했다. 에리나가 경례를 받자 맥스는 몸을 돌렸다.

"이것이 그동안 함께 싸운 전우로서의 마지막 배려요. 행운을 비오."

말을 마친 맥스는 본부 막사를 향해 걸어갔고, 에리나는 말없이 걸음을 옮겼다.

군주들이 종전 협정에 사인을 하고 있을 무렵, 전선에 있던 부대들은 하나둘 짐을 싸고 있었다. 새로이 변경된 국경선을 지킬 임무를 맡은 병사들은 떠나는 병사들을 부러운 눈으로 쳐다봤다. 카마인과 리히토펜의 병사들은 귀향을 기대했지만, 포린트의 병사들은 새로운 전선으로 투입될 준비를 하고 있었다.

“모두 장비 점검 제대로 해!”

“전쟁은 끝나지 않았습니까?”

바리바리 짐을 어깨에 짊어지고 서 있는 병사들은 장교들의 명령에 어리둥절한 표정으로 되물었다.

“집으로 가는 것이 아닙니까?”

“전쟁은 끝나지 않았다! 배반자들을 진압하러 간다!”

“배반자들이라니요?”

“반란을 일으킨 놈들 말이다! 그놈들로 인해 우리는 치욕을 입었다! 저 비열한 반란자들로 인해 우리는 손과 발이 묶였고, 그 결과 치욕스러운 종전 협정서에 서명을 해야만 했다!”

조금만 잘 생각해 보면 무엇인가 앞뒤가 안 맞는 말이었지만, 병사들은 점점 흥분을 하기 시작했다. 그들도 자국이 치욕적인 종전 협정에 사인을 했다는 것을 잘 알고 있었고, 그 분노의 화살이 점점 반란군으로 향했다. 그러한 분노는 폴리스에서 벌어진 행렬에서 행해진 에드먼드 2세의 연설로 정점에 치달았다.

“제일 먼저 제군들의 용전분투에 깊은 감사를 하고 싶다. 제군들의 분투로 제국과 황실은 그 문을 닫지 않을 수가 있었다. 제군들은 현세의 영웅이며, 군신이다! 하지만 제군들의 분투에도 불구하고 제국은 치욕을 입을 수밖에 없었다! 그것은 왜인가! 그것은 저 비열한 배반자들 때문이다! 저들이 적에게 돌격해야 할 제군들의 발을 묶고, 적의 심장을 향해 방아쇠를 당겨야 할 제군들의 손을 묶었으며, 우렁찬 함성을 질러야 할 제군들의 입에 재갈을 물리고 등에 칼을 찔렀다! 제군들! 우리는 내부의 적으로 인해 불명예를 당해야 했다! 제군들! 제국과 제군들을 배반한 저들에게 그에 합당한 죄과를 치르게 만들어라!"

"우와!!"

함성과 함께 병사들은 폴리스의 시가를 행군했다. 주민들은 몰려 나와 화환을 목에 걸어주거나 포도주나 물을 병사들에게 따라주었다.

4만으로 불은 반란군과 전선에서 돌아온 7만의 병력이 에단 시 서남쪽에 위치한 평야에서 대회전을 벌였다. 반란군은 연승의 여세를 몰아 과감하게 돌격했지만 제대로 편제가 되어 있고, 모든 장비들을 제대로 다루는 완숙한 병사들로 구성된 진압군에게는 역부족임을 보여주었다.

처음 반란을 일으킨 해군 제2함대 소속 육전대만이 용전분투했지만, 결국 4만 가운데 3만이 죽거나 부상을 입는 처절한 결과로 전투는 끝이 났다. 반란군을 제압한 진압군은 신속하게 반란 지역을 평정, 반란에 참여한 귀족들과 자본가들을 처형한 후 그들의 재산을 국고에 환수했다.

귀족들과 자본가들의 은닉 재산을 손에 넣음으로써 약간의 숨통을 튼 포린트였지만, 앞날이 그리 밝지는 않았다. 당장 거리에는 전쟁에서 부상을 입은 상이군인들이 구걸을 하고 있었고, 전쟁 고아들과 이산 가족들이 거리에 넘쳐 나고 있었다.

군을 안정시키기 위해 포린트의 정부는 상이용사들을 위한 병원을 짓고, 연금을 지급하는 등 여러 일을 벌였다. 하지만 제대로 그 혜택을 받는 이들은 그 수가 극히 드물었고, 파괴된 공장으로 인해 넘쳐 나게 된 실업자들 사이에서는 조금씩 불온한 기운이 감돌기 시작했다.

"이거, 어느 나라의 어떤 때하고 조금 비슷한 것 같다."

아르고스의 눈과 공작들로부터 나온 정보 보고서를 읽은 독토르는 고개를 갸웃하며 테레사에게 자신의 감상을 이야기했다. 그의 말에 테레사는 평이한 말투로 대답했다.

"패전국은 언제나 불안하기 마련입니다. 사람들은 큰 잘못의 책임을 다른 이에게 떠넘기는 경향이 있지요. 그러다 보면 서로 편이 갈리고 상대편을 증오하게 됩니다. 어떤 이들은 기득권을 그 대상으로 삼아 증오하기도 하고, 어떤 이들은 평화를 이야기했던 이들을 증오하기도 합니다. 그러다 보면 사회는 극도의 혼란으로 빠져들게 되는 것이지요."

"'네가 먼저 살자고 옆구리 콕콕 찔렀지, 내가 먼저 살자고 옆구리 콕콕 찔렀냐?'의 상황이 여기서도 벌어지는 것일까? 그럼 여기서도 원조 콧수염의 판타지 버전이 나오는 것일까?"

"아직은 확정짓기 어렵습니다. 선장님이 말씀하신 콧수염이 나올 무렵의 그 국가와 달리 황제의 힘이 아직 살아 있으니 말입니다. 물론 에드먼드 2세가 콧수염을 기르고 다시 한 번 나라를 해먹을 수도 있겠지만, 지금 그가 가진 힘은 그의 힘이 아니라 황제의 힘이기 때문에 조금은 힘들 듯합니다."

"애매한데?"

테레사의 설명에 독토르가 고개를 갸웃하며 모르겠다는 표정을 짓자, 테레사가 좀 더 부연 설명을 했다.

　"간단히 말해서 이번 반란 진압이나 그 직후 이어지는 각종 일은 포린트 제국 황제의 힘이지, 에드먼드 2세의 힘이 아니라는 것에서 선장님이 말하신 콧수염과 차이가 있다는 것입니다."

　"그렇군. 그런데 전후 처리 문제는 우리도 좀 급한 것 아니냐?"

　"가장 많이 나갈 퇴역 군인들의 급료와 수당, 전사상자에 대한 보상금과 연금 문제로 행정부의 예산 담당자들이 골치를 앓고 있습니다만, 포린트로부터 들어오는 전쟁 배상금으로 상당 부분을 메울 수 있어 큰 위기는 없을 것으로 예상됩니다."

　"너, 또 출장 가는 것 아니냐?"

　"아마 선장님도 같이 가실 것입니다."

　"쩝."

　테레사의 대답에 독토르는 입맛을 다셨다. 잠시 몇 종의 보고서를 더 살피던 독토르는 테레사가 설명한 퇴역 군인들과 전사상자에 대한 지원금에 관련된 의회 보고용 서류가 나오자 테레사에게 물었다.

　"테레사, 이거 웃기지 않냐? 분명히 얼마 전까지는 중세 봉건 국가의 사회 문화를 가진 나라가 그것과는 전혀 어울리지 않게 매우 근대화된 보상 체계를 갖고 있다는 것 말이야."

　"이 나라의 건국 주체들과 그 뒤를 이어온 권력층을 보면 나름대로 이해가 가기는 합니다. 지구 역사에 나온 많은 국가들과 마찬가지로 이 카마인 제국도 무력 집단이 세운 국가입니다. 그 후, 작위와 영지 형태로 군소 무력 집단을 통제한 것이지요. 문제는 중앙 집권층의 통제에서 벗어나기를 원하는 지방 무력 집단을 통제하는 것인데 말입니다. 그것은 그들의 무력을 지탱할 영지민들과 귀족들을 분리하는 것이지요. 즉, 선장님도 작위와 영지를 받으셨을 때 경험하셨겠지만, 작위와 비례하는 영지 크기와 영지를 지킬 병력의 규모가 다 정해져 있습니다.”

“그렇지. 그것 때문에 고생 좀 했지.”

“거기에 세금도 중앙정부에서 정해진 양만을 징수해야 하며, 일반 영지민들은 영주를 거치지 않고 중앙정부에 민원을 넣을 수 있습니다. 그리고 영주는 집중적인 감찰의 대상이 되고 말입니다. 물론 지방 세력들의 무력을 확실히 견제할 수준의 중앙병들을 양성해야 하는 것은 필수 조건이고 말입니다. 지방 세력들의 군사력을 확실히 통제하기 위해서는 그들보다 양질의 병사들을 손에 넣는 것이 필수입니다. 그러기 위해서 각종 복지 혜택이 잘 구비된 것입니다. 즉, 카마인의 권력 주체인 황제와 세 공작의 역사에서 누가 했을지 모를 혁명적인 발상의 전환이 자리를 잡아 내려온 것이지요. 물론 그렇게 해도 지방 귀족들의 억제는 매우 힘든 일이었지만, 선장님 덕분에 카마인은 효율적인 정치 체계를 만들어내게 된 것입니다.”

“나 때문에?”

“예. 귀족 체제의 상징이었던 황후를 날려 버린 것, 경제의 중심을 전통적인 농업에서 상공업으로 변하게 만든 것, 세습 관료 대신에 전문 기술 관료의 출현, 정보의 개방, 귀족들이 가진 무력의 중심이었던 기사 계급의 역할 감소, 가장 결정적인 것은 내전을 통한 귀족 계급의 규모 축소 말입니다. 물론 선장님이 직접 관여하신 것은 별로 없지만, 선장님과의 관계가 없다고 볼 수 없는 것은 거의 없지요. 나비효과의 가장 극명한 예를 만드신 것이지요.”

"잘하면 역사에 가장 죽일 놈으로 나올 수 있겠군."

"그럴지도 모르지요."

"네 이름은 안 나오겠지?"

"어머나! 전 조연입니다."

난데없이 상큼한 표정을 지으며 대답하는 테레사를 보며 독토르는 고개를 푹 숙였다.

[재기동 19,300일. 인간의 욕망과 내가 가진 기술, 그리고 현지의 기술을 접목할 수 있는 선장님의 존재 하나로 이곳의 사회는 폭발적인 변화를 만들어냈다. 이제는 우민화정책을 피해야 할 때이다. 그것이 프로젝트 'Pia' 의 바른 정착을 할 수 있는 길이다.]

전쟁이 끝나고 한 달 뒤, 귀환하는 병사들로 북적거리던 패스파인더 영지도 조금씩 조용해지기 시작했다. 전장으로 나간 식구들에 대한 염려와 노동으로 인해 찌푸려졌던 사람들의 얼굴도 조금씩 펴지고 있을 때, 짧은 단발머리의 여성이 패스파인더 중앙시 중앙역에 내렸다.

"어디 보자, 주소가… 중앙시 45번지라……."

메모지를 보면서 주소를 다시 확인하던 여성은 작은 트렁크를 끌고 역 밖으로 나섰다. 걸음을 옮기며 여성은 계속해서 옷을 만지작거렸다.

"오랜만에 입어서 그런지 불편하네. 군복을 너무 오래 입어서 그런가? 구두도 불편하고……."

계속해서 불평을 내뱉던 여성은 역을 나와 좌우를 두리번거렸다. 한참을 두리번거리던 여성은 근처에 있던 치안국 분소로 걸음을 옮겼다.

"길 좀 알려주시겠습니까?"

한낮의 무료함을 즐기던 치안대원 둘이 그녀의 말을 듣고는 다가왔다.

"무슨 일입니까?"

"저, 이 주소로 가려면 어디로 가야 하지요?"

"어디 보자, 중앙시 45번지라……."

치안국 대원들은 주소를 보고는 고개를 갸웃하다가 벽에 걸린 시가지 전도로 걸어갔다.

"45번지, 45번지, 45… 아! 여기다! 에? 중부군 사령부?"

"진짜 중부군 사령부네?"

치안국 대원 둘의 대화를 들은 다른 치안국 대원들도 걸어와 주소가 적힌 메모지를 보고 지도를 확인하고는 웅성거렸다. 맨 처음 주소를 확인한 치안대원이 메모지를 돌려주며 위치를 알려줬다.

"그 주소대로라면 중부군 사령부네요. 여기서 저쪽으로 쭉 가면 시 중심부가 나와요. 거기서 제일 큰 건물이 영주이신 패스파인더 자작의 영주관이고, 그 우측에 있는 커다란 건물이 중부군 사령부입니다. 거기로 가세요."

"예? 예, 감사합니다."

의외의 장소에 잠시 멍해져 있던 여성은 곧 인사를 하고는 길거리로 걸어갔다. 여성이 밖으로 나가자 치안국 대원들은 자신들의 의견을 나누었다.

"신임 장교인가? 머리 스타일을 보니 군인인 것 같은데?"

"군인이면 중부군 사령부로 묻지, 주소로 묻겠어? 그리고 임지에 착임 신고하러 가는데 사복으로? 죽으려면 뭔 짓을 못해?"

젊은 치안국 대원들의 의견이 분분한 가운데 중년의 고참 치안대원이 고개를 끄덕이며 입을 열었다.

"또 어디 귀족 자제가 전쟁통에 저 아가씨를 건드렸나 보군."

"예?"

"자네들도 알지? 전쟁에 참전하는 귀족 자제는 이름과 주소를 모조리 가짜로 바꾸고 참전한다는 거."

"알지요."

"그런데 그 가짜 주소 대부분이 그 귀족 자제 출생지 근처 군사령부야. 거기에 모아서 부모들에게 보내지."

"그런데 말입니다. 귀족 자제가 그렇게 다 바꾸고 참전하는 이유가 불필요한 사태를 피하는 것인데 말입니다. 주소를 아는 장교라면 그것을 기회로 삼지 않을까요?"

젊은 대원의 반문에 고참 대원이 손가락을 좌우로 흔들었다.

"이봐, 관공서 주소를 자네들은 다 외우나? 그냥 '중부군 사령부 누구 앞' 이러면 제깍 배달되는데, 일일이 그 주소를 다 외우겠어?"

"그렇구나……."

고참 대원의 설명에 다른 대원들은 고개를 끄덕였다. 잠시 후 다른 대원이 의문을 표시했다.

"그런데 우리 영지에서 저렇게 가짜 주소를 대고 나갈 귀족 자제가 있나요?"

"까먹었냐? 영주님 큰아들……."

무심결에 말을 내뱉은 치안대원이나 그의 말을 듣던 다른 치안대원들이나 그대로 굳어버렸다. 잠시 후 그들은 이구동성으로 외쳤다.

“설마! 그 샌님이?”

한편, 중부군 사령부 건물에 도착한 여인은 믿을 수 없다는 표정을 지었다.

“설마? 아닐 거야…….”

혼자서 중얼거리던 여성은 조심스럽게 걸음을 옮겨 사령부 건물로 들어갔다. 경비를 맡은 병사가 그녀를 제지했다.

“어떻게 오셨습니까?”

“사람을 찾으러 왔습니다.”

‘사령부에 근무하는 사람을 찾으러 왔나 보군.’

그녀의 대답에 병사는 대단치 않게 생각하고는 손을 내밀었다.

“트렁크는 가지고 들어가실 수 없습니다. 저기 보관실에 보관해 주십시오.”

“알겠습니다.”

병사의 안내에 따라 여성은 물품 보관실로 걸음을 옮겼다. 트렁크를 건네 받은 병사가 보관 기록철을 펼쳐 들며 여성에게 물었다.

“성함이 어떻게 되십니까?”

“마리아 코르바입니다.”

“마리아 코르바… 다 됐습니다. 여기 서명해 주십시오.”

마리아가 서명을 하자 병사는 작은 번호표를 건네주었다. 번호표를 받은 마리아는 1층 안내 데스크로 걸어갔다. 안내 데스크에 앉아 있던 사병이 여성을 보면서 사무적으로 물었다.

“어떻게 오셨습니까?”

"여기가 중앙시 45번지가 맞습니까?"

마리아의 질문에 사병은 잠시 안내 책자를 뒤적이더니 고개를 끄덕였다.

"맞습니다."

"사람을 찾으러 왔습니다. 이름은 독토르 파인더. 병적 기록부에 주소가 이곳으로 되어 있었습니다."

마리아의 대답에 사병 뒤에서 서류를 살피던 장교가 앞으로 나섰다.

"군의 병적 기록부는 함부로 열람할 수가 없습니다. 어떻게 보신 것이지요? 그리고 찾는 사람과의 관계는 어떻게 되십니까?"

"저는 볼 자격이 있었습니다. 그는 제 부하이자, 사랑하는 사람입니다. 제 이름은 마리아 코르바, 현재 계급은 대위, 독토르 파인더가 속한 소대의 지휘를 맡고 있었습니다."

"허걱!"

'주니어의 여자가 나타났다' 라는 소식은 광속으로 엘레판트에게 전해졌다. 영주관에서 독토르와 함께 노닥거리던 엘레판트는 부관이 급히 가져온 쪽지를 보고는 짧게 명령을 내렸다.

"접견실에 대기."

"알겠습니다."

짧은 대화를 끝낸 엘레판트는 독토르를 보면서 입을 열었다.

"이보게, 주니어의 여자가 왔다는데?"

"무슨 말씀이신지……?"

"중부군 사령부에 독토르 파인더를 찾는 여성이 와 있다는군. 관계를 물으니 연인이라고 주장."

"에이~ 설마요. 주니어가 사고를 쳤으면 여기로 오지, 왜 중부군 건물로 가요?"

쪽지를 읽은 독토르가 말도 안 된다는 표정으로 고개를 젓자, 엘레판트가 손가락을 흔들었다.

"아니지, 아니지. 보게나, 찾는 사람 이름이 '독토르 파인더'. 이거 주니어가 참전할 때 쓴 가명이잖아. 그리고 그때 쓴 주소가 중앙시 45번지. 이거 중부군 사령부 주소지."

엘레판트의 설명을 듣던 독토르는 옆에 있는 테레사를 돌아봤다. 테레사가 고개를 끄덕이자 독토르는 자리에서 벌떡 일어나 밖으로 달려나갔다. 그의 손에는 어느새 도끼 자루가 들려 있었다.

"주니어~ 네 이놈!"

독토르의 고함이 영주관을 뒤흔들었고, 잠시 후에는 신명(?) 나는 타작 소리와 함께 부자의 대화가 들려왔다.

빽! 빠직! 퍽! 빠악!

"악! 악! 악! 아버지! 왜 그러세요!"

"몰라서 묻느냐! 네가 정녕 단매에 죽고 싶구나!"

빡! 빽! 뻐억!

"익! 악! 아버지! 거기만은 제발! 대 끊겨요!"

"네 동생도 있고, 뭣하면 네 엄마하고 한 번 더 힘쓰면 돼!"

독토르를 말리려 나가려던 마가리타는 나이에 어울리지 않게 얼굴이 붉어졌고, 엘레판트가 조용히 테레사에게 물었다.

"어디서 많이 본 장면인데, 배운 것인가? 원래 성격인가?"

“반반입니다.”

그러는 동안에도 주니어의 비명과 독토르의 고함이 계속 이어지고 있었다.

“악! 악! 아부지!”

“이 자슥아! 전쟁터에 싸우러 나간다더니! 쏘라는 총은 안 쏘고 어서 이상한 물총만 쏜 것이냐! 사고를 치려면 티가 안 나게 사고를 쳐야 할 거 아냐!”

독토르의 말에 마가리타의 표정이 순식간에 날카로워졌다.

“많이 해본 것 같은 말인데……..”

마가리타의 옆으로 휠체어를 몰아가던 테레사는 그녀의 혼잣말을 듣고는 피식 웃으며 고개를 저었다.

“언니하고 저하고 붙어 있는 시간 외에는 연구실에만 있는데, 누구하고요? 드워프하고요? 오라버니 취향은 제가 잘 아는데, 절대 아닙니다. 거기다 예전에 어떤 엘프한테 처절히 당한 기억이 있어 한눈은 절대 안 팝니다.”

그렇게 마가리타를 설득하는 동안 패스파인더 호 모니터에는 짧게 부연 설명이 이어졌다.

[그동안 써버린 피임 도구들을 걸고 맹세코!]

한바탕의 드잡이질을 끝낸 후 주니어는 부모들과 엘레판트, 테레사를 이끌고 중부군 사령부로 걸어갔다. 독토르는 생각날 때마다 주니어를 걸어찼고, 앞장서서 걷던 주니어는 그때마다 발길에 채여야 했다. 일행이 도착하자 대기하고 있던 부관은 서둘러 일행들을 접견실로 안내했다.

의자에 앉아 있던 마리아 코르바는 일행들을 보고는 자리에서 일어났다. 엉망으로 쥐어터진 주니어를 보는 마리아의 눈에 반가움과 의아함이 동시에 떠올랐다.

"환영하네. 난 엘레판트라고 하네."

"난 이 녀석의 애비인 독토르 폰 패스파인더요."

"난 엄마인 마가리타 카마인 패스파인더예요. 반가워요."

"테레사 패스파인더라고 합니다."

엉거주춤 서 있던 마리아는 순식간에 부동자세를 취하고는 번개같이 손을 올려 경례를 했다. 엘레판트는 경례를 받고는 입을 열었다.

"쉬어."

하지만 마리아는 여전히 부동자세 그대로 굳어 있었다. 마리아는 눈동자만 움직여 주니어에게 어찌 된 일인지를 물었다.

"우리 부모님 맞아."

주니어의 대답에 마리아는 기력이 쭉 빠져나가는 것을 느꼈다. 그녀의 상태를 알아챈 마리아가 손을 내밀었다.

"우선 앉지요."

다들 자리를 잡고 앉은 이후, 접견실은 특이한 시츄에이션이 이어지고 있었다. 마가리타가 질문을 하면 마리아가 대답을 했고, 대답 여하에 따라 주니어가 독토르에게 두들겨 맞는 상황이 계속되었다. 주니어가 부모에게 이야기를 하기로 했고, 마리아는 잠시 주어진 휴가를 이용해 찾아오기로 약속을 하였다는 이야기가 마리아의 입에서 나오자 이

른들의 시선은 모두 주니어에게 향했다.

"왜 말 안 했지?"

"저기… 그것이… 기회를 놓쳐서…….'

주니어의 변명을 들은 마가리타가 독토르의 손을 잡고는 조용히 부드럽게 말했다.

"더 패요."

한 달 뒤, 주니어와 마리아의 결혼식이 패스파인더 시에서 거행되었다. 두 사람의 결혼 이야기는 제국 전역으로 퍼져 나갔고, '제국 최고의 대어를 낚은' 마리아는 모든 여성들이 부러워하는 여자가 되었다.

그 여파로 '나도 한번 낚아보자!'를 외치며 소녀 군사 학교와 기사 학교에 지원하는 소녀들의 수가 급증하는 기현상이 벌어졌다. 거기에 주요 군사령부나 주요 건물 주소를 외우는 유행이 불기 시작해, 귀족 자제들의 군역을 관리하던 특수 관리부에서는 그동안 쓰이던 각종 위장 주소를 다 교체하는 진풍경이 벌어지기도 했다. 주니어의 결혼 소식을 들은 황제는 결혼 축하 선물로 마리아의 부임지를 중부군 사령부로 전환시켜 주었다.

"헤~ 여성 군인들에 대한 지원 정책이 잘되어 있네요."

여성 군 복무자에 대한 각종 정책을 본 독토르의 평가에 엘레판트가 설명을 해주었다.

"뭐, 예전부터 쭉 존재해 왔던 여성 기사들의 힘이지. 아, 정략결혼이 만든 특혜랄까?"

"예?"

"공주나 고위 귀족들의 딸들은 거의 대부분 정략결혼을 하는 것이 통례이지 않나? 그런데 호위 기사랍시고 기사를 붙여주니 둘이 눈 맞아 보따리를 싸는 사태가 많이 벌어졌지. 그래서 집중 육성된 것이 여성 기사야. 어지간한 암살이나 습격은 무력화시킬 수 있는 무력을 가지고 있고, 남자들이 못 들어가는 은밀한 곳도 함께 들어갈 수 있는 장점도 있지. 거기에 고등교육과 호위를 하던 동안 각종 예절과 교양을 익힌 재원이 되어서 귀족 남성들의 부인이 되는 경우도 많이 생겼고, 그런 여성들이 힘을 모아 여성 군 복무자들에 대한 지원 정책이 강화된 거야."

"아~"

엘레판트의 설명을 들은 독토르는 고개를 끄덕이다가 마가리타를 쳐다봤다.

"그런데 당신은 호위 기사가 남자였네요?"

"공구나 금속 재료 같은 무거운 물건을 나르는 것은 남자가 더 유리하잖아요."

'호위 기사가 아니라 잡부였던 거냐!'

포린트와 카마인, 리히토펜이 얽혀든 전쟁이 끝나고, 카마인은 전쟁의 후유증에서 벗어나기 위해 정신없이 움직였다. 승전으로 끝이 났지만 거리에는 전선에서 팔이나 다리를 잃은 사람들이 넘쳐 나고 있었고, 전쟁으로 파괴된 도시와 마을에서 피난 온 사람들이 대도시 근처에 대형 슬럼가를 만들어 생활하고 있었다.

"이대로 가면 공황이군."

"그렇다고 마구 돈을 풀어댈 수는 없지 않습니까?"

“그래도 우리는 행복한 고민이겠지요.”

세 공작은 전후 처리를 제대로 하기 위해 머리를 맞대고 의논을 나누고 있었다. 노이만 공작이 의견을 내밀었다.

“그들을 부르지요.”

“찬성.”

“찬성입니다.”

노이만 공작의 의견에 다른 두 공작도 동의를 했다.

중앙의 호출에 독토르와 테레사는 또다시 바이스란트로 와야만 했다. 독토르와 테레사가 황제를 알현한 후 회의실에 들어서자, 세 공작은 둘을 붙잡고 앉아서 회의를 벌이기 시작했다. 각종 안건이 적힌 서류들을 펼치는 공작들을 보면서 독토르가 푸념을 했다.

“어떻게 세 분은 일이 있을 때만 저희들을 부르시는 것 같습니다.”

“인생이 다 그런 것 아니겠나?”

“…….”

능구렁이 담 넘어가듯 대답하는 다인 공작의 대답에 독토르는 입을 다물고 서류만을 살폈다. 한참 서류를 살피고 난 독토르가 입을 열었다.

“문제는 일이 없는 사람은 엄청 많은데 일자리가 없다는 것 아닙니까?”

“그렇지. 자네의 영지는 어떤가?”

“저희 영지야 별문제는 없습니다. 기술자들과 공원 대다수가 병역 특례로 자기 자리를 지키고 있었으니 말입니다. 생산 방식의 변경과 구조 변경으로 생산 효율을 높인 덕분에 지금 그리 큰 문제는 없습니다."

"다행이군. 제국에서 제일가는 공업지대가 별문제없이 돌아간다니 말일세."

"이제부터 문제지요. 사람들이 이렇게 슬럼화되어서 돈이 없다면 소비도 없고, 그러면 생산도 할 수가 없지요."

"그러니까, 그 문제를 어떻게 해결하느냔 말일세."

티거 공작의 닦달에 테레사가 앞으로 나섰다.

"일자리가 없으면 일자리를 만들어야지요."

"일자리를 만든다?"

"그렇습니다. 정부 주도로 대규모 사업을 벌여야겠지요. 우선 파괴된 도시와 마을을 재건하고, 끊어진 교통망을 다시 보수해야겠지요."

"자금은? 적은 금액이 아닐세."

"국채를 발행해야겠지요."

"또 빚만 늘어가는군."

"망하는 것보단 낫지 않습니까?"

"빚이 많아도 망하는 법일세."

"멍청하게 써대면 그렇게 되겠지요."

"…어느 지역부터 고치는 것이 좋을까?"

전후 경제의 회복을 위해 카마인은 전국에서 대규모 토목 공사를 벌이기 시작했다. 지도에서 거의 지워지다시피 한 도시들과 마을을 다시 세우는 대형 건축 현장으로 사람들이 몰려들었다.

특히 지역 연고권을 인정해 도시로 몰려왔던 피난민들이 자신들의 고향으로 돌아가도록 만들었고, 그들이 받고 쓰는 돈으로 지역 경제가 다시 돌아가게 만들었다. 덕분에 제국 서부에선 매일같이 건물들이 올라가고 파괴된 농경지가 다시 제 모습을 찾아가고 있었다.

전시 생산 체제로 인하여 늘어난 노동자들의 문제로 골치를 앓던 상단들과 그들의 구조 조정에서 일자리를 잃었던 이들이 새로운 시장과 일자리를 찾아 전국적인 이동이 이어졌다. 치안국의 업무가 폭증했지만, 사람들이 주머니에서 꺼낸 돈은 시장이 돌아가는 원동력이 되어주었다.

"숨어 있는 돈이 많았네."

지방마다 발간되는 소식지의 경제 면을 읽은 독토르가 안정세를 찾아가는 경제를 보며 안도의 표정을 지으며 입을 열자, 테레사가 설명을 했다.

"대륙 전체가 단일 통화인 상황에서 전쟁이 벌어졌으니 사람들이 했던 가장 빠른 일이 돈을 숨기는 것이었겠지요. 패전했다고 돈이 쓰레기가 되는 일은 없을 테니까요."

"덕분에 바이스란트의 어르신들이 한시름 놓았겠군. 100% 정부가 푸는 상황은 면했으니까."

"정부가 푼다고 해도 그 부담은 나중에 국민에게 돌아옵니다."

"어찌 되었든 좋은 일 아냐?"

"좋은 일이겠지요."

재건 사업으로 인한 호황이 서서히 잦아들 무렵, 카마인 정부는 또 다른 사업을 벌이기 시작했다. 새로이 획득한 왈 강과 항구들을 손에 넣은 카마인은 대형 항구의 건설, 조선소의 건설 등 대형 프로젝트들을 계속 이어갔다.

그렇게 시장에 풀린 돈은 해당 지역에 많은 사람들이 몰려들게 만들었고, 전쟁과 패전으로 인해 수렁에 빠졌던 해당 지역의 경제가 서서히 기지개를 켜기 시작했다. 패전으로 인해 포린트에서 카마인으로 국적이 바뀐 지역 주민들은 경제가 풀리기 시작하면서 카마인에 대한 반감이 조금씩 옅어져 갔고, 카마인에서 사람들이 몰려들자 점점 더 빠른 속도로 카마인에 동화되어 갔다. 독토르의 패스파인더 상단도 왈 강 하구의 항구 도시 노크에 대형 조선소를 건설했다.

"항공모함 같은 것은 만들 생각도 마십시오."

"정말?"

"석탄 때서 가는 항공모함을 보셨습니까? 그리고 1000t짜리 배도 제대로 못 만들면서 무슨 항공모함입니까!"

테레사의 질책에 독토르는 조선소 구석에 쭈그리고 앉아 암울한 오라를 뿌리기 시작했다.

[재기동 20,950일. 항공모함이라니! 선장님, 좀 편하게 삽시다! 진짜 파업을 하던가…….]

한편, 포린트는 아직 종전의 수렁에서 쉽게 빠져나오지 못하고 있었다. 반란을 진압하고서 회수한 자본으로 재건 사업을 벌여갔지만, 여전히 상처는 아물지 않고 있었다. 산업체들의 재건은 여전히 지지부진했고, 젊은 남자들이 너무나 많이 죽어 사회가 삐걱거렸다. 그런 가운데 사회 여기저기에서 불온한 움직임이 하나둘 늘어가기 시작했고, 공안 요원들은 그런 불온 조직을 단속하기 위해 정신없이 돌아다녔다.

인간들이 그렇게 바쁘게 움직이는 동안 이종족들, 특히 엘프들 사이에서도 큰 혼란이 벌어지고 있었다. 원인은 크레티스의 엘프들이 카마인에 거주하는 엘프들에게 보낸 비난 서한 때문이었다.

크레티스 정부에게서 강한 압력을 받던 크레티스의 엘프들은 카마인 쪽 엘프들에게 매우 강력한 비난 서한을 보냈다. 제국 전역에 흩어져 있던 엘프들 가운데 성년이 된 엘프들이 모두 모인 전체 회의에서 그 서한의 내용이 공개되자, 회의장 안은 순식간에 끓어올랐다.

"이것은 악의에 찬 왜곡이오!"

"문장이 좀 과격한 것은 있지만, 여러분들도 반성할 것은 반성해야 하오!"

"우리가 무슨 잘못을 했다는 것이오! 우리 형제들은 그 어느 때보다 안전하고 윤택한 생활을 하고 있소!"

"안전과 생활의 풍요가 굴종을 정당화시키지 않소!"

"누가 굴종을 했다는 것이오!"

"지금 댁들의 행태가 굴종이 아니라는 것이오! 인간에 빌붙어서 호의호식하는 것이 굴종이 아니고 무엇이오! 흡사 인간들의 창녀와 같구려!"

"뭐라!"

크레티스에 거주하는 엘프들의 대표가 토론에 끼어들자 대화는 점점 과격해져 갔다. 크레티스에서 온 장로들 중의 한 명이 '창녀'라는 과격한 발언을 내뱉자, 크레티스 엘프들에 대해 호의적이던 많은 카마인 엘프들까지 반크레티스로 돌아서서 성토를 하기 시작했다.

"창녀라니! 그 발언에 대해서 사과하시오!"

"사과 못하오! 창녀를 창녀라고 하지, 성녀라고 하겠소?"

"그럼 댁들은 성녀란 말인가! 그동안 우리가 해준 지원에 빌붙어 살았던 주제에!"

"뭐라!"

"창녀는 댁들이 창녀요!"

"창녀도 과하다! 거지들이오!"

"거지라니! 거지라니!"

회의장 안은 순식간에 엘프들의 고함 소리로 시끄럽게 끓어올랐다. '고요의 엘프' 라던 엘프들이 '열혈의 드워프' 못지않게 목에 핏대를 세우고 삿대질을 하면서 말다툼을 벌였다. 무력 충돌까지는 일촉 즉발인 상황에서 아다눈을 비롯한 카마인의 엘프 장로들이 소란을 가라앉히기 위해서 진땀을 흘려야 했다. 무질서한 외침이 가라앉자 발언권을 얻은 아다눈이 입을 열었다.

"지금까지 거리는 멀리 떨어져 있어도 우리는 동족으로서 서로 도왔습니다. 그런데 지금의 발언은 아무리 흥분을 하셨다고는 하나, 부적절한 발언으로 보입니다."

아다눈의 발언에 조금 전까지 핏대를 올리던 크레티스의 엘프 장로가 손을 들어 발언권을 얻었다.

"부적절하지 않소이다! 우리는 인간이 아니오! 지금까지 인간들과는 계속 선을 긋고 살아왔소! 우리로서는 당신들이 그 선을 넘었소!"

"언제까지 선을 긋고 살아야 합니까? 이미 대륙은 인간들로 넘치고,

우리들이 살아가는 공간은 점점 더 줄어들고 있습니다. 거기에 인간들의 문명은 점점 더 발달하고 있지만, 우리는 정체되어 있습니다. 우리는 홀로 살아갈 수 없습니다. 필요한 부분은 인간들과 교역을 해야 합니다. 그런데 인간들은 점점 더 발전을 해나가고 우리는 멈춰 선다면, 우리는 인간들에게 점점 더 많은 것을 양보해야 합니다. 우리가 살길은 인간들과 함께 숨을 쉬고 부대끼면서 우리가 가진 것을 점점 더 발전시켜 나가야 합니다."

"인간들에게 이용만 당할 것이오!"

"우리도 이용하면 되지요."

"지금까지도 우리는 우리끼리 잘 살아왔소! 앞으로도 우리만의 생활을 이어가면 되는 것이오!"

"모든 문을 닫아걸고 말입니까? 지금은 그렇게 살아도 될지 모릅니다. 하지만 지금 인간들의 발전 속도를 주의 깊게 보십시오. 100년, 200년만 지나면 우리는 숲 속의 야생동물 취급을 받을 것입니다. 극단적인 예를 들자면, 예쁜 가죽을 가진 야생동물 정도의 취급을 받을지 모르지요. 지금은 우리 일족들이 발전해 나갈 기회입니다."

"문을 닫아걸고도 얼마든지 주체적으로 발전할 수 있소!"

"그래요? 그럼 한번 그렇게 해보시지요."

아다눈의 최후 통첩이 떨어지자, 지금까지 반론을 피던 크레티스 엘프들의 장로도 입을 다물고 물러났다. 회의장 안은 여전히 침묵을 유지하고 있었다. 앞에 놓인 물을 마신 아다눈이 다시 입을 열었다.

"인간들과 언제까지 전투적인 대치를 이어갈 수 없습니다. 이 세계를 지배하고 있는 존재는 실질적으로 인간들입니다. 우리의 다음 세대를 위한다면 인간들과 함께 삶을 이어가야 합니다. 그리고 제가 좀 불만인 것은 아직 크레티스에 사는 동족들 내에서도 의견의 취합이 이뤄진 것은 아닌데, 왜 우리가 모든 비난을 뒤집어써야 하느냐는 것입니다.”

그의 말에 카마인 엘프들은 모두 고개를 끄덕였다. 그의 말에 여태까지 그의 말에 반론을 펴오던 엘프가 다시 입에 거품을 물었다.

“그거야 당연한 것 아니오? 왜 잠잠하던 크레티스가 우리에게 그런 압력을 가했겠소! 다 댁들이 그런 멍청한 일을 했기에 그런 것 아니오?”

이에 지금까지 잠잠히 앉아 있던 아뮤가 발끈해서 외쳤다.

“그래서 100년마다 한 번씩 인간들과 드잡이질을 해야 했나! 그때마다 우리 형제들이 도움을 주러 가서 얼마나 죽어나갔는지 모르는 거야!”

“그래서 이번엔 확실히 답을 받아내지 않았소!”

“그게 또 몇 년이나 갈 것인데?”

아뮤와 크레티스 장로의 설전은 점점 격화되어 갔고, 참다 못한 아뮤가 멱살잡이를 하는 상황까지 벌어졌다. 근처에 있던 다른 엘프들이 둘을 뜯어말리느라 난리를 폈고, 흥분한 엘프들이 서로 삿대질을 하면서 고함을 쳐댔다. 결국 대회의는 다음날 다시 벌어졌다.

전날과 동일한 발표자들이 전날과 동일한 의견들을 내놓으며 계속 격론이 벌어졌고, 대회의장에 모인 카마인의 엘프 전원이 표결에 들어가기로 결론이 났다. 크레티스의 엘프들이 밖으로 나간 가운데 카마인의 엘프들은 서로 토론을 하고는 곧장 표결하기 시작했다.

그날 밤, 찬반의 수를 조사하기 위해 검표를 하는 가운데 크레티스의 대장로가 아다눈을 찾았다. 아다눈의 집 거실에 들어선 대장로는 의자에 앉자마자 입을 열었다.

"표결의 결과는 아직 안 나왔지만, 별로 좋은 결과는 안 나올 것 같구려. 만약에 우리가 크레티스와 합치게 된다면 우리와 당신들은 적이 될 것이오. 그 결과를 받아들일 자신은 있소?"

"받아들여야 한다면 받아들여야겠지요."

"우리는 인간에 비해 한 줌도 안 되오. 섞이게 된다면 우리의 존재는 순식간에 사라질 것이오."

"커다란 잔에 담긴 물에 한 방울의 잉크가 떨어진다면 작게라도 물의 색은 변하지요. 우리는 잉크가 될 것입니다."

"인간과 섞이게 된다면 엘프는 사라질 것이오."

"닿아건다고 사라지지 않는 것은 아니지요. 미래는 그 누구도 모릅니다. 어느 쪽이 더 현명한 선택을 했는지는 다음 세대가 평가를 하겠지요."

다음날 오전, 표결의 결과는 만장일치로 크레티스의 엘프와는 별개의 길을 가는 것으로 결론이 났다. 결정을 들은 크레티스 대표단은 말없이 짐을 챙기기 시작했다. 떠나기 전에 대장로는 아다눈에게 한마디를 했다.

"우리가 오랜 시간을 산다 하나 지나가 버린 시간을 되돌리지는 못하오. 지금의 순간을 잊지 마시오."

"우리는 도망가지도, 후회하지도 않을 것입니다. 잘못된 행동을 했다면, 그것을 시정하기 위해 노력을 하면 됩니다."

아다눈의 말에 대장로는 말없이 돌아섰다. 떠나가는 크레티스 대표단을 배웅한 아다눈은 패스파인더 시로 걸음을 되돌렸다. 시가지 교육구획에 들어선 그의 눈에 한 아름의 책을 안고 걸어가면서 대화를 나누는 엘프들과 인간, 드워프들의 모습이 들어왔다.

"언제까지 닫아걸고 안주할 수는 없지요. 앞으로 걸어가는 것이 운명이라면, 누구보다도 힘차게 걸어가는 것이 정답입니다."

엘프들의 결론을 전해들은 독토르와 테레사는 각종 기획서를 뒤로 밀어놓고 의견을 나누었다.

"이제는 엘프들도 갈라서게 된 것인가?"

"예상했던 결과입니다. 동족이라고는 하나 멀리 떨어져 살고 있었고, 주변 인간들과의 관계도 매우 다른 상황이었으니 말입니다."

"크레티스는 어떻게 될 것 같아? 만약 엘프가 저항을 하고 그 저항을 진압해야 한다면?"

"예전과 같은 도검류의 무기였다면 중앙정부가 입을 피해는 컸을 것입니다. 하지만 지금은 무기 체계도 많이 바뀌었고, 크레티스 역시 전력을 기울일 수 있기 때문에 엘프들은 함부로 무력 투쟁을 결정할 수 없을 것입니다."

"그렇다면, 크레티스에서 엘프들의 힘이 커질 가능성은?"

"여기만큼 강해지지는 못할 것입니다. 수동적으로 끌려가는 상황이기 때문에 효율도 떨어지고, 결국은 이용물의 위치가 될 것입니다."

"그렇군."

“그런데 선장님은 우리 쪽 엘프들의 결정을 어떻게 생각하십니까?”

테레사의 질문에 독토르는 잠시 과거의 고향을 떠올렸다.

“글쎄… 뭐, 나는 무조건 닫아거는 것을 능사로 여기고 있다가 험한 꼴을 많이 당했던 역사를 배우고 자랐지. 덕분에 그 어떤 나라와는 서로 상대방에게 나쁜 일이 생기면 지화자! 하고 좋아했던 기억도 있고. ‘언제까지 퍼줘야 합니까?’ 하고 말했다가 선배들한테 오지게 두들겨 맞은 기억도 있고… 그러다 보니 우리 엘프들이 나쁜 결정을 했다고 생각하지는 않아. 대신 엘프나 드워프 친구들을 위해서 좀 뛰어다녀야 겠지. 안 그래?”

“그래야겠지요.”

“그럼, 슬슬 마스터 플랜을 좀 짜볼까? 부탁해.”

“알겠습니다.”

[재기동 21,020일. 어째 내 일은 줄어들 생각을 안 하냐.ㅜㅜ]

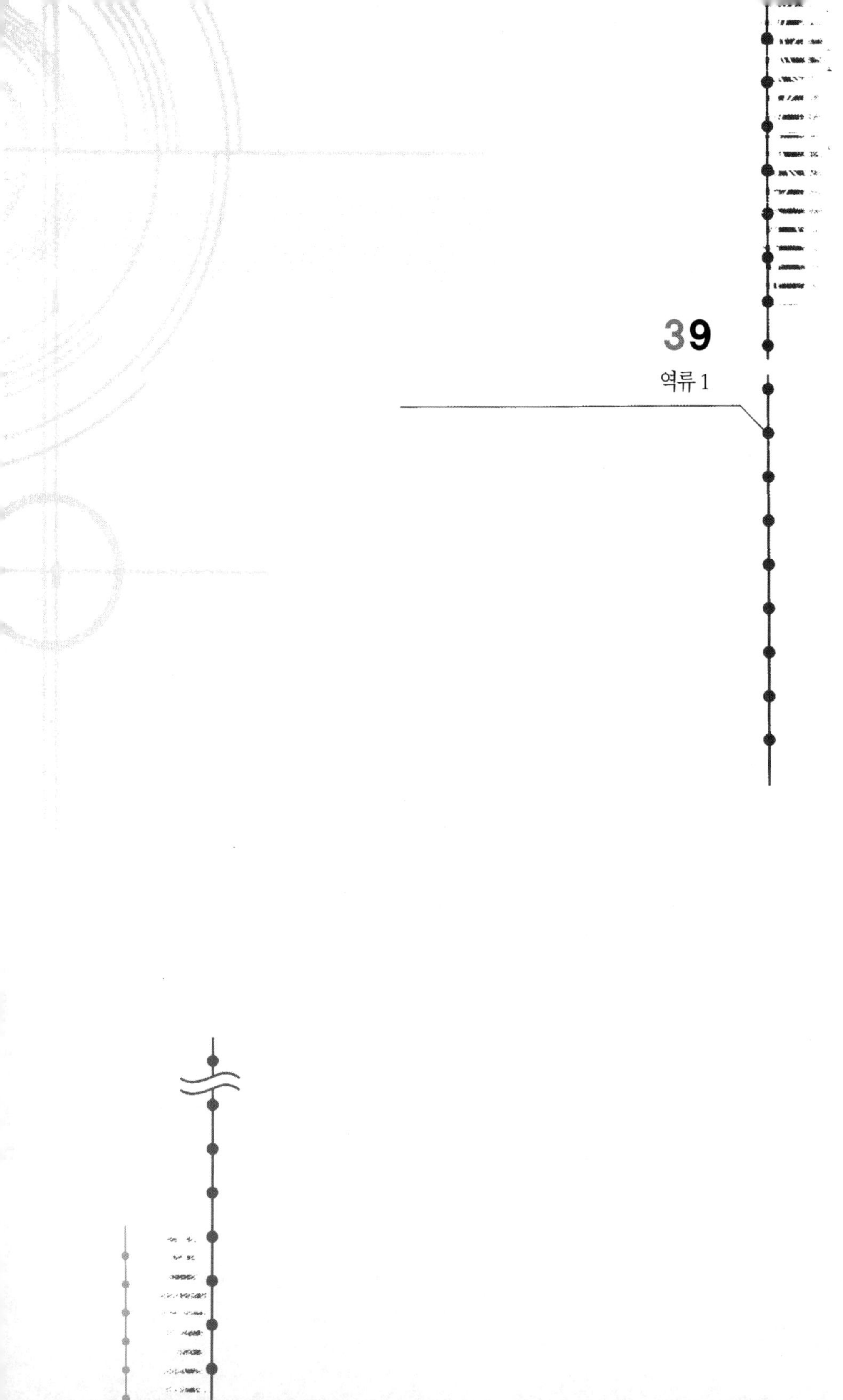

39

역류 1

크레티스의 엘프들은 치열한 내적 갈등을 겪은 후에 크레티스와 함께하는 것으로 결론을 내렸다. 포린트도 서서히 자리를 잡아가면서 세 나라는 치열한 경쟁을 벌이기 시작했다. 경제적으로 다른 나라들을 꺾기 위해 연구소들과 아카데미에선 밤에도 불을 밝혀가며 연구했고, 신 기술을 만들어냈다. 기나긴 협상 끝에 크레티스도 패스파인더 영지에 만들어진 특허권을 인정했고, 패스파인더 영지에 만들어진 특허 관리소는 국제 특허 관리국으로 거듭났다.

그러한 움직임 속에 몇 개의 행사는 국제적인 행사로 그 규모가 점점 커지기 시작했다. 가장 먼저 규모가 커지기 시작한 것은 아우토 모바일 경주 대회였다. 10여 대의 차량이 참가를 하던 대회에서 포린트,

카마인, 크레티스에서 약 100여 대의 차량이 참가하는 시합으로 규모가 점점 커지고 있었다. 경주를 벌이는 코스도 점점 길어져서 포린트와 카마인, 크레티스의 중앙부를 거의 가로지르는 왕복 코스로 결정되어졌다. 다들 한 차례씩 치고받은 경험이 있는 세 나라의 국민들은 열광적으로 그들을 응원했다.

완전히 국제 대회로 자리를 잡은 지 4년째가 되어감에도 불구하고, 우승컵은 여전히 패스파인더 상단에서 떠나지 않고 있었다. 카마인의 몇몇 상단은 거액을 주고 드워프들을 영입했지만, 결승선에서 1등인 패스파인더 상단의 경주용 차들과 얼마나 거리를 줄이느냐로 결론이 내려졌다. 언제나 조금씩 앞서가는 패스파인더 상단을 보면서 다른 상단들은 땅을 쳐야만 했다.

"이미 다 알고 있는 것들을 얼마나 풀어내느냐가 문제인 상황에서 우승을 못하면 바보겠지?"

자신의 손에 들린 트로피를 보면서 독토르는 테레사를 향해 씨익 웃었다.

"하지만 계속 1위를 고수하는 것도 문제가 있습니다. 의욕을 잃을 수 있습니다."

"그 정도 수위는 조절해 오고 있잖아."

"수위 조절이 결승선에서 거리를 줄여주는 것입니까?"

"너도 반대는 안 했잖아? 지난 대회에서의 거리 차이는 20m밖에 안 됐어. 이건 아슬아슬한 것이라고. 운수 없음을 탓해야 하는 것 아냐? 그리고 우리가 기술 개방을 안 한 것도 아니잖아? 돈이 있으면 기술을 가져갔고, 그것을 적용시킬 개발 인력도 충분해. 무슨 문제 있어?"

"……."

독토르의 반문에 테레사는 입을 다물었다. 오랜만에 테레사를 침묵시킨 독토르가 여유롭게 서류를 처리하고 있을 때, 영주실 문이 거칠게 열렸다.

"야!"

"깜짝이야."

문을 박차고 들어온 아뮤의 앙칼진 외침에 독토르는 가슴을 쓸어내리며 아뮤를 쳐다봤다. 아뮤는 손에 쥐고 온 옷가지를 독토르의 책상에 집어 던졌다.

"이게 뭐냐!"

"이번 순회 전시회에서 입을 유니폼이네."

아뮤가 집어 던진 옷을 살핀 독토르가 심드렁한 어조로 대답을 하자, 아뮤가 옷을 들어 독토르의 눈앞에 대고 흔들었다.

"유니폼? 네 눈엔 이게 옷으로 보이니? 대충 바느질한 천 쪼가리지!"

"그냥 평상시 입던 옷에서 좀 짧은 뿐인데 왜 이리 열을 내? 위에 쪼오끔 파고, 아래 쪼오끔 더 짧을 뿐이잖아?"

"이게 조금 더 파고, 조금 더 짧은 거냐? 가슴은 다 드러나기 일보 직전에, 바지는 엉덩이만 가까스로 가린 것이 조금이냐!"

"보기 좋잖아?"

"아예 벗고 다니라고 해라! 당장 예전 옷으로 바꿔!!"

"꼭 바꿔야 해?"

독토르가 내키지 않는 표정을 짓자, 아뮤는 독토르의 얼굴에 자기의 얼굴을 바싹 대고는 으르렁거렸다.

“우리 애들 훈련 표적으로 만들어줄까?”

“…알았어.”

독토르가 손을 들자, 그제야 아뮤는 표정을 풀고 뒤로 물러섰다.

“그럼, 수고해.”

“알았어.”

아뮤가 나가자 독토르는 테레사를 쳐다봤다.

“그렇게 노출이 심한 것인가? 별로 안 야했는데? 뭐가 엉덩이만 가까스로 가렸다고 그래! 이 정도 반바지면 초등학교 애들 수준인데 말이야.”

“많이 봐줘서 빅토리아 왕조 시대의 사람들한테 50년대 비키니 수영복을 보여준 상황인데 뭘 바라십니까?”

테레사의 말에 독토르는 책꽂이에서 파일을 꺼내 들고는 억울하다는 표정으로 반론을 폈다.

“위험하기는 작년 것이 더 위험했어! 봐봐! 이거 원피스 스타일이긴 하지만 등판이 엉덩이 라인까지 내려간 홀터넥에 옆 트임은 이번 반바지보다 좀 더 위쪽까지 올라간 놈이었다고! 그런데 이번 옷이 더 위험하다고 뎅뎅거리는 이유가 뭐야!”

“그래도 전면부는 다 가리지 않습니까?”

“바람 한번 불면 아래는 무방비인데? 이번엔 가운데 막아주기라도 하지!”

“그래도 커다란 천으로 다리를 가려주기는 하지 않습니까?”

“그래도!”

“입을 사람이 그렇게 입겠다는데 어쩌겠습니까?”

“쳇!”

독토르는 투덜거리면서 파일을 테레사에게 건네주었다.

"이거 제작실에 보내줘."

"알겠습니다."

테레사가 파일을 받아 들고는 휠체어를 돌렸다.

경주가 벌어지자 사람들의 눈과 귀는 모두 경주에 집중되었다. 경주의 중간 포스트로 정해진 여러 도시들마다 사람들이 몰려들어 인산인해를 이루었다. 그 사람들을 대상으로 온 대륙의 상인들이 몰려들어 합동으로 거대한 전시회를 열었고, 사람들은 전시된 상품을 구경하면서 지갑을 풀었다.

전시의 중심은 이번 경주에 참가한 아우토 모바일들이었고, 각 상단들은 참가 차량의 원형인 차량과 기타 판매 예정의 아우토 모바일을 전시하고는 소비자들과의 계약을 유도했다. 그 가운데 엘프들을 컴패니언 걸로 동원한 패스파인더 상단은 연일 상종가를 치고 있었다.

남자들의 눈길을 한번에 사로잡는 복장을 한 엘프들을 구경하기 위해 사람들은 몰려들었고, 그렇게 몰려든 사람들은 역시 패스파인더 상단에서 판매한 영상 기록 아티팩트로 연신 엘프들의 모습을 기록하기에 바빴다. 어지간히 엘프들의 모습을 기록한 사람들은 엘프들이 타고 있는 패스파인더산 아우토 모바일의 번쩍이는 몸체를 선망의 눈으로 쳐다봤다.

전시대 주위에 설치한 마법 장치로 만들어진 산들바람에 엘프들의 머리카락은 멋지게 출렁거렸고, 많은 사람들은 그 모습을 보면서 자신이 아우토 모바일을 타고 바람을 가르는 환상을 보았다. 다른 상단에

서도 미녀들을 컴패니언 걸로 내세웠지만, 패스파인더와의 경쟁에서는
조금씩 밀리는 느낌이 있었다. 덕분에 다른 상단들은 가격으로 패스파
인더 상단과 경쟁을 벌여야만 했다.

　천연가스를 동력으로 하는 기관들이 대량으로 사용되면서 각국에서
는 천연가스를 구하기 위해 바쁘게 움직였다. 그동안 쌓인 감정은 많
았지만, 천연가스의 채굴 기술은 패스파인더 상단만이 가지고 있었기
때문에 다른 나라들은 울며 겨자 먹기로 패스파인더 상단에 접촉을 해
왔다.

　독토르는 카마인의 중앙정부와 친밀한 협조 관계를 유지하면서 카
마인과 협조적인 중립국에는 산출량의 일정 부분을 공유하는 방향으로
나아갔고, 크레티스나 포린트와 같은 적대적인 감정이 많은 국가는 상
당히 고가의 금액을 청구함과 동시에 그다지 산출량이 많지 않은 천연
가스전을 시추했다.

　패스파인더 상단에게 시추를 부탁한 국가들은 상당수의 인원을 배
치해 비밀을 알아내려 했지만, 테레사와 독토르는 핵심 부품과 시설을
미리 반조립해 오는 방법을 취함으로써 그들의 접근을 차단했다.

　"선장님, 이 책자들을 좀 봐주시기 바랍니다."

　하루 일과가 거의 끝나가는 저녁 시간에 테레사는 하녀에게 한 아름
의 책을 들려서 독토르의 사무실을 찾았다. 하녀가 독토르의 책상에
책들을 올려놓고는 사무실을 나가자 독토르는 테레사를 쳐다봤다.

　"이건 뭐야?"

“요즘 시중에서 인기를 끄는 책들입니다.”

“흐음.”

독토르는 심드렁한 표정으로 제일 위에 놓인 책을 집어 들었다. 표지의 그림과 제목을 본 독토르는 조금씩 표정이 변해갔다. 다른 몇 권의 책들을 살핀 독토르가 묘한 표정으로 테레사를 쳐다봤다.

“여기서도 판타지가 뜨기 시작하는 거냐? 판타지 세상에서 판타지가 뜨는 거야?”

“선장님이 아시는 판타지와는 조금 다릅니다. ‘기사문학’이라고 말하는 것이 좀 더 정확할 것 같습니다.”

“기사문학?”

“그렇습니다.”

테레사는 테이블 위에 놓인 책들을 죽 늘어놓고는 설명했다.

“이 책들은 시중에서 가장 잘나가는 책들입니다. 주요 공통점을 들자면, 주인공이 기사라는 것이지요. 그리고…….”

“그거야 우리 동네에서도 마찬가지 아냐?”

독토르가 말을 끊어먹자, 테레사는 말을 멈추고 조용히 독토르를 노려봤다. 테레사의 째림에 독토르는 무안한지 턱을 긁었다.

“계속해.”

“…아까도 말했듯이, 선장님 동네의 판타지와는 조금 다릅니다. 물론 선장님이 아시는 판타지와 유사한 면이 많습니다만, 이 책들은 90% 이상이 기사가 주인공입니다. 마법사나 다른 존재들은 거의 조연이거나 지나가는 행인 A의 수준입니다.”

“악역도 아니고?”

“우습게도 매우 드뭅니다. 주인공도 기사, 대칭인 악역도 기사인 경우가 대다수입니다. 거기에 주인공의 출신도 재미있습니다. 거의가 귀족 출신입니다.”

“뭐 하자는 스토리야?”

“귀족 출신의 기사가 정의를 바로 세운다는 스토리지요.”

테레사의 대답에 독토르는 허탈한 표정을 지었다. 그런 독토르의 표정을 본 테레사가 고개를 끄덕였다.

“맞습니다. 귀족 문화의 향수이지요.”

“귀족들 아직 살아 있잖아?”

“무늬만 살아 있지요. 카마인의 경우 예전 내전에서 박살이 났고, 적응을 못하고 농업을 주요 수입원으로 한 귀족들의 경우엔 완전히 몰락했고 말입니다. 크레티스의 경우 예전 카마인과의 전쟁과 그 이후에 이어진 내전에서 비슷하게 정리를 했고, 포린트의 경우 지난번의 반란으로 정리를 했지요.”

테레사의 대답을 들으며 독토르는 메모지에 무엇인가를 긁적였다. 자신이 쓴 메모지의 내용을 본 독토르가 테레사에게 물었다.

“그러고 보니 세 나라 모두 귀족들을 청소했네. 이유가 뭐지?”

“가진 것이 많았으니까요. 돈, 권력, 인력. 국정 운영에서 가장 중요한 세 가지를 쥐고 있었으니 우선적인 정리 대상이 된 것입니다.”

“그렇군. 그럼 그 향수로 이 책들이 팔린다는 것인데, 문제될 것이 있을까?”

“지금 당장으로서는 이것이 단순한 여흥거리로 끝나는 상황이지만, 이런 트렌드가 사상계까지 진출한다면 문제가 좀 커지겠죠. 산업화가 진행되면서 소외된 계층도 상당히 많은데, 그런 그들을 하나로 모을 사상이 된다면 별로 좋은 일은 아니지요."

"아직까지는 아니란 거야?"

"아슬아슬합니다."

"아슬아슬?"

독토르의 질문에 테레사는 가지고 있던 서류를 내밀었다.

"이 표를 보시기 바랍니다. 이런 종류의 기사문학이 가장 많이 퍼진 곳은 포린트입니다. 포린트는 아직 전쟁의 후유증에서 벗어나지 못하고 있습니다. 산업 시설은 예전의 수준을 거의 회복했지만, 소비를 할 시장이 예전의 힘을 못 찾고 있습니다. 따라서 아직도 공황 상태입니다. 지친 사람들로서는 예전의 영화, 더 나아가서 귀족들과 기사들이 빛나던 시절을 꿈꾸는 것입니다."

"그건 그렇다 쳐. 왜 마법사와 장인들, 이종족들은 열외인 거야?"

"지금도 잘살고 있으니까요."

"자알~ 한다. 완전히 미운털이 박혔구나."

"원흉이라고 여기는 이들도 있습니다."

"…카마인에서의 상황은?"

"아직까지 수면 위로 뜬 것은 없습니다."

테레사의 대답에 독토르는 테이블 위에 놓인 책 중에서 하나를 집어 들고 읽어나가기 시작했다. 독토르가 책을 읽는 것을 확인한 테레사는 조용히 사무실을 나갔다.

다음날 아침, 밤을 샜는지 빨갛게 토끼 눈을 한 독토르는 사무실에서 테레사를 맞이했다. 그의 앞에는 테레사가 놓고 갔던 책들이 어지럽게 널려 있었다.

"다 읽으신 것입니까?"

"응. 읽다 보니 완전히 '과거로 날 보내주~' 이거더라. 판타지판 히피냐?"

"비슷하다고 볼 수 있겠지요."

"네 말대로 빅토리아 시대인 이곳에서 히피가 뜬 거냐?"

"과거를 향수하는 것은 언제나 있었습니다. 산업화가 급속히 진행되던 계몽 시대에도 '고상한 야만인' 이라면서 산업화가 이뤄지지 않은 문명을 숭상하는 사조가 있었고, 1970년대 히피도 유명했지만, 그 이후에도 비슷한 트렌드는 많았습니다. 그리고 지구에서는 20세기 중반까지 짧게 잡아 150년, 길게 잡아 250년 이상의 긴 시간이 소모된 산업화가 이곳에선 얼마 만에 이뤄졌는지를 생각하시지요."

"쯧."

테레사의 대답에 독토르는 혀를 찼다. 잠시 널려진 책들을 보던 독토르가 테레사에게 명령을 내렸다.

"아르고스를 비롯해 가용할 수 있는 모든 수단을 동원해 귀족주의의 복원을 꿈꾸는 이들의 움직임을 감시해. 공든 탑을 무너뜨릴 수는 없지."

"알겠습니다."

[재기동 22,250일. 계속 수위를 조절했지만, 발전 속도는 예상을 넘었다. 발전에 대한 욕구가 예상보다 컸다. 중간 점검이 필요한 때다.

그렇지 않으면 반동의 충격을 이길 수 없을지도 모른다. 고비다.

　추신:선장님, 평소 일할 때도 그렇게 열심히 좀 해주십시오.]

　바이스란트의 한쪽에 위치한 '장미의 거리'. 이곳은 제국에서 소문 난 환락의 거리였다. 여기저기 크고 작은 간판들이 붉은 등을 빛내며 번쩍이고 있었고, 그 불빛만큼이나 붉은 여인들의 웃음소리가 거리를 가득 채우고 있었다. 거리 전체가 술의 향기와 여인들의 살 냄새로 넘 치는 가운데, 술에 취한 취객들과 마차, 아우토 모바일들이 거리를 오 가고 있었다.

　그런 거리의 한쪽에 있는 호화로운 술집으로 고급 아우토 모바일들 이 몰려들었다. 아우토 모바일에서 내리는 남자들은 다들 값비싼 옷으 로 차려입은 부유층들로, 접객을 담당하는 남자들의 정중한 안내를 받 으며 남자들은 안으로 들어섰다.

　실내는 화려한 샹들리에가 밝게 빛나는 가운데 잔잔한 음악이 흐르 고 있었고, 남자들은 한껏 거들먹거리며 좀 더 안쪽으로 들어갔다. 안 쪽에 있는 커다란 서재에서 남자들은 술을 마시며 이야기를 나누었다.

　"티엔 남작, 요즘 어떠시오?"

　"말도 마십시오. 돈 들어갈 곳은 많은데 들어오는 것은 빤하니 죽을 맛이지요. 잔트 자작님은 어떠십니까?"

　"나라고 뭐 다르겠소? 영지세를 조금 더 거두고 싶은데 법이 금지하 니 죽을 맛이지요."

　모인 남자들의 대부분은 그렇게 이야기를 나누면서 술잔을 비워 나 갔다. 남자들로 공간이 어느 정도 채워지자, 곧 화려한 옷차림의 여성들이 그들의 옆 자리를 채웠다. 짝을 이뤄 앉은 남녀가 술잔을 비우며 조금씩 분위기가 달아오르자 2층에서 한 여성이 내려왔다. 가슴이 깊게 패인 붉은 드레스의 여성이 내려오자 남자들이 다가가 인사를 했고, 여성은 일일이 답례를 했다. 술집의 주인으로 보이는 여자는 남자들이 자리에 앉자 미소를 지었다.

"오늘도 이렇게 저의 보잘것없는 살롱을 찾아주셔서 감사합니다. 좋은 시간을 가지시기 바랍니다."

여인은 말과 함께 다시 한 번 고개를 숙였고, 남자들은 술잔을 들어 화답을 했다. 여인은 남자들 사이를 돌아다니며 이야기를 이끌어갔다.

시간이 지나면서 술에 취한 남자들은 자신들의 파트너가 된 여성들과 함께 하나둘 이층으로 사라졌다. 남자들이 이층으로 올라가거나 자신의 집으로 돌아간 것을 확인한 여인은 삼층으로 올라갔다. 삼층에 위치한 사무실에 들어선 여인이 줄을 당기자, 집사로 보이는 남자가 사무실로 들어왔다.

"오늘 새로 온 사람은 누구인가?"

"잉겔스 영지의 잉겔스 남작의 장남, 도네 영지의 도네 남작입니다. 둘 다 동부 지방의 영지를 이을 사람들입니다."

"해당 영지의 정보는 있나?"

"두 영지 다 전형적인 농업 영지입니다. 농산품 외에는 별다른 수입원이 없습니다. 영지 자체도 그리 크지 않습니다. 좀 더 자세한 정보를 지금 조사하고 있습니다."

"빨리 알아보도록."

"알겠습니다."

집사는 목례를 하고는 밖으로 나갔다. 잠시 서류를 읽으며 결재를 하던 여인은 선반에서 술을 꺼내 들었다. 여인은 술잔을 들고 창문 쪽으로 걸어갔다. 창밖에 펼쳐진 바이스란트의 야경을 바라보며 여인은 중얼거렸다.

"바이스란트여, 내가 돌아왔다. 나, 에리나 위쿤은 절대 포기하지 않는다."

"흠, 이거 봐라?"

대륙 각지에 퍼진 아르고스의 눈들로부터 보내지는 정보를 파악하던 테레사는 작은 콧소리와 함께 손에 쥐고 있던 서류를 내려놨다. 테레사의 본체는 데이터베이스에서 관련 데이터를 취합하기 시작했다. 순식간에 데이터를 분석한 테레사가 중얼거렸다.

"보수파 귀족들이 결집하는 것인가? 이런 일을 할 사람이면 그녀밖에 없는데… 아직 살아 있었나? 좀 더 정보가 필요한데……."

잠시 궁리를 하던 테레사는 독토르에게 통신을 넣었다.

"선장님."

"무슨 일이냐?"

"선장님의 허가가 필요한 일이 생겼습니다."

"그래? 그럼 와서 이야기해라. 나 바쁘다."

"췌."

테레사는 휠체어를 끌고는 패스파인더 호를 나섰다. 서재에 있던 독토르는 테레사가 들어오자마자 용건을 물었다.

"무슨 일인데?"

"고양이의 사용 허가를 내주십시오."

"고양이?"

독토르의 물음에 테레사는 PDA로 '고양이'의 스펙을 보여주었다. 스펙을 살피던 독토르가 테레사를 쳐다봤다.

"이런 정찰 장비도 있었냐?"

"탑승원이 함부로 탐사선을 벗어날 수 없을 때 사용하는 장비입니다. 그때 확인하지 않으셨습니까?"

"언제 이야기인데… 내가 다 기억하겠니? 내가 컴퓨터니?"

툴툴거리던 독토르는 테레사의 눈꼬리가 조금씩 올라가자 화제를 바꾸었다.

"그런데 진짜 고양이를 닮았네?"

"개발자의 취향입니다."

"그런데 이것을 써야 할 일이 무엇이지?"

독토르의 물음에 테레사는 PDA로 아르고스의 눈들이 보낸 정보를 전송했다. 정보를 읽은 독토르가 손가락으로 테이블을 두들겼다. 잠시 생각을 이어가던 독토르가 테레사에게 질문을 했다.

"이건 좀 비약이 아닐까? 단지 보수파 귀족들이 자주 찾는 술집이라고 해서 무엇인가 밀실 정치가 이뤄진다고 볼 수는 없잖아?"

"아니라고 단정할 수도 없지요. 우선 이들의 영업 정책을 보면 부유층 중에서도 귀족들만 받아들이고 있습니다. 씀씀이로 보자면 더욱 큰 물주일 수도 있는 상인들을 배척한다는 것은 망하려고 작정을 한 것이지요."

"말 그대로 영업 정책일 수도 있잖아? 귀족들의 씀씀이도 장난 아니야."

"그렇게 보기엔 도저히 이익을 추구하는 상인의 상술이 아닙니다. 귀족들, 그중에서도 보수파 귀족들과 그 자제들만을 받아들이는 가게라는 것은 자기 손으로 시장을 한정시키는 것입니다. 제대로 된 상인이라면 절대 하지 않을 일이지요. 거기에 보수파 귀족들의 주요 거점은 농업지대입니다. 즉, 그들의 주머니 사정으로는 저런 고급 술집에서 펑펑 써댈 수는 없는 입장인 것입니다. 카드 돌려 막기가 여기서도 되는 것은 아니지 않습니까?"

"하지만 무엇인가 음모가 있을 것이라고 단정 지을 수는 없지."

"부정할 수도 없습니다. 그래서 확인이 필요한 것입니다."

"아르고스의 눈을 쓰면 되지 않나?"

"인력이 부족합니다. 거기에 아르고스의 눈 중에는 저곳에 들어갈 정도로 잘난 인간이 없습니다."

"그래서 고양이를 써야 한다?"

"그렇습니다."

테레사의 말에 독토르는 다시 테이블을 두드리며 궁리를 해댔다.

"고양이의 동력 공급은 어떻게 할 거야?"

"복합 동력입니다. 일차적으로 '고양이 집'으로 불리는 전원 공급 장치를 통해서 전기 에너지를 공급받아 활동합니다만, 음식물이나 작은 동물을 섭취해 동력을 보급할 수도 있습니다. 돌과 같은 방식입니다."

"작은 크기에 잘도 구겨 넣었다."

"첩보, 정찰용이니 말입니다. 영화도 안 보십니까?"

“…….”

테레사는 또다시 독토르를 꿀 먹은 벙어리로 만들어 버렸다. 입을 다문 채 잠시 주판을 굴리던 독토르가 고개를 끄덕였다.

“허가할게.”

“감사합니다. 그리고 추가 요청입니다.”

“추가 요청?”

“인공위성의 개조를 허가해 주십시오.”

“인공위성? 아직도 남아 있었냐?”

“데이터 송출용의 발신 위성이 아직 6기가 남아 있습니다. 이중 3기의 위성을 개조해서 발사할 수 있도록 허가해 주십시오.”

“이유는?”

“수명이 다해 폐기된 다목적 위성의 대체입니다. 현재 포린트에 투입된 돌이 사용하는 장파 통신은 텍스트 위주입니다. 동영상 정보까지 좀 더 빠르게 취득하기 위해서는 위성이 필요합니다.”

“위성이 있으면서 지금까지 안 쓴 이유가 뭐지?”

“만약의 사태를 대비하기 위해서입니다.”

“지금이 그 만약의 사태라는 거야?”

“저는 그렇게 판단하고 있습니다.”

“흐음, 개조는 가능한 거야?”

“패스파인더 호에 남아 있는 부품들로 가능합니다.”

“소요 시간은?”

“1주일입니다. 2주 후에 있을 황도 방문 때 발사하면 됩니다.”

“허가하지. 위성이 있어서 손해 볼 것은 없으니까.”

"감사합니다."

테레사의 설명을 들은 독토르는 주저 않고 허락을 했다. 잠시 생각을 하던 독토르는 결재를 받고 나가는 테레사를 불러 세웠다.

"그런데 말이야. 위성을 쓰게 된다면 지금까지 구성한 아르고스는 가치가 떨어지는 것 아닌가?"

"정보 수집에 있어서 휴먼 네트워크의 가치는 무시할 수 없습니다. 더구나 무인 첩보 장치를 마음껏 쓸 수 없는 지금, 그 가치를 무시할 수는 없습니다."

"알았어. 나가봐."

"예."

짧게 대답을 한 테레사가 밖으로 나가자 독토르는 등 뒤에 있는 책꽂이에서 자신의 다이어리를 꺼내 들었다. 일기의 말미에 독토르는 테레사에 대한 평가를 추가했다

—열 길 물속은 알아도 한 길 사람 속은 모른다더니, 5mm도 안 되는 CPU 속은 블랙홀이다.

한 달 뒤, 바이스란트의 장미의 거리. 밤의 환락가에 한 마리의 고양이가 모습을 드러냈다. 바지런히 걸음을 옮기던 고양이는 화려한 가게 앞에서 걸음을 멈추더니 주변을 살피고는 어둠 속으로 숨어들었다.

'고양이'가 활동을 시작하고 나서 테레사는 고양이가 보내주는 정보를 꼼꼼히 살피기 시작했다. 마침내 고양이가 문제의 가게 주인으로

보이는 여성의 3차원 데이터를 보내주자 테레사는 데이터베이스를 검
사하고는 미소를 지었다.

“오랜만이야, 에리나 위쿤 양. 아직 살아 있었나?”

40

역류 2

"여러분! 제 말을 들어주십시오!"

포린트의 제2도시 에단, 중앙 광장을 오가던 사람들은 커다란 외침에 걸음을 멈추고 소리가 들려온 방향으로 고개를 돌렸다. 분수대 위에 한 남자가 서 있었고, 일단의 남자들이 그 밑을 둘러싸고 있었다. 분수대 위의 남자가 다시금 큰 목소리로 고함을 쳤다.

"여러분! 제 말을 들어주십시오!"

남자는 계속해서 자기의 말을 들어달라고 외치자 사람들은 하나둘 분수대로 모였다. 어느 정도 사람들이 모여들자 밑에 서 있던 남자들이 전단지를 돌리기 시작했다. 사람들이 전단지를 받아 드는 가운데 남자는 다시금 소리 높여 외치기 시작했다.

"여러분! 지금 여러분의 삶을 돌아보십시오! 지금 여러분이 입고 있는 옷, 여러분의 아이들이 입고 있는 옷, 먹고 있는 음식, 살고 있는 집을 돌아보십시오! 어떻습니까! 저는 지난 10년간 공장에서 죽도록 일만 했습니다! 덕분에 집을 한 채 마련할 수 있었습니다만 그 집은 지난 전쟁 때 날아가 버렸습니다! 전쟁이 끝나고 직장으로 돌아왔지만, 경기가 안 좋다고 급료도 예전의 절반으로 줄었습니다! 에! 그 정도라도 받았으니 다행일 수도 있겠지요! 하지만! 하지만! 보십시오! 전쟁이 끝난 지가 언제인데! 아직도 우리의 급료는 오르지 않고 있습니다! 사장들은 매번 경기가 안 좋아서 어쩔 수 없다고 조금만 더 참으라고 그럽니다! 그런데! 왜! 왜 그들의 집들은 점점 더 커지고! 그들의 옷은 더욱 화려해지는 것입니까! 저들이 하룻밤에 마시는 술값으로 우리 공원들 10명의 한 달 급료가 나가고 있습니다! 여러분! 우리는 뭉쳐야 합니다! 여러……!"

삐익! 삐익! 삑!

"잡아라!"

"꺄악!"

"피해라!"

사람들을 향해 남자가 열변을 토하는 동안 점점 더 많은 사람들이 분수대 주위로 모여들기 시작했다. 하지만 소식을 들은 공안대원들이 호루라기를 불며 달려오기 시작하자, 분수대 주위에 몰려 있던 사람들은 급히 흩어지기 시작했다. 사람들에게 전단지를 나눠 주던 사람들 역시 사방으로 흩어지기 시작했다. 흩어지는 사람들로 인해 연설자와 전단지를 배포하던 사람들을 놓친 공안 조장은 길에 구르는 돌을 걷어차며 욕설을 뱉었다.

"젠장! 근처를 수색한다! 움직여!"
"옛!"

전쟁의 상처가 아물면서 포린트 내부에서는 또 다른 갈등이 생기기 시작했다. 폐허로 변해 버린 산업 시설과 각종 사회 기반 시설을 복구하는 과정에서 노동자들은 매우 적은 급료로 일을 해야만 했다. 그렇게 경제가 조금씩 제자리를 찾아가면서 노동자들은 자신들의 정당한 몫을 요구하기 시작했지만, 자본가들은 그들의 요구를 거절했다.

이에 노동자들은 정부에 탄원을 하기 시작했다. 하지만 포린트 정부의 반응은 미온적이었고, 이에 불만을 품은 노동자들은 조직을 만들기 시작했다. 그렇게 만들어진 조직들은 점점 더 세력을 불려갔고, 과격한 행동을 보이기 시작하는 조직들도 나타나기 시작했다.

포린트 정부는 그렇게 생겨나는 조직들을 없애기 위해 많은 노력을 기울였으나, 없애는 것만큼 많은 조직들이 생겨나고 있었다. 그렇게 다시 생겨나는 조직들은 점점 더 과격파들이 주류를 차지하기 시작했다.

포린트가 혼란에 빠져드는 상황을 예의 주시하면서 카마인과 크레티스 역시 자신들의 내부를 유심히 살피기 시작했다. 각종 사회 불만 세력을 색출하고 제압하기 위해 치안 조직을 강화하는 한편, 노동자들과 자본가들 사이에서 적당한 조율을 했다. 바이스란트의 중앙정부에서는 연일 대책 회의가 이어졌고, 귀족들과 자본가들로 이루어진 의회에서도 연일 노동자와 사회 구조 개선 문제로 격론이 벌어지고 있었다.

"휘유~ 머리 아파. 이것도 못해먹겠네."

바이스란트에 마련해 놓은 주택으로 들어선 독토르는 서재에 들어서자마자 선반에서 술을 꺼내 들며 투덜거렸다. 관련 서류를 정리하던 테레사가 그런 독토르의 행동을 보면서 입을 열었다.

"답답하서도 어쩔 수 없습니다. 선장님은 이미 배우고 경험하신 일들이지만, 이들에게는 난생처음 당하는 거대한 사건입니다. 우리로서는 현재 이곳의 각종 환경을 따져 최대한 좋은 방향으로 이끌어가야 합니다."

"그것은 잘 아는데 말이지, 이 인간들 설득하는 것이 쉽지가 않아. 생각 같아서는 몽둥이로 다 두들겨 패서 일을 해결하고 싶어."

"그렇게 쉬운 길을 찾는 것이 독재와 부패를 불러오는 것입니다. 잘 아시지 않습니까?"

"잘 아니까, 이렇게 술만 퍼 마시는 것이지."

그렇게 푸념을 하면서도 독토르는 술잔을 내려놓고 다시금 서류들을 붙잡았다.

독토르와 테레사, 그리고 제국의 세 공작들은 제국의 원활한 운영을 위해 머리를 맞대고 의견을 나누었다. 다른 나라와 달리 황권과 중앙 정부를 위협하는 귀족 지방 정권을 제어하기 위해 평민 세력을 이용해 왔던 카마인의 특성 덕분에 다른 나라에 비해 조율이 수월할 것으로 예상했던 세 공작과 황제는 일반 백성들이 내거는 조건에 난색을 표했다.

"그러니까 의회에 자신들의 대표자를 내보낼 수 있게 해달라는 소리인데, 이미 평민 의원들이 있지 않습니까?"

"일반 평민은 아니지. 알아주는 부자들 아니면 만만치 않은 학자나 마법사들이니까 일반 평민들의 대표자는 아니지."

티거 공작의 푸념에 노이만 공작이 이유를 설명했다. 세 공작들은 지금 '의회'에 관한 문제로 독토르와 함께 정책 토론을 이어왔다.

"역시 문제는 단 하나에서 출발하는 것이군요. 저들의 의견을 받아들이느냐 마느냐. 이것이 확립되어야 다른 문제들이 해결되는 것이니 말입니다."

"하지만 일반 백성들의 대표라니… 과연 그들이 법안이 무엇을 뜻하는 것인지 알 수 있을까?"

"현재 제국의 교육 수준을 보면 그 문제는 무시해도 될 수준입니다. 옛날처럼 '무식한' 수준은 아니지요."

'무식한 놈들이 무엇을 알까?' 라는 의사를 조심스럽게 표시한 다인 공작의 발언에 독토르가 몇 장의 서류를 내놓으며 직설적으로 대답했다. 직설적인 독토르의 대답에 다인 공작은 머쓱해하면서 서류를 뒤적였다. 서류를 읽은 노이만 공작이 독토르와 테레사를 쳐다봤다.

"일반 백성들의 교육 정도가 매우 높군. 문맹률은 무시해도 될 수준이고, 자네 둘은 저들에게 힘을 주는 것이 좋다고 보는 것인가?"

"적어도 살롱 마피아보다는 나을 것입니다."

“그 친구들……."

'살롱 마피아' 라는 단어가 나오자 세 공작은 모두 얼굴을 찡그렸다. '장미의 거리' 에 있는 살롱에 출입하던 지방 귀족들의 작은 사교 모임이 정치 세력화한 살롱 마피아는 복고 귀족주의를 신념으로 삼고 있었다. '의무만 강조할 것이 아니라, 그에 어울리는 대가를 달라' 는 그들의 주장에 그들을 백안시하던 다른 귀족들도 하나둘 동조를 하기 시작했다. 살롱 마피아를 열심히 씹는 것으로 시간을 보낸 세 공작은 조금 더 연구하기로 결정을 하는 것으로 회의를 끝냈다.

“젠장! 끝이 없네, 끝이 없어. 전쟁도 없으니 이제 좀 편하게 사나 했더니……."

회의가 끝나고 숙소로 돌아온 독토르는 소파에 몸을 길게 누이고는 지친 표정으로 투덜거렸다. 그의 눈앞에는 공작들과 의견을 나누던 의회 관련 서류, 마가리타와 주니어가 처리한 상단 결재 서류, 여러 아카데미에서 올라온 서류들이 오와 열을 지어 쌓여 있었다. 아르고스와 고양이가 보내온 정보를 정리한 테레사는 테이블 위에 서류를 추가했다. 산처럼 쌓인 서류를 보면서 독토르가 한숨을 쉬었다.

“이러니 마리아가 군대에 말뚝을 박았지."

한숨과 함께 독토르는 우선적으로 상단과 아카데미에서 올라온 서류들을 처리하기 시작했다. 테레사가 다시 한 번 처리한 안건들이었기 때문에 서류의 처리에는 그다지 많은 시간이 걸리지 않았다. 결재 서류의 처리를 끝낸 독토르는 '살롱 마피아' 와 '참정권 확대' 에 관련된 서류를 펼쳐 들었다.

"이 두 안건은 따로 떼어놓기가 힘들군."

"그렇습니다."

"일반인들의 이런 움직임을 본 마피아 놈들의 반응은… 난리법석이 군."

고양이가 기록한 살롱 마피아 조직원들의 대화 녹취록을 읽은 독토 르는 간단하게 평을 내렸다. 그의 평가에 테레사 역시 고개를 끄덕였 다.

"예, 현재는 내부에서도 갑론을박이 심한 상황입니다."

"만약에 참정권 확대가 결정되면 어떻게 의견이 모일 것 같아? 지금 목소리 큰 애들처럼 극렬 반대가 이어질까?"

"그럴 가능성은 낮을 것입니다. 자기 무덤을 팔 일은 없겠지요."

"그럴 거야."

테레사의 의견에 독토르는 고개를 끄덕였다.

"양원제라… 가능할까?"

"행정부에서는 양원제를 생각할 수밖에 없을 것입니다. 서로 물어뜯 기를 바라는 것이지요."

"이이제이라는 것일까?"

"그럴 것입니다."

"문제는 경계가 너무 불분명하다는 것이야. 우선 세 공작만 봐도 제 국 행정의 실무 총책임자이고, 의회에서도 한 자리씩 하고 있지. 여와 야의 개념도 없고, 만약에 양원제가 된다 하면 평생 야당과 평생 여당 이 되는 것일까?"

"지금 당장 지구식의 정당 정치가 생겨날 것이라고는 생각하지 않습니다. 지금 중앙정부가 생각하는 것도 그렇고, 주민들이 요구하는 것도 동일합니다. 재정의 감찰, 정책 수립의 감찰, 법안의 심사… 간단히 말해 입법부가 아니라 심사부를 요구하는 것입니다."

"아직은 제한된 성격이라는 것일까?"

"제한된 성격이라기보다는 체제가 완전히 다르지요."

"완전히 다르다. 흐음, 귀족들의 정점이라고 볼 수 있는 공작들이 귀족들을 제어하는 것을 보면 그렇다고 볼 수도 있겠군."

"일종의 과두정치라고 볼 수 있을 것 같습니다. 황제와 세 공작이 권력을 균점하고 있는 것이지요. 겉으로 보기에는 황제에게 공작들이 절대 충성을 하고 있는 것으로 보이지만, 결국은 제국의 유지를 위한 상호 협력인 것이지요."

"그렇다면 공작들의 결론은 양원제로 가겠군."

"그렇습니다. 새로운 파워 엘리트로 기존의 파워 엘리트를 견제하려는 것이겠지요. 물론, 양쪽이 힘을 합치려는 것은 철저히 견제를 하겠지만 말입니다."

"당분간 온갖 잔머리들이 총동원되겠군."

"그 잔머리들 중에 우리도 있습니다."

"너만 믿으마."

"……."

독토르의 말에 테레사는 입을 다물었다. 잠시 독토르를 보던 테레사가 질문을 했다.

"너무 날로 드시려는 것 아닙니까?"

"아니, 나는 써먹을 수 있는 것은 잘 써먹자는 실용주의자라서 내 신념에 맞춰서 행동하는 것뿐이야."

"……."

잠시 반항을 하던 테레사는 독토르의 대답에 다시 입을 다물었다. 그런 테레사의 반응을 즐기며 독토르는 포린트에 부는 노동 운동에 관한 서류를 읽어나갔다.

"재미있어. 한쪽에서는 복고주의가 꿈틀거리고, 한쪽에서는 초기 사회주의가 꿈틀거리고 말이야."

"제국주의 시대에도 비슷했습니다. 귀족의 파워가 살아 움직이며, 그 밑에서는 사회주의가 싹트고 있었으니 말입니다."

"어디서나 이놈의 분배가 문제구만."

"생각이 있는 존재라면 다 욕심이 있으니까요."

테레사의 말에 독토르는 테레사를 물끄러미 쳐다봤다.

"너도 욕심이 있나?"

"선장님과 동료 분들의 삽질이 좀 줄었으면 좋겠다는 생각도 욕심일까요?"

"…반성하마."

테레사의 짧은 반문에 독토르는 백기를 흔들었다. 서류를 끝까지 다 읽은 독토르는 서류들을 다 벽난로에 집어넣어 소각시켰다. 서류들이 다 재로 변하자 독토르는 손을 탁탁, 털면서 테레사에게 물었다.

"이 마피아 친구들 말이야. 멍청한 짓은 하지 않겠지?"

"원숭이가 아니라면 그 정도로 멍청하지는 않겠지요. 양원제 아래에서 자신들의 실익을 찾으려 할 것입니다."

"결론이 나려면 얼마나 걸릴까?"

"짧으면 한 달, 길어야 3개월입니다. 황제와 공작들의 뜻이 이런 상태에서 버티다가 잘리기는 싫겠지요. 첫 번째 황후의 죽음 이후의 사태와 내전을 통해 황제의 성격은 잘 알려져 있으니 말입니다."

[재기동 23,200일. 마피아 녀석들, 사고만 쳐봐라. 그냥 밟아버릴 것이야. 더 이상 일 좀 만들지 마라! 나도 좀 편한 컴생을 누려보자!]

하지만 사태의 진행은 테레사의 예상을 벗어났다.

'일반 백성들의 참정권 부여, 양원제로의 의회 개혁, 의회 의원수의 확대' 등을 골자로 한 새로운 '제국 체제에 관한 기초 법안'이 황제의 윤허를 받기 위해 의회에 상정되자, 의회는 즉시 두 개의 세력으로 양분되어 격렬한 분쟁에 빠져들었다. 상공업이 발달한 지역을 영지로 둔 귀족들과 신흥 자본 세력들은 자신들의 세력 강화를 위해 찬성 의사를 밝혔고, 전통적인 귀족 그룹은 격렬한 반대 의사를 밝혔다.

결국 두 그룹의 분쟁으로 의사당은 연일 시끄러웠고, 수많은 결투장들이 오갔다. 이종족들의 의원 진출도 확실히 명시된 법안으로 인해, 엘프들과 드워프들도 보수 귀족 그룹과의 분쟁에 끼어들었다.

법안이 상정되고 반년이 지나도록 의회에서 결론이 나지 않자 일반

인들이 움직이기 시작했다. 아카데미의 교수들과 마이스터들, 기타 전
문직 연합에서 법안의 가결을 촉구하는 성명을 발표했고, 일반 시민들
은 벽서나 전단지로 자신들의 의사를 밝히기 시작했다. 술집에서 사람
들은 술안주로 법안에 대한 토론을 벌여댔다. 황제를 중심으로 한 제
국 행정부에 대한 심사의 주체를 누구로 정하느냐는 문제가 담긴 단
하나의 법안으로 인해 제국은 뜨겁게 달아올랐다. 과열된 분위기는 스
스로 자연 발화하기 시작했다.

　하루의 일과를 마치고 황궁에서 퇴근하는 티거 공작을 태운 아우토
모바일은 황궁을 벗어나 시가지를 달리기 시작했다. 푹신한 좌석에 몸
을 기댄 티거 공작은 운전기사에게 손짓을 했다.
　"가다가 상가에 좀 들르도록 하지. 내일이 마누라 생일이니 주문한
물건을 가져가야겠어."
　"알겠습니다."
　공작의 명령에 운전기사는 상가를 향했다. 애처가인 공작은 선물을
받고 좋아할 부인의 표정을 생각하며 미소를 지었다. 하지만 앞에 앉
은 호위 기사는 불안한 표정을 지었다.
　"각하, 오늘은 곧장 가시는 것이 어떻습니까? 요즘 불온한 움직임을
보이는 무리들이 있습니다. 배달을 시키시지요. 사람이 많은 시가지는
위험합니다."
　하지만 티거 공작은 손을 저었다.
　"쓸데없는 기우일세. 일을 벌이려면 애초에 벌였겠지. 그들도 생각
이 있다면 망할 짓은 하지 않겠지."

"하지만, 각하."

"됐네. 나도 내 한 몸 건사할 재주는 있네."

호위 기사의 건의를 거절한 공작은 조용히 눈을 감고 짧은 휴식을
즐겼다.

바이스란트의 중앙 쇼핑 단지에 있는 대형 보석상에서 자신이 주문
한 물건을 받은 티거 공작은 경쾌한 걸음걸이로 상점을 나섰다. 양옆
에 호위 기사를 대동한 티거 공작이 자신의 아우토 모바일에 타려는
순간, 길을 지나던 군중 사이에서 한 남자가 튀어나왔다. 남자는 품에
서 한 자루의 권총을 꺼내 들며 외쳤다.

"죽어랏! 이 제국의 배반자!"

탕!

"윽!"

남자가 방아쇠를 당기는 순간, 티거 공작은 반사적으로 몸을 틀었
다. 그 덕분에 남자가 쏜 탄환은 티거 공작의 우측 어깨에 명중했고,
어깨를 움켜쥔 공작의 손가락 사이로 붉은 피가 흘러내리기 시작했
다.

"꺄아악!"

그 광경을 목격한 한 여자의 새된 비명 소리가 뇌관이 되어서 멍하
니 서 있던 사람들은 폭발하듯이 흩어지기 시작했다. 그런 가운데 공
작의 호위 기사들은 다급히 움직이기 시작했다.

"각하를 차로 모셔라!"

"저자를 잡아!"

"출발해!"

항상 공작 옆에 붙어 있는 4명의 기사 중 2명은 공작을 아우토 모바일에 태우고는 급히 시가지를 벗어나 가장 가까운 곳인 황궁으로 향했고, 다른 두 기사는 저격범을 제압하기 위해 달려들었다. 저격범은 기사들을 향해 총부리를 돌렸지만, 기사들과 몇몇 용감한 시민들이 조금 더 빨리 움직였다.

"잡았다!"

"치안국에 연락해 주십시오!"

시민들과 합세해 저격범을 제압한 기사 하나가 큰 목소리로 외치자, 근처에 있던 시민 하나가 다급히 가까운 치안국 분소로 달리기 시작했다.

티거 공작의 암살 미수 사건은 카마인의 정계를 뒤흔들어 버렸다. 사건을 보고받은 황제와 다른 두 공작들은 발본색원을 천명했다. 치안국의 수사로 암살 미수범은 '살롱 마피아'의 하부 조직인 '카마인의 방패'의 일원인 것이 밝혀졌고, '방패'의 조직원들은 모두 체포 대상이 되어버렸다. 아르고스의 눈들과 고양이를 통해 취득한 정보를 독토르에게 보고하며 테레사는 한마디를 덧붙였다.

"선장님, 지난번에 제가 했던 평가를 정정합니다. '마피아'는 원숭이들입니다."

"그 인간들까지 관여된 것이야?"

"극소수는 연관이 있는 것 같습니다."

테레사의 보고에 독토르는 고개를 가로저었다.

“진짜 정치 감각 제로로군. 원숭이들 맞네. 하면 손해일 것이 빤한 일을 왜 한 거야?”

“소아병적 영웅주의겠지요. ‘나 아니면 안 된다’ 라는 발상 말입니다.”

“지들이 무슨 람보냐? 아니면 네이비실 출신의 요리사냐?”

“기사문학을 너무 열심히 읽었나 보지요.”

한편, 에리나의 살롱에 모인 보수 귀족들도 당황하긴 마찬가지였다.

“도대체 누가 시킨 일이오!”

“우리는 아닙니다!”

“젊은 친구들의 혈기가 문제였습니다.”

보수파 귀족들의 수장인 아우구스트 폰 나트 백작은 모인 귀족들의 변명을 들으면서 머리가 아파오는 것을 느꼈다.

“젊은 친구들이야 항상 혈기가 넘치는 것은 당연한 것이지. 그런데 그런 그들을 통제하지 못한 책임은 누가 질 것이오?”

“……”

나트 백작의 다그침에 귀족들의 입은 굳게 다물렸다. 그 광경에 나트 백작은 허탈하게 웃었다.

“허허허, 이런 사람들과 함께 내가 무슨 일을 하려 했던 것인가?”

허탈하게 웃어대던 나트 백작은 힘없이 살롱을 나섰다. 나트 백작이 사라지자 남은 귀족들은 서로에게 책임을 전가하며 비난만을 계속했다.

소란을 피해 위로 올라온 에리나는 피곤한 표정으로 줄을 당겼다. 집사가 들어오자 에리나는 창밖을 바라보며 명령을 내렸다.

"우리가 관련된 사실을 확실하게 지우세요. 우리는 단지 저들에게 모임의 공간만을 제공한 것입니다."

"알겠습니다."

"방패에 지원한 자금의 처리는 이상 없겠지요? 모든 덤터기는 저 멍청이들이 다 써야 합니다."

"예, 이미 손을 써두었습니다."

"알겠어요. 좀 쉬고 싶군요. 부탁해요."

"알겠습니다."

집사가 나가자 에리나는 창밖을 보면서 이를 악물었다.

"또다시 여기서 물러나야 하는 것인가? 고양이야, 나는 어떻게 하면 좋을까?"

에리나는 창밖에 있는 반대편 집 지붕 위에서 자신을 바라보는 고양이를 보면서 중얼거렸다. 고양이를 통해 상황을 살피던 테레사는 그 광경을 보면서 중얼거렸다.

"조금만 더 버티시도록. 아직은 쓸모 있는 미끼니까."

'살롱 마피아'에 속한 보수 귀족들은 조금씩 궁지로 몰리기 시작했다. 평시 도시 내에서는 휴대가 금지된 총기가 사용되었고, 더구나 문제의 총기가 미등록 총기라는 사실이 밝혀지면서 보수파에 대한 공세는 점점 더 강화되었다. '방패'에 대한 자금 지원이 철저하게 수사되기 시작했고, 그와 더불어 보수 귀족들에 대한 대대적인 세무 감찰과

불법 총기 조사가 이어졌다. 수사와 함께 이어진 언론 공작에 보수파들은 하나씩 무너져 갔다. '살롱 마피아'가 와해되자 사건의 원인을 제공한 문제 법안이 표결에 붙여졌다. 표결 결과, 법안이 통과되어 제국 전역에서 하원 의원을 뽑는 선거가 이어졌다.

상원과 하원으로 구성된 제국 의회가 출범하자 제국의 체제는 다시 한 번 정리되었다. 한번 홍역을 겪은 제국 의회는 테레사의 예상대로 상하원이 서로 견제를 하면서 굴러가기 시작했다. 제국이 다시 정상을 찾아가자 황제는 황태자에게 제위를 넘길 것을 공표했다. 율리안을 부른 황제는 짧게 양위의 변을 남겼다.
"이젠 나도 좀 쉬자."
한 달 뒤, 제국은 율리안 마커스 카마인을 제국의 새로운 황제로 선언했다.

카마인이 한바탕 홍역을 앓는 동안, 포린트 역시 만만찮은 혼란에 빠져들고 있었다. 귀족들과 자본가들, 노동자들은 서로에 대한 불신의 벽을 높게 쌓아가기 시작했다. 마침내 그들은 대화보다 간편하고 확실한 수단에 의지하기 시작했다. 제국 여기저기에서 서로 반대 조직에 대한 테러가 벌어졌고, 에드먼드 2세와 신하들의 노력에도 불구하고 치안 부재의 상황은 점점 강도가 높아졌다.

에드먼드 2세를 대신해 다우닝 공작은 혼란을 가라앉히기 위해 동분서주해야만 했다. 다우닝 공작은 열차를 타고 전국을 돌면서 각 지역의 치안 담당자를 만나 치안의 확립을 닦달했고, 여러 정치 조직의 지도자들과 만나서 사태의 진정을 호소했다. 다음 목적지를 향해 달리는 열차 안에서 다우닝 공작은 잔뜩 지친 표정으로 서류들을 읽고 있었다.

"지치는군."

서류들을 살피던 다우닝 공작은 서류를 내려놓으며 자신의 눈을 마사지했다.

"치안 능력의 상실도가 점점 커지고 있어. 이러다가는 통제 불능으로 이어질 것이 확실해. 폐하께 면목이 서지를 않는군."

잠시 눈을 마사지하던 다우닝 공작은 열차의 한쪽 벽에 걸린 대형 지도로 걸어갔다. 지도에는 여러 색의 깃발이 혼란스럽게 꽂혀 있었다.

"아직은 어느 세력도 주도권을 잡지 못하고 있지만, 누군가가 세력을 잡는다면… 혁명인가?"

각 정치 조직의 기호들이 난마처럼 얽힌 지도를 보면서 다우닝 공작은 한탄을 했다.

황도로 돌아온 다우닝 공작의 보고를 들은 에드먼드 2세는 한숨을 쉬었다.

"그 정도요?"

"죄송합니다, 폐하."

다우닝 공작의 사죄에 에드먼드 2세는 손을 저었다.

"됐소. 시국이 그렇다면 인정을 해야겠지. 그렇다면 경의 생각은 어떠하오?"

“제 짧은 생각으로는 제국에 가장 도움이 될 것 같은 조직을 지원하거나 연합을 하는 것이 가장 좋을 듯합니다. 그들로 하여금 우리에게 필요한 시간을 벌도록 만드는 것입니다.”

“만약에 그들의 힘이 우리의 예상을 넘는다면?”

“조금씩 깎아나가야지요. 혁명보다는 개혁으로 흐름이 바뀌도록 말입니다.”

“혁명보다는 개혁이라…….”

다우닝 공작의 말을 반추하며 에드먼드 2세는 생각에 빠져들어 갔다.

“그럴 만한 세력이 있소?”

“가장 세력이 강한 조직들에 대한 심층 조사가 지금 진행 중입니다.”

“그렇소? 그럼 언제쯤 작업이 끝나오?”

“약 10일 후입니다.”

“그렇소?”

짧게 되물은 에드먼드 2세는 다시 침묵에 빠진 채 창밖만을 바라봤다.

“공작.”

“말씀하십시오, 폐하.”

“우리가 위험한 불장난을 하는 것은 아닌지 모르겠소.”

에드먼드 2세의 말에 다우닝 공작은 조용히 고개를 숙였다.

10일 후, 에드먼드 2세에게 최종 보고서가 올라왔다. 에드먼드 2세는 보고서의 글자 하나하나를 빼놓지 않고 꼼꼼히 읽어 나갔다. 서류를 다 읽은 에드먼드 2세는 한숨을 쉬었다.

"나가 보시오."

에드먼드 2세의 축객령에 다우닝 공작은 무엇인가를 말하려 하다가 조용히 고개를 숙이고는 밖으로 나갔다. 에드먼드 2세는 석양이 비치는 창문으로 시선을 돌렸다.

"황혼인가… 아니면, 새로운 아침인가……."

1주일 후, 포린트 정부는 몇 개의 정치 조직과 은밀한 접촉에 들어갔다. 권력을 약속하는 정부의 말에 접촉이 이루어진 조직들의 지도부는 큰 고민에 빠져들었다. 하지만 권력으로의 유혹은 매우 강렬했고, 정부와 접촉이 이루어진 조직들은 모두 정부의 권유를 받아들였다.

그렇게 정부와 협조를 이루게 된 조직들은 가장 큰 조직임과 동시에 가장 혁명적인 조직인 '포린트 노동자 연맹'에 대한 압박에 들어갔다. 은밀히 또는 공개적으로 이뤄지는 테러와 폭력은 '연맹'에 조금씩 압박을 가하기 시작했다. 연맹의 간부들은 각종 언론 수단을 이용해 자신들에게 가해지는 폭력을 사람들에게 알리며 뒤로는 보복 테러가 벌어졌다. 테러와 테러가 이어지면서 정치 조직들 간에 통합이 이어졌다.

자본가, 귀족층을 중심으로 한 그룹과 반자본, 반귀족, 공화주의를 꿈꾸는 이들을 중심으로 한 연합 그룹이 두 개의 축을 만들어낸 가운데, 많은 조직들이 자신들의 성향에 따라 두 축 중의 하나와 연합을 하면서 자신들의 생존을 도모했다.

두 축이 점점 몸집을 불려가면서 양측의 대립각은 점점 더 벌어졌고, 그 중간에 낀 조직들은 두 축 가운데 하나를 선택하도록 강요당했다. 중도를 외치던 몇몇 중소 조직이 붕괴되어 버리는 과정을 본 나머지 조직들은 울며 겨자 먹기로 둘 중에 하나를 선택해야만 했다.

치안 조직이 뒤로 빠진 상황에서 두 조직의 충돌은 내전 수준으로 발전했다. 그렇게 가열된 충돌 가운데 두 진영에서는 독보적인 행동 조직이 만들어졌다.

'자유 기사단' 과 '노동 전사단' 으로 이름 붙여진 두 행동 조직은 두 진영의 과격파들이 모두 운집해 들어갔고, 준군사 조직으로 체질이 변해 버렸다. 맨주먹으로 시작된 다툼이 곤봉과 칼을 지나 지난 전쟁이 정리되는 과정에서 몰래 숨겨둔 총포까지 동원되는 상황으로 변해 버리자, 사람들은 점점 더 안정을 바라기 시작했다.

계속된 혼란에 지친 국민들이 혁명적 변화보다는 안정을 바라기 시작하자, 몸을 낮추고 있던 정부는 회심의 미소를 지었다.

쾅!

"큰일이다!"

'노동 전사단' 의 에단 시 제4지국의 문이 거칠게 열리며 밖에서 경비를 서던 전사가 다급히 뛰어 들어왔다. 휴식과 무기의 손질을 하고 있던 전사들의 시선이 집중되자 난입해 들어온 전사가 다급히 외쳤다.

"공안이다!"

그의 다급한 외침에도 다른 전사들의 반응은 여유가 넘쳐흘렀다.

"진정해. 자네가 처음이라 긴장했나 본데 공안에 겁먹을 필요가 없어. 잘해야 한 번에 10명을 못 넘는 친구들인데 무슨 걱정이야?"

"동지들, 공안이 심심했나 보네."

"그 친구들이 예전에 감옥까지 날려먹었던 것을 잊었나 보지?"

다른 전사들의 느긋한 반응에 경보를 외친 전사가 가슴을 두드리며 크게 외쳤다.

"군이 동원되었단 말입니다!"

"뭐!"

그제야 대경한 조직원들이 밖으로 튀어나왔지만, 지국의 주위는 이미 공안과 군인들로 포위되어 있었다.

'제국의 법을 무시하는 후안무치한 모리배들의 행동에 제국의 신민들이 고통을 호소하니, 이에 엄정한 법의 집행을 통해 백성을 편안케 하리라' 라는 에드먼드 2세의 선언이 포린트 영토 곳곳으로 퍼지는 것과 거의 동시에 군과 공안은 '자유 기사단' 과 '노동 전사단' 을 잡아들이기 시작했다.

저항을 벌이던 몇몇 이들은 압도적인 화력을 지닌 군에 의해 분쇄되어 버렸고, 그렇게 제압된 이들은 무자비한 곤봉 세례를 받으면서 따로 설치된 수용소로 끌려갔다. 몸을 낮추고 있어야 했던 시기에 공안은 정치 조직들의 조직과 각종 루트, 자금원에 대한 조사를 벌였고, 그 데이터베이스를 이용해 공안은 무자비한 검거가 개시되었다.

한쪽에서는 공포정치라 불리기 딱 좋을 정도로 서슬 퍼런 공안이 설칠 때, 반대쪽에서는 다양한 정책이 시행되기 시작했다. 우선 각 산업체에 종사하는 노동자들의 처우에 대한 최소한의 가이드 라인이 만들어졌고, 저소득층을 위한 보건과 교육 서비스가 시행되기 시작했다.

하루 18시간이 넘는 근무를 해야 하루 먹을 돈을 벌던 어린아이들이 공장에서 꺼내졌고, 미성년자의 노동력을 착취하던 자본가가 된서리를 맞았다. 일자리를 잃고 노숙을 하던 이들에게 따듯한 잠자리와 하루 한 끼니의 따뜻한 음식이 제공되었다. 시민들은 에드먼드 2세와 자신들이 사는 포린트 제국에 박수를 보냈다.

검거의 광풍이 잦아들면서 사람들은 자신들이 처한 환경이 예전과 많이 달라졌음을 알아챘다. 예전보다 조금 더 많은 돈을 벌 수 있었지만, 공안의 서슬에 마음대로 하고 싶은 말을 하지 못하게 되었다.

사람들의 다양한 의견을 대표했던 단체들의 주요 간부들은 공안에 의해 전원 체포되어 수용소로 끌려가거나 외국으로 피신을 해야만 했다. 몇몇 간부들은 정부 조직에 들어갔지만, 간단한 의견의 개진 외에는 큰 힘을 발휘하지 못하는 상황이 되었다. 자신들의 계획 성공으로 시간을 벌은 에드먼드 2세와 다우닝 공작은 빠르게 제국을 재편했다. 국민들에게 약간의 풍요와 복지를 제공하면서 둘은 더욱 강력한 공안 체계를 완성, '경찰국가'로 체질을 변환시켰다.

카마인의 지도층은 포린트의 변화에 커다란 관심을 가지고 주의 깊게 관찰했다. 포린트를 휘청거리게 만들었던 분배 문제를 해결하기 위해 카마인 역시 각종 기준을 만들어내기 시작했다. 또한 부모의 의지로 결정되던 교육의 문제에도 정부의 지원이 이뤄지기 시작했다. 몇몇 의원들은 카마인도 포린트와 마찬가지로 강력한 공안 체제를 갖춰야 한다고 강변하기 시작했다.

"감시를 위한 감시 체제만큼 사람들의 에너지를 갉아먹는 체제는 없습니다."

공안론자들에 맞선 독토르는 다음과 같은 간단한 말로 자신의 의견을 시작했다. 상하 양원의 의원들이 모인 자리에서 독토르는 자신의 의견을 설명했다.

"몇몇 의원님들이 주장하신 공안의 체제 강화는 필연적으로 전 국민의 감시 체제로 들어서게 만듭니다. 가족이 가족을 감시하고, 그 가족을 또 다른 가족이 감시합니다. 이렇게 되면 사회 전체는 불신에 빠져들게 됩니다. 협력을 해야 할 상황에서도 서로를 감시하느라 협력을 하지 못합니다. 예전엔 자발적으로 일을 하던 사람들이 수동적으로 변합니다. 국민들이 수동적으로 변하면 모든 일은 다 정부가 지시해 줘야 합니다. 그렇게 된다면 정부의 규모는 계속 커져야만 하고 그 부담은 다 국민에게로 돌아갑니다. 존경하는 의원 여러분, 우리는 이미 충분한 치안 체제를 갖추고 있습니다. 더 이상의 강화는 제국에 오히려 독으로 작용할 것입니다."

짝짝짝짝!

　의견을 개진한 독토르가 박수를 받으며 자리에 앉고 나자 다른 의원들은 활발하게 의견을 교환하기 시작했다. 의견 교환에 이어진 표결의 결과, ‘치안 조직 강화에 대한 대정부 권고안’은 기각되었다.

　“이번엔 포린트가 잔머리를 잘 굴렸어.”
　“잔머리는 잔머리일 뿐입니다.”
　비아냥이 많이 섞였지만 상당히 호의적인 독토르의 평가에 테레사는 망설임없이 냉혹한 평가 절하를 가했다. 설명을 요구하는 독토르의 눈길에 테레사는 그 이유를 설명했다.
　“포린트 정부는 국민들의 피를 도구로 이용해 대국민 사기극을 벌인 것뿐입니다. 자신들의 체제를 유지하기 위해 국민의 신뢰를 이용해 먹은 것이지요. 이번 사건의 내막을 잘 모르는 사람들은 구국의 용단이라고 하겠지만, 조금만 생각을 해본다면 그동안 포린트 정부가 보여주었던 수많은 허점을 발견해 낼 수 있습니다.”
　“그렇다면 눈치 빠른 사람들은 곧 알아채겠군.”
　“그렇습니다. 결국 정부가 국민을 상대로 사기를 쳤다는 것을 알게 되겠지요. 그런 사람들이 늘면 늘수록 정부에 대한 불신은 커져만 가고 정부는 더욱 조여야 할 것입니다. 그렇게 계속 불신과 긴장의 에스컬레이터가 이어지다 보면 한계 상황에 돌입하게 됩니다. 긴장의 끈이 끊어지거나 조금이라도 느슨하게 풀어지는 순간, 지금껏 당해보지 못했던 역류를 맛보게 될 것입니다.”
　“휘유～”
　테레사의 가차없는 평가에 독토르는 짧게 휘파람을 불었다.

"누가 보면 네가 아주 지독한 운동권인 줄 알겠다."

"그냥 지구의 데이터를 이용해 여기 상황을 시뮬레이트해 본 것뿐입니다. 지구의 역사를 보면 유사 사례를 세기 힘들 정도로 찾을 수 있으니 말입니다."

"그럼, 만약 포린트가 그런 역류에 빠져든다면 누가 정권을 잡을까? 독일제 콧수염? 아니면 러시아제 콧수염?"

"캄보디아산 빨간 머플러가 될 수도 있겠지요."

"그건 호런데?"

[재기동 23,700일. 선장님, 거기서 호러가 왜 나옵니까?]

41

님아, 매너염!

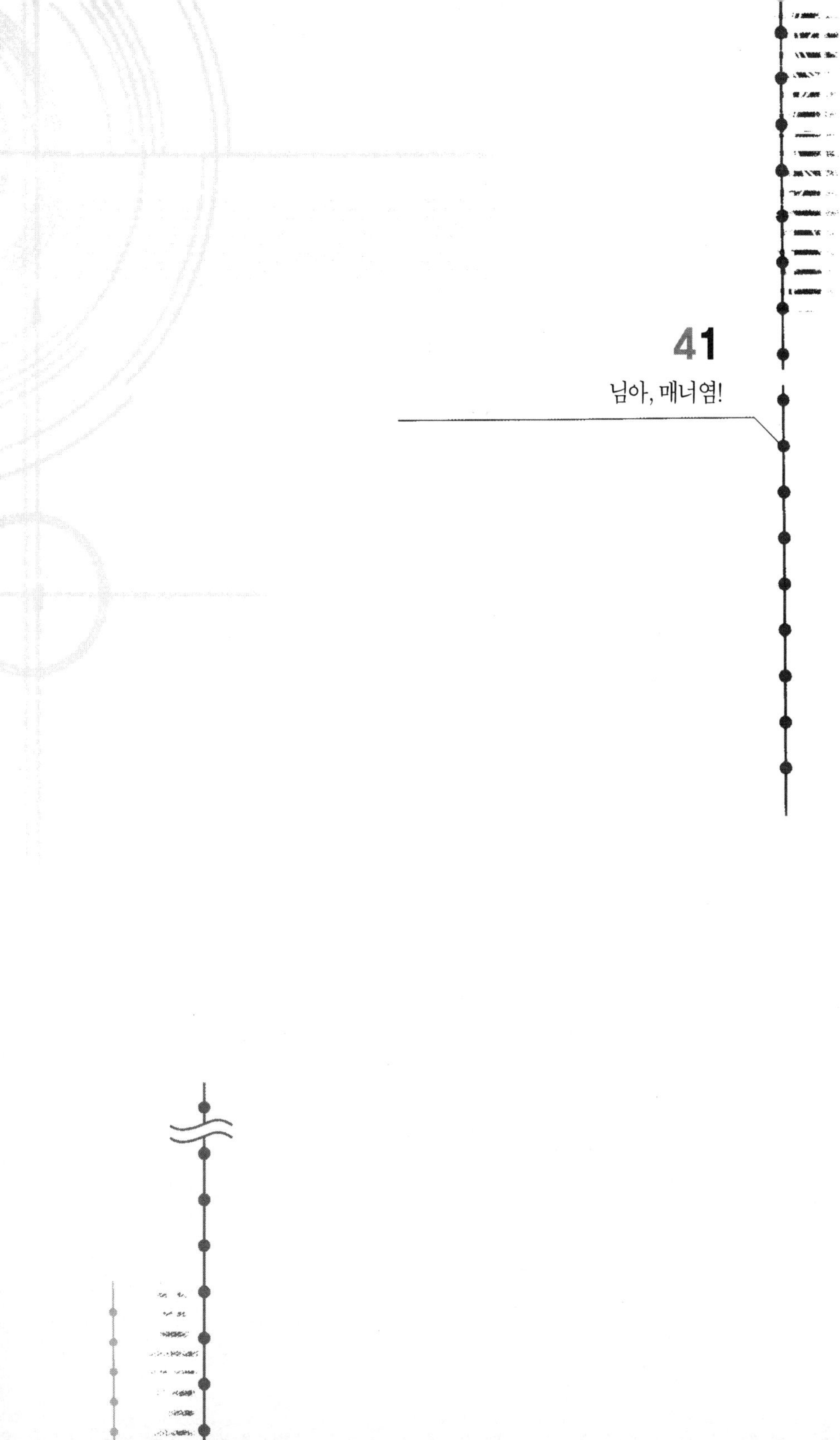

대륙의 70%를 뒤흔든 전쟁과 그 뒤를 이어 벌어진 내부 혼란을 진정시킨 대륙의 나라들은 다시금 경쟁을 하기 시작했다. 매년 개최지를 바꿔가며 열리는 산업 박람회에는 다양한 신상품들이 전시되었고, 사람들은 새롭게 출시되는 상품들을 구입하는 것에 막대한 금액을 지불했다.

산업 박람회에 이어진 기술 토론회에서는 각국에서 알아주는 학자들과 기술자들이 새로운 이론과 기술을 내놓고 열띤 토론을 벌였다. 그 과정에서 점점 부각되는 존재가 있었으니, 그것은 테레사였다.

"어째 토론회가 너한테 숙제 검사받는 시간이 된 것 같다."

"그렇게 되었네요."

발표회가 끝난 후, 독토르는 테레사의 휠체어를 밀면서 감상을 이야기했다. 발표자들은 '어떻습니까, 패스파인더 양?' 이라는 말로 발표의 끝을 맺었고, 친절한(?) 테레사는 언제나 친절하게 가혹한(?) 평가를 내렸다. 덕분에 테레사의 평가가 곧 발표작의 수준을 결정하는 기준이 되어버렸고, 테레사에게서 긍정적인 평가가 얼마나 많이 나오느냐는 것에 따라 발표자의 명성이 결정되는 기준이 되어버렸다.

발표할 기회를 얻지 못한 이들은 어미 오리의 뒤를 따르는 새끼 오리마냥 둘의 뒤를 따라다녔다. 약간의 틈만 보이면 재빨리 자신들의 논문이나 설계도를 내미는 이들로 인해 독토르와 테레사의 주위에는 자연스럽게 인의 장막이 쳐졌고, 호위를 맡은 기사들은 언제나 비명을 질러댔다. 마법학회의 발표장에 도착하자 테레사는 독토르를 쳐다봤다.

"이제는 상황이 반대가 되었군요."

"쩝."

테레사의 말대로 마법학회에서는 독토르가 테레사의 상황이 되어버렸다. 일반적인 주문 영창으로 쓸 수 있는 마법 수준은 일반적인 마법사의 수준을 넘지 못했지만, 마법진과 마법 수식의 계산에서는 타의 추종을 불허하는 독토르의 특성으로 인해 마법학회의 토론장에서는 독토르가 검사 역이 되어버렸다. 테레사와 드워프들에게서 단련된 독토르의 말발은 상대를 초죽음으로 끌고 갔지만, 얻는 것이 많았기에 마법학회 토론장에서는 기술자와 학자들 대신에 마법사들이 둘을 에워쌌고 이에 호위 기사들은 역시 비명을 질러댔다.

“테레사, 네 능력이라면 마법도 시뮬은 가능하잖아?”

난장판 같은 하루를 보낸 덕에 완전히 파김치가 되어버린 독토르는 테레사에게 푸념을 했다. 하지만 테레사는 주목할 신기술에 대한 데이터를 정리하면서 심드렁하게 대답했다.

“전 컴퓨터입니다. ‘하나에 하나를 더했을 때, 결과는 나도 몰라’ 라고 정의할 수 있는 마법은 제 관점 밖입니다.”

“그것은 비약이 좀 심한데?”

“단순히 마법 문장이라면 분석이 가능합니다만, 거기에 들어가는 변수로 마나가 대입되면 오차 범위가 너무 커집니다.”

“그래도 너라면 근사치를 뽑아낼 수 있잖아?”

“귀찮습니다. 예전이라면 몰라도 지금은 다른 일도 많은 상황에서 거기까지 매달릴 의향은 전혀 없습니다.”

“귀······.”

직설적으로 튀어나온 테레사의 대답에 독토르는 그대로 굳어버렸다. 가까스로 경직에서 빠져나온 독토르가 테레사의 어체를 지적했다.

“너무 과격하다는 생각 안 들어?”

“사용자와 그 주변인들에게서 배운 것입니다.”

“사용자?”

독토르의 물음에 테레사는 조용히 독토르를 바라봤다. 말없이 바라보기만 하는 테레사의 행동에 독토르는 조용히 서류로 시선을 돌렸다.

대륙의 주요 국가들이 경쟁적으로 과학 기술과 마법을 발전시키자, 독토르와 테레사는 해당 분야에 새로운 이슈나 동향을 기록한 소식지를 정기적으로 발간하기 시작했다.

'이데아' 라는 이름이 붙여진 소식지는 곧 각국 마법사들과 과학자, 기술자들의 필독서가 되었고, 일반인 가운데에서도 지적 허영심을 만족시키려는 이들의 새로운 과시용 서적으로 인기를 끌게 되었다.

이데아에 자신의 원고가 실리는 것은 일종의 명예가 되었고, 많은 마법사들과 학자, 기술자들이 이데아에 자신의 이름이 적힌 글을 실기 위해 정열적으로 연구를 진행했다. 이데아가 완전히 자리를 잡자 독토르와 테레사는 인문학으로 그 범위를 넓혔고, 이데아는 대륙 전체에서 권위를 인정받는 학술지가 되었다.

대륙이 그렇게 바쁘게 움직이는 동안 패스파인더 영지에도 변화가 생기기 시작했다. 독토르는 자신이 맡고 있던 많은 감투를 정리하기 시작했다.

"기초 과학에 관련된 분야는 모조리 넘기시는군요."

"난 응용은 잘하지만 기초가 약해서……."

뒤통수를 긁으며 독토르가 미소를 짓자 테레사는 한숨을 내쉬었다.

"결론은 날로 드시겠다는 것입니까?"

"따지지 마. 난 발명이 좋은 것이지, 숫자 하나에 모든 것을 거는 것은 안 좋아해. 이미 배웠던 기초 물리학, 수학, 통계학, 기타 등등을 또

공부해야 해?"

"입시용 학습이 면죄부를 주지는 않습니다. 뭐든지 기초가 중요한 법입니다."

"기초는 네가 있잖아."

천연덕스러운 독토르의 대답에 테레사는 한숨을 쉬었다.

[재기동 24,800일. 선장님… 매너를!]

자신이 갖고 있던 많은 직책을 정리해 시간적 여유를 찾은 독토르는 다시금 자신의 전공인 발명에 빠져들었다. 다시 뭉친 '독토르와 일당들' 은 다시금 상상의 나래를 펴기 시작했고, 테레사의 한숨은 다시 늘어가기 시작했다. 한동안 잊혀졌던 패스파인더 시의 명물, 테레사의 '기각!' 이라는 외침과 독토르들의 '아~ 왜!' 라는 반항이 패스파인더 시의 명물로 다시 등장했다.

쾅!

"이것 좀 봐줘!"

맹렬한 기세로 사무실에 들어온 독토르와 일당들이 다짜고짜 설계도를 내려놓자, 테레사는 한숨을 쉬었다.

"또… 입니까?"

"이번엔 확실하다고!"

자신만만한 표정을 잃지 않는 독토르와 일당들을 본 테레사는 한숨과 함께 그들이 내놓은 설계도를 보기 시작했다. 잠시 설계도를 살펴던 테레사가 독토르와 일당들을 쳐다봤다.

"마법진의 오차는 차치하고, 이 복잡한 마법진을 이 사이즈에 다 몰아넣을 수 있는 것입니까?"

"가능해!"

테레사의 질문에 독토르 대신 쯔바이가 앞으로 나서며 대답했다. 쯔바이는 들고 온 가방에서 특이하게 생긴 도구를 꺼내 들었다.

"이것은 말이지, 드워프 전통의 확대 축소 복사기지. 조각이나 무구에 초소형 마법진을 새길 때 사용하는 물건이야. 이것을 이용하면 충분히 가능해."

쯔바이가 자신만만하게 내놓은 물건을 살피던 테레사는 곧 다른 문제점을 지적했다.

"사이즈는 그렇다 치고 말입니다. 여기에 구겨 넣어진 마법진들 사이에 간섭 문제는 없습니까? 텔레라이터에 사용되었던 마법 외에도 영상 마법과 음성 통신 마법까지 들어가 있습니다."

"가능해! 가능해!"

테레사의 지적에도 독토르와 일당들은 여전히 자신만만하게 응수를 했고, 테레사는 다시 반론을 제기했다.

"그렇다면 왜 샘플이 없는 것이지요? 지금까지는 샘플을 가지고 오셨으면서 왜 이번에는 샘플이 없습니까?"

그녀의 질문에 독토르와 일당들은 갑자기 꿀 먹은 벙어리가 되어버렸다.

"왜 대답이 없으시지요?"

테레사가 재차 다그치자 독토르가 조심스럽게 대답했다.

"그것이… 예산이 없어."

"에?"

"요즘 연구를 너무 열심히 했더니 예산이 바닥났어. 테레사! 예산
좀 지원해 줘!"

독토르의 대답에 테레사는 허탈한 표정을 지었다.

"1년 예산을 집행 3개월 만에 다 쓰신 것입니까?"

"하다 보니 그렇게 됐네. 아하하하……."

"재활용은 하신 것입니까?"

"나름대로는 열심히 했는데… 아하하하… 이거 꼭 성공할 물건이
야. 잘 알잖아? 그러니까 예산 좀… 아하하하."

독토르 역시 난처한 듯 억지웃음을 흘리며 대답을 했다.

빠직!

"히익!"

독토르의 대답을 듣자마자 테레사의 손에 쥐어져 있던 펜이 날카로
운 소리와 함께 부서져 버렸고, 그 광경을 본 독토르와 일당들은 기겁
을 하면서 뒤로 물러섰다. 한참 동안 독토르와 일당들을 노려보던 테
레사는 새 펜을 꺼내 들면서 입을 열었다.

"마법학회와 드워프 원로들께 자문을 구하십시오. 그분들의 의견을
참고하여 추가 예산에 대한 집행을 고려하겠습니다."

"알았어. 고마워!"

"가자!"

"오옷!"

테레사의 답변을 들은 독토르와 일당들은 일일이 테레사와 악수를

하고는 함성과 함께 밖으로 달려나갔다. 독토르와 일당들이 밖으로 나가자, 테레사는 이마를 책상에 대고는 중얼거렸다.

"핸드폰이라니……."

[제기동 24900일. 바네사 김 박사님의 말이 다시 떠오른다.
"저걸 확! 죽여 버릴 수도 없고……."]

어느새 '핸디 커뮤니케이터(약칭 핸디)'라고 이름까지 붙은 물건의 자문을 맡은 마법학회의 원로들과 드워프 원로들 사이에 커다란 반향을 일으켰다. 원로들은 '기존의 관념에 안주하지 않는 참신한 발상'이라며 흥분을 했다. 그들의 반응을 들은 테레사는 또다시 펜을 부러뜨렸다.

"참신은 개뿔이……."

그런 테레사의 반응에는 아랑곳하지 않고 원로들은 독토르들보다 더 더욱 적극적으로 매달리기 시작했다. 드워프 원로들은 더욱 작고 정확한 마법진을 만들기 위해 복사기의 개량에 매달렸고, 밀란을 위시한 마법학회의 원로들은 간섭을 억제할 방안을 찾기 시작했다.

예산이 없다는 말을 들은 원로들은 떼를 지어 테레사에게 몰려왔다. 독토르들의 연구에 예산을 배정해 줄 것을 강권하는 원로들의 등쌀에 테레사는 백기를 들고야 말았다. 예산 집행서에 사인을 한 테레사는 최종 결정권자인 독토르에게 서류를 내밀며 투덜거렸다.

"인덕을 많이 보시는군요."

"다 평소의 행실이지."

"췌."

예산이 집행되면서 말도 많고 탈도 많았던 '핸디'의 개발은 궤도에 오르기 시작했다. 독토르와 일당들, 그리고 여러 원로들은 밤을 잊어가며 연구에 매달렸다.

마침내 수많은 시행 착오와 재도전 끝에 '핸디'의 시제품이 완성되었다. 독토르와 일당들은 패스파인더 영지와 그 근처를 헤매고 다니며 테스트를 한 끝에 '핸디'의 시제품은 만족할 만한 성능을 내는 작품으로 완성되었다. 완성품을 본 테레사는 독토르에게 물었다.

"성능은 대중화되던 시점의 핸드폰이고, 사이즈는 극초기의 벽돌 또는 냉장고로 불리던 핸드폰 사이즈군요."

"아직은 거친 동네라 내구성을 확보해야만 해서 말이지."

테이블 위에 놓인 '핸디'를 보면서 테레사는 손가락으로 테이블을 두드렸다.

"그런데 이거, 시장성에 대해서 생각하셨습니까?"

"우선은 군에 선을 보일 생각이야. 크기의 제약이 있는 기존의 통신 마법 장치들을 대체할 수 있어."

"지구에서, 특히 선장님의 나라에서 핸드폰 시장이 커진 이유가 무엇입니까? 10대를 비롯한 젊은이들을 목표로 했기 때문입니다. 이 핸디의 시장 가격을 얼마로 생각하시고 계십니까? 이곳의 젊은이들이 과연 이 핸디를 구입할 정도의 구매력이 있다고 보십니까?"

테레사의 지적에 독토르는 곧장 반론을 제기했다.

"테레사, 그것은 결과론일 뿐이야. 우선 핸드폰이란 물건이 처음

나왔을 때 부유층의 과시용으로 더욱 쓰임새가 컸지. 그러다 PCS의 등장으로 가격이 떨어지자 일반 중산층이 대량으로 구매하기 시작했어. 그 구매자들 모두가 핸드폰이 없으면 일을 못했을 이들이었을까? 아니잖아. '봐라! 나도 핸드폰이 있다!' 라는 자존심 문제로 구입한 사람들이 더 많을걸? 거기에 보조금까지 더해져 값이 더욱 떨어지자 폭발적으로 시장이 확대되었지. 그 다음은 그때까지의 진행 과정의 역순이잖아. 제조사들은 더욱 고급의, 더욱 비싼 물건들을 출시하기 시작했고, 사람들은 경쟁적으로 고가의 핸드폰을 구입하기 시작했지. 아, 물론 할부 판매라던가 보조금 등으로 판매를 부추긴 것도 있었지만, 결국은 사람들의 과시욕이야. 군용과 달리 민수용은 우선 고가품으로 내보낼 거야. 성능에는 상관이 없지만 화려하게 치장을 해서 말이지."

"부유층의 과시욕을 자극하는 것입니까?"

"그렇지."

"가능성은 높겠군요. 지금도 고가품의 선호도가 높으니 말입니다."

"맞아."

독토르와 대화를 나누며 열심히 데이터를 검색한 테레사는 곧 결정을 내렸다.

"알겠습니다. 곧 생산 시설의 건축에 들어가겠습니다. 7개월 후에 박람회가 있으니 그때까지는 맞출 수 있을 것 같습니다."

"좋아!"

테레사가 결정을 하자, 독토르는 만족한 표정을 지었다.

산업 박람회에서 핸디는 관심의 대상이 되었다. 음성 통신과 간단한 문자 전송까지 가능한 핸디의 등장은 커다란 이슈가 되었다. 휴대가 편한 통신기의 등장은 군의 관심을 끌어모았고, 화려한 디자인의 민수용 핸디는 부유층의 소지품 1순위가 되었다.

잘 디자인된 명품 예복을 걸치고 한 손엔 지팡이, 다른 손에는 핸디를 든 모습은 잘나가는 실업가와 귀족들의 전형적인 모습이 되었다. 노천 카페에 자리를 잡고 앉아 서류를 보면서 핸디로 대화를 나누는 젊은 청년들은 장래가 기대되는 능력남으로 여겨지면서 여인들의 시선을 끌어모았다.

'잘나가는 남자의 물건' 1순위로 떠오른 핸디로 패스파인더 상단은 대박을 치게 되었다. '기술의 패스파인더'라고 불리며 패스파인더 상단이 다시금 성가를 드높이자, 여러 상단에서 핸디의 기술을 이용하기 위해 접촉해 오기 시작했다. 관련 기술 판매를 통해 막대한 금액이 손에 들어오자 독토르는 테레사를 보며 함박웃음을 지었다.

"내 말 맞지? 대박 친다고 했잖아?"

하지만 테레사는 예의 무표정으로 응수했다.

"대량 생산을 위한 시설 투자비, 초기 광고비, 관련자들에 대한 포상금 지급 등을 하고 나면 남는 것도 없습니다."

"쩝, 그래도 조금 남는 것이 있지 않을까?"

"한 푼도 없습니다. 어느 분이 과감하게 땡겨 쓰신 예산 때문에 말이지요."

“쩝.”

테레사의 단호한 대답에 독토르는 입맛만 다셔야 했다.

독토르의 계산대로 저가형의 보급형 핸디는 연타석 대박을 성공시켰다. 고가의 초기형 핸디와 달리 보급형은 단순한 디자인이었지만 경금속을 많이 쓴 깔끔한 디자인으로 사람들의 구매욕을 자극했다. 덕분에 카마인의 청소년들과 20대 사이에서는 핸디 구매 광풍이 불기 시작했다. 젊은이들은 자신의 핸디를 다른 사람의 것과는 다른 것으로 만들기를 원했기에 케이스 튜닝 등의 틈새시장도 나름대로 성장을 하기 시작했다.

“여기서도 틈새시장이 생기네?”

“여기 사람들도 돈맛을 잘 아니 말입니다.”

하지만 빛이 있으면 어둠이 있듯이, 젊은이들이 핸디를 사용하면서 약간의 부작용이 생기기 시작했다. 핸디 역시 마나로 움직이는 물건이었고, 소모된 마나를 충전하기 위해서는 마법사가 아닌 일반인들은 전용 충전소에서 돈을 지불하고 충전을 해야만 했다. 덕분에 젊은이들은 마나 소모가 많은 음성 통화보다 문자 전송을 선호하기 시작했고, 텔레라이터와 달리 일 회 문자 전송량에 제한이 있는 핸디의 경우 문법과 단어 파괴 현상이 벌어지기 시작했다.

나이 먹은 사람들은 이해하기 어려울 정도로 꼬아버린 단어들을 사용하는 젊은이들의 유행은 그들의 대화까지 조금씩 바꾸게 만들었고, 젊은이들의 단어 파괴 유행은 많은 이들의 걱정을 사기 시작했다. 그런 사람들은 핸디를 만들어낸 독토르에게 비난의 화살을 돌렸다. 하지만 독토르는 그런 비난을 냉소로 응수했다.

"흥! 나도 소싯적에는 외계어 잘 써먹었던 사람이야. 그런데도 지금 아무 이상 없이 잘살고 있는데 무슨 문제? 그리고 핸디의 전송량 제한은 어쩔 수 없는 일인데, 그것을 걸고 넘어가서 뭘 어쩌자는 거야? 하나를 얻으면 하나를 잃는다. 등가 교환 몰라?"

각종 소식지에 올라오는 비난 사설을 본 독토르는 그런 대답으로 비난을 일축했다.

공학 아카데미의 '응용공학—1' 수업 시간, 독토르가 담임 교수인 이 시간에 아카데미의 학원생들은 지금까지 배운 지식을 이용하여 자신들만의 신개발품을 만드는 법을 배웠다. 강의를 듣는 학생들은 종족을 불문하고 독토르의 타이트하고 하드한 수업에 혀를 내두르면서 필사적으로 수업을 받아야만 했다. 항상 학생들에게 120%를 요구하는 독토르는 학생들의 술안주가 되어 있었다. 마침내 한계에 달한 학생들이 집단적으로 행동을 해버리는 사건이 벌어졌다.

띵똥~

핸디의 벨이 울리며 문자가 도착했음을 알리자, 독토르는 핸디의 문자함을 열었다. 수신된 문자를 본 독토르의 눈이 커졌다.

―교수님, 살려주세염.

“뭐냐, 이거?”

난데없는 내용에 독토르는 어안이 벙벙했다. 그 문자를 시작으로 독토르의 핸디는 끊임없이 비슷한 내용의 문자를 토해냈다. 문자들을 확인한 독토르는 발신인을 확인했다.

“이놈들이군.”

자신이 가르치는 학생들을 확인한 독토르는 핸디의 자판을 빠르게 누르기 시작했다.

띵똥! 띵똥! 띵동!

“어? 문자다.”

“교수님이 보내셨네?”

“어? 나도.”

“뭐지?”

아카데미 근처 주점에 모여 술을 마시던 학생들은 자신들의 핸디가 문자 착신음을 내자 서둘러 발신인을 확인했다. 발신인이 독토르임을 확인한 학생들은 서로의 얼굴을 마주 보다가 문자함을 열었다. 독토르가 보낸 문자의 내용을 확인한 학생들의 눈이 왕방울처럼 커졌다.

―나가 죽으삼.

―반사.

―나으 F를 받으라~! (/――)/ ffffFFFFF.

―△TL시켜 주마.

비슷한 내용의 문자를 보냈던 20명의 학생들은 독토르의 문자를 받고는 동시에 바닥에 쓰러졌다.

[재기동 25,180일. 선장님, 대륙 최초로 이모티콘 사용하시다.
님하~]

42

재회

재회

포린트의 황도 폴리스, 에드먼드 2세는 다우닝 공작을 위시한 신료들과 함께 각종 현안에 대한 의견을 나누었다. 이날의 핵심 주제는 '자국의 기술 경쟁력 강화'였다.

"결론은 해외의 석학을 유입해야 한다는 것이오?"

"그렇습니다. 지난 전쟁의 마지막에 카마인에서 돌아온 젊은 인재들이 우리의 경쟁력을 강화시켜 준 것은 사실입니다. 하지만 그들로서는 한계가 있습니다. 더 다양한 분야의 뛰어난 석학이 필요합니다."

"국내의 인재를 선발해 유학을 시킨다는 것도 문제가 있습니다. 갈 곳은 카마인의 패스파인더뿐인데 카마인의 입국 허가를 받기도 힘들고, 유학을 한다고 해도 모든 과정을 수료한 다음에는 돌아오지를 않습니다."

신하들은 우수한 해외 석학의 초빙을 주장했다. 신하들의 의견이 하나로 정해지자 에드먼드 2세는 그들의 의견을 받아들였다.

"좋소, 해외 석학의 초빙을 추진해 보도록 하시오. 그리고 공작은 좀 남으시오."

"알겠습니다, 폐하."

신하들이 다 나가고 회의실에 둘만이 남자, 에드먼드 2세는 단도직입적으로 물었다.

"솔직히 말해보시게. 과연 다른 나라, 아마도 카마인이 될 확률이 높은데 오려고 할까?"

에드먼드 2세의 물음에 다우닝 공작은 고개를 저었다.

"솔직히 카마인의 일류 이상의 석학은 초빙하기가 힘들 것입니다. 지난 전쟁의 앙금이 아직 남아 있고, 카마인 정부의 지원 또한 매우 강합니다."

"그렇다면, 우리는 막대한 돈을 쏟아 붓고도 비주류의 영입에 만족해야만 한다는 것인가?"

"현재로서는 그렇게만 되어도 최상의 결과를 얻었다고 볼 수 있습니다."

다우닝 공작의 대답에 에드먼드 2세는 한숨을 내쉬었다.

"경이 가서 아쉬운 소리를 좀 해야 되겠군. 어찌 되었든 애를 좀 써 보게."

"알겠습니다, 폐하."

다우닝 공작까지 회의실을 나가자 에드먼드 2세는 자신의 침소로 걸음을 옮겼다. 침소로 들어선 에드먼드 2세는 테이블 위에 놓인 쪽지를 발견했다. 쪽지에는 짧은 문장만이 적혀 있었다.

'2개월 후 도착 예정. 40명 중 18명 통과. 4.'

내용을 확인한 에드먼드 2세는 쪽지를 벽난로 속으로 던져 소각시켰다. 에드먼드 2세는 빈 잔에 술을 채우며 중얼거렸다.

"이제 내 비장의 카드 한 장이 돌아오는 것인가?"

"선장님, 이것을 좀 봐주시기 바랍니다."

연구소에서 일을 마치고 돌아온 독토르가 사무실에 들어서자 테레사는 서류 파일을 내밀었다. 의자에 앉은 독토르는 파일을 열고는 내용을 읽기 시작했다.

"아르고스의 눈들이 보낸 것인가? 어디 보자. 의문의 학살 사건. 마을 두 개가 사라졌고, 물자를 나르던 상단 행렬 하나가 전멸, 도로 순찰대 1개 지대 전멸… 응? 다 크레티스 것이네? 벌어졌던 일들도 다 조금 오래된 것들뿐이고 말이야."

"다음 챕터를 봐주십시오."

"바로 어제로군. 마을 하나가 완전히 소거되었음. 치안국에서 추적에 나섰으나 흔적을 찾을 수 없음. 이것은 우리 카마인인가?"

"그렇습니다."

"몬스터의 소행이 아닐까? 전쟁통에 몬스터의 토벌이 거의 없었잖아."

"그것은 아니라고 봅니다. 전쟁 전에도 이미 몬스터는 멸종 위기였습니다. 그리고 흔적까지 완전히 지우는 깔끔한 몬스터는 보고된 것이 없습니다. 인간의 짓입니다."

"그럼 산적들인가?"

"물자를 나르던 상단의 경우라면 그렇게 생각할 수도 있지만, 전멸한 마을의 경우는 아닙니다. 만약 산적이라면 물자만 뺏을 것입니다. 아, 본보기로 몇은 죽일 수 있겠지요. 하지만 아무리 멍청한 산적이라도 전멸은 안 시킵니다. 차라리 두고두고 괴롭히겠지요. 그리고 도로 순찰대 1개 지대면 평균 100명의 병력으로 구성되는데, 그런 지대 하나를 전멸시킬 산적이라면 소문이 나도 옛날에 났을 것입니다."

테레사의 말에 독토르는 다시 한 번 서류에 적힌 내용을 확인했다. 서류를 다시 읽은 독토르는 테레사를 쳐다봤다.

"설마 아니겠지?"

"가능성이 가장 높은 것은 그들밖에 없습니다. 마을이나 상단을 습격하면서 살인에 대한 거부 반응을 없애는 훈련은 그들의 독문 방식입니다. 그러므로 그들이 돌아왔다고 봐야 합니다."

테레사의 말에 독토르는 한숨을 쉬었다.

"섀도우 나이츠, 그 미친놈들이 다시 돌아온 것인가?"

섀도우 나이츠가 다시 등장한 것으로 보이자, 독토르와 테레사는 아르고스의 눈들을 다시 한 번 풀가동시키기 시작했다.

"마을 하나가 완전히 사라졌는데 왜 이리 조용했을까?"

"사람도 많고 국가도 많지만, 대륙은 넓습니다. 20여 가구가 모여 사는 작은 마을을 일일이 파악하기엔 무리가 있는 것이 사실입니다. 특히나 이렇게 깊은 산속에 고립되어 있는 마을들은 1년에 한 번 있을까 말까 한 정기 조사 외에는 파악하기가 힘이 듭니다. 그리고 사건들이 벌어진 시간 사이에 공백이 연관성을 흐리게 만들어 버립니다."

"그런데 너는 이 사건들이 연관되어 있다는 것이야?"

"그렇습니다."

"근거를 설명해 봐."

"제일 처음 크레티스에서 발생한 사건은 이 마을 전체가 전멸한 사건입니다. 발생 시기는 4년 전, 위치는 크레티스에서도 오지로 소문난 지역입니다. 죽은 마을 주민들은 118명입니다. 그 다음은 2년 4개월 전 발생한 상단 전멸 사건입니다. 상단을 호위하던 상단 소속 사병 40명을 포함해 90명이 죽었습니다. 그 다음이 1년 전에 발생한 도로 순찰대 1개 지대의 전멸입니다. 처음에는 제대로 된 방어를 할 수 없는 일반인을 상대했고, 그 다음은 일반인들보다 약하긴 하지만 상당한 무력을 가진 상단을 상대했습니다. 그리고 그 다음에는 병력과 장비가 제대로 갖춰진 전투 병력을 상대했습니다."

"그렇다면 점점 능력을 키워서 더욱 강한 상대에게 도전을 했다는 것이냐? 드래곤 볼이냐?"

"언제나 느끼는 것이지만, 선장님의 비유는 참 개성적입니다."

"넘어가고, 그렇게 따지면 여기로 와서 마을 하나가 전멸한 것은 무슨 이유지? 그냥 스테이지가 바뀌었다고 레벨 0부터 시작하는 거야?"

독토르의 물음에 테레사는 벽에 걸린 지도의 앞으로 자리를 옮겼다.

"문제의 마을입니다. 보시다시피 근처에 군부대가 있고, 치안국 분소도 1시간 거리에 있습니다. 거기에 카마인은 핸디의 보급으로 빠른 신고가 가능합니다. 제 생각으로는 여기서 저들은 기동력을 훈련한 것 같습니다. 빠르고 정확하게 치고 빠지는 것이지요."

"게릴라냐?"

"화약 무기가 일반화된 이상 기존의 기사들은 요인의 경호라는 전통적인 임무를 제외한 다른 전술적 가치가 상실되었습니다. 일반인들보다 뛰어난 신체적 능력을 가진 기사들이라면 치고 빠지는 방식의 게릴라로서는 탁월한 존재들이지요. 지난 전쟁에서도 기간트와 드간트의 파일럿을 제외한 일반 기사들을 그런 용도로 잘 써먹지 않았습니까? 적의 후방 교란, 정찰, 참호 기습 등등 말입니다."

"흐음."

테레사의 말에 독토르는 고개를 끄덕이며 지도를 바라봤다.

"섀도우 나이츠의 본거지는 어디인 것 같냐?"

"대륙 전체에 버려진 폐성은 1000군데가 넘습니다. 그중에 일반인의 접근이 어려운 폐성은 120곳입니다. 그리고 사건들이 벌어진 지점들과의 연결성을 따지면 약 20곳입니다."

"1/20의 확률이라… 애매하군."

"만약에 이들이 국가의 지원을 받는다면 경우의 수는 또 달라집니다. 폐성 외에도 위장이 가능한 군사 거점까지 계산에 집어넣어야 합니다."

"섀도우 나이츠를 국가가 지원한다고?"

'섀도우 나이츠를 지원하는 국가가 있다'는 테레사의 가설에 독토르는 아연실색했다. 설명을 요구하는 독토르의 표정에 테레사는 그 이유를 설명했다.

"재기동 11,010일째에 있었던 섀도우 나이츠의 습격에서 섀도우 나이츠는 맥이 끊겼다고 볼 수 있습니다."

"그렇게 단정하는 이유는?"

"습격을 했던 이들의 수준이었습니다. 두 팀으로 나눠진 섀도우 나이츠들 가운데 마스터 급은 단 두 명이었습니다. 나머지는 그전에 있었던 크레티스와의 전쟁과 자유시의 습격에 참가했던 나이츠들에 비해 자질이 떨어졌습니다. 즉, 그들의 인적 자원이 동이 난 상태에서의 마지막 작전이었다고 생각할 수 있습니다."

"그런데 그들이 다시 살아났다?"

"그렇습니다. 마지막 접촉 이후 30년의 세월이 지났다고는 하지만, 살아남은 단 1인이 예전의 규모로 되살릴 수는 없습니다. 기사단을 만드는 것이 다단계 피라미드 판매망을 만드는 것과 같다고 할 수는 없지 않습니까?"

"그렇겠지. 과연 국가의, 그것도 상당한 능력이 되는 국가가 그 뒤를 받쳐 줘야만 가능하겠군."

테레사의 설명에 독토르도 납득하는 표정을 지었다.

"그렇다면 어느 미친 나라가 그런 짓을 하는 것이지?"

"현재로서는 크레티스와 포린트입니다. 하지만 좀 더 가능성이 높은 쪽은 포린트라고 생각합니다."

테레사의 말에 독토르가 반론을 내놓았다.

"크레티스도 무시할 수는 없지 않나? 우리가 처음으로 접촉한 것도 크레티스와의 전쟁에서였어."

"당시 전쟁에서 크레티스가 섀도우 나이츠를 사용한 이유는 자신들의 기사 자원을 보존하면서 우리 측을 견제하기 위해서였습니다. 당시만 하더라도 기사의 수는 양국이 비슷했고, 기사의 위치가 결전 병기와 비슷한 위치였으니 크레티스로서는 그런 작전을 생각할 수 있었습니다. 또한 크레티스는 충분한 규모와 수준을 가진 기사단이 있습니다. 이 말은 섀도우 나이츠와 같은 조직을 만들 필요가 없음과 동시에 그런 조직을 양성, 유지하는 데 자금을 돌릴 여력이 없다는 뜻입니다."

"그래서 포린트다?"

"그렇습니다. 포린트는 삼 국 가운데 기사단의 규모가 제일 작았습니다. 따라서 기사단을 확장할 필요성이 있었고, 그 가운데 특수한 목적을 위한 기사단을 만들었을 가능성이 높습니다."

"하지만 지난 전쟁에서 그런 존재들은 없었잖아?"

"없었던 것이 아니라 찾을 수 없었던 것이지요. 양쪽 다 비슷한 목적으로 기사단을 굴려댔지 않았습니까? 그런 상황에서 구분이 갑니까?"

"흐음, 그럼 그것을 확신할 물증은 있나?"

"아직은 없습니다. 하지만 앞으로 유사한 사건이 또 발생한다면 유추는 가능합니다."

테레사의 답변에 독토르는 고개를 끄덕였다.

"좋아. 그럼 우리가 가용할 수 있는 모든 수단을 다 동원해서 이들을 찾아보자고. 이 인간들이 뜨면 꼭 우리와 충돌을 했으니까. 그리고 만약의 사태에 대비해서 장비 점검을 해두도록."

"알겠습니다."

전에 없이 심각한 표정으로 독토르가 명령을 내리자, 테레사는 패스파인더의 키퍼봇들을 가동시키기 시작했다.

독토르가 테레사의 보고를 들은 다음날, 제국 각지의 소식지들은 마을 하나가 의문의 습격으로 전멸했다는 기사를 대서특필하기 시작했다.

"우리가 빠른 거냐, 이 친구들이 느린 거냐?"

"우리가 빠른 것이지요."

"텔레라이터나 핸디도 있는데?"

"하지만 외부인들은 직접 가서 확인하는 시간이 있지 않습니까? 우리야 내, 외부 라인을 동시에 사용하는 것이고 말입니다."

테레사의 설명을 들으며 독토르는 소식지의 기사를 천천히 정독했다. '치안국과 군에서는 추적의 끈을 늦추지 않고 있다' 라는 기사의 마지막 줄을 읽은 독토르는 피식 웃었다.

"또 우르르 목이 달아나는 광경이 벌어지겠군."

"추적의 성과물이 없다면 그렇게 되겠지요. 그것은 그렇고, 이것은 만약의 사태에 대비해 변경한 선장님의 훈련 목록입니다."

테레사가 건네준 훈련 목록을 본 독토르는 테레사를 쳐다봤다.

"무슨 추가할 것이 있으십니까?"

"너는 내 표정이 부족하다고 느끼는 것이라고 생각해?"

한 달 뒤, 테레사는 독토르에게 서류 파일을 내밀었다.

“찾았습니다. 포린트입니다. 확률은 90%입니다.”

테레사의 말을 들은 독토르는 급히 서류를 펼쳐 들었다.

“이번에는 서부 지역 담당 제8치안총국이 날아갔습니다. 위치는 함께 놓아둔 지도에 표시했습니다.”

“확실히 서부 지역이군. 그런데 이것만으로 포린트가 배후라는 증거가 될까?”

“됩니다. 일반인들이 사는 마을이 아니라, 치안총국이 날아갔습니다. 추적에 동원될 것으로 예상되는 병력의 규모와 질을 따지면, 카마인 내부로 숨거나 반대 방향인 크레티스로 튈 가능성은 매우 낮습니다.”

“그래도 포린트로 보기엔 좀 약하다. 특수 전용 병력의 양성에 제국만 힘쓰는 것이 아니야. 오히려 비대칭 전력으로서 중소국이 더 힘을 쏟을 수 있어.”

“주변의 소국들은 심어놓은 아르고스의 눈들을 통해 커버가 가능하고, 실제로 아르고스들을 통해 확인한 결과로는 의심되는 국가가 없습니다. 그래서 더욱 포린트가 의심이 되는 것입니다.”

“좀 더 물증을 추가해.”

“이미 엘프들에게 추적을 부탁했습니다.”

테레사의 대답에 독토르는 인상을 굳히며 질문했다.

“엘프들의 동원은 공식적인 루트를 통해야 하는데, 잘못하면 우리가 숨겨놓은 카드 하나가 드러나는 것 아냐?”

“그 점에 대해서는 손을 써두었습니다. 수련 중인 미성년 엘프들의 수련 과제로 할당되었습니다. 제국 전역에 흩어진 엘프들이 추적에 들어갈 것입니다. 소식지의 기사를 보여주면서 예전의 일을 슬쩍 흘렸더니 알아서 해주더군요."

"호오."

테레사의 농간을 들은 독토르는 가볍게 감탄사를 뱉었다. 그 순간, 노크 소리가 들려왔다.

"들어와."

독토르의 명령에 문을 열고 들어온 사환은 독토르에게 한 장의 쪽지를 내밀었다. 쪽지를 받아 든 독토르는 내용을 확인하고는 테레사에게 내밀었다.

"최대한 빨리 바이스란트로 올 것이라… 이 양반들도 대충 알아차린 것 같군요."

[재기동 22,300일. 오래된 친구들의 재등장. 이 친구들의 등장은 내 스트레스를 풀 수 있어서 참 반갑다. 하지만 이번으로 끝내야겠지.]

포린트의 황도 폴리스, 황궁에 있는 에드먼드 2세의 침실.

침실로 들어선 에드먼드 2세는 한쪽 벽에 달린 촛대를 향해 걸어갔다. 벽에 달린 촛대를 가볍게 우측으로 돌리자 촛대 옆에 통로가 드러났다. 통로에 들어선 에드먼드 2세가 안쪽에 있는 지렛대를 움직이자 촛대가 회전하면서 문은 사라졌다.

감춰진 비밀 통로를 통해 에드먼드 2세는 아래쪽으로 걸어 내려갔다. 5분 정도를 걸어 내려가자, 그곳에는 작은 선착장이 자리를 잡고

있었는데, 그곳에는 일단의 남자들이 이미 와 있었다. 에드먼드 2세
가 모습을 드러내자 남자들은 동시에 무릎을 꿇으며 고개를 깊이 숙
였다.

"폐하를 뵈옵니다."

"고련을 마친 것을 축하하오."

"감사합니다, 폐하."

남자들의 선두에 선 붉은 갑옷의 남자는 에드먼드 2세의 치하에 답
례를 하고는 일어섰다. 이마에서 시작해 얼굴의 가운데를 지나는 흉터
가 강한 인상을 남기는 남자를 본 에드먼드 2세는 손에 쥔 두루마리를
내밀었다.

"아브르 남작, 지난 전쟁에서의 공훈과 이번 훈련에 쏟은 당신의 노
력을 나와 제국은 깊이 감사하고 있소. 이에 경을 남작에서 백작으로
승작하오. 밝은 자리에서 모든 사람들에게 크게 알리고 싶지만, 시국
과 환경이 그러하지 못함을 미안하게 생각하오."

"아닙니다, 폐하."

공손히 두루마리를 받은 아브르는 에드먼드 2세의 말에 고개를 숙이
며 대답했다. 그를 보던 에드먼드 2세는 뒤에 있는 남자들을 보며 입을
열었다.

"전 제국 제4기사단이자, 지금은 특수기사단 사일런트의 제군들
이여, 그대들에게서 빛을 빼앗아간 나로서는 그대들에게 죄스러운
마음을 감출 수가 없다. 하지만 제국의 안위를 위해서 나는 그렇게
할 수밖에 없었다. 제군들이여, 제국을 위해 인생을 바칠 수 있겠
나?"

창!

에드먼드 2세의 물음에 남자들은 순식간에 검을 뽑아 들고는 검례를 취했다. 남자들의 검례를 받은 에드먼드 2세는 손을 들어 답례를 했다. 강렬한 기운을 뿜어내는 남자들을 보던 에드먼드 2세는 시선을 아브르에게로 돌렸다.

"거점을 마련해 두었네. 위치는 '다리'가 알고 있네. 가서 쉬도록."

"알겠습니다, 폐하."

아브르는 고개를 숙여 에드먼드 2세에게 작별을 고하고는 손을 들었다. 그의 수신호에 남자들은 아무 말 없이 움직이기 시작했다. 남자들이 어둠 속으로 모습을 감추자 에드먼드 2세도 몸을 돌렸다.

"내 비장의 카드가 돌아왔다."

한편, 인재를 영입하기 위해 카마인으로 갔던 다우닝 공작은 귀국하자마자 황궁으로 들어섰다.

"포린트의 신하 다우닝, 폐하의 명을 수행하고 돌아왔습니다."

"수고했소. 그래, 결과는 어떻소?"

에드먼드 2세의 물음에 다우닝은 고개를 조아렸다.

"죄송합니다."

"한 명도 못 구한 것이오?"

"우리 제국 출신으로 4명을 구할 수 있었습니다. 수준은 기존의 인력보다는 높습니다만 원하던 수준은 아닙니다."

"그곳에 우리 제국 출신이 꽤 되는 것으로 알고 있는데?"

"예. 약 40명 선으로 추산되고 있습니다."

"단지 10%만이 조국의 부름에 응한 것이오?"

"죄송합니다."

거듭해서 다우닝이 고개를 조아리자 에드먼드 2세는 손을 저었다.

"아니오. 그것이 어디 경의 실책이겠소. 배은망덕한 그자들이 문제겠지. 그래, 거부의 변이나 들어봅시다. 오지 않겠다는 이유가 무엇이오?"

"불신입니다."

"무슨 소리요?"

에드먼드 2세의 물음에 다우닝 공작은 더욱 낭패한 표정을 지었다. 다우닝 공작이 머뭇거리자 에드먼드 2세가 역정을 냈다.

"도대체 우리 제국을 믿지 못하는 이유가 무엇이오?"

에드먼드 2세가 다그치자 다우닝 공작이 어렵사리 입을 열었다.

"지난번에 있었던 반정부 인사 정리 과정에서 처리된 이들 중에 그들과 연락이 되던 이들이 있었나 봅니다. 그 결과로 그들은 제국 정부를 믿지 못하고 있습니다. 오히려 돌아와서 일이 잘못될 경우를 더욱 걱정하고 있습니다. 그리고……."

"그리고?"

"독토르 폰 패스파인더의 그늘이 너무나 큽니다. 작위는 일개 자작이지만 황제의 사위라는 점. 종족을 불문하고 대륙에서 알아주는 석학이라는 점. 그리고 비록 비주류라도 공정하게 판단을 해준다는 점에서 떠나기를 거부하고 있습니다."

"허어~"

"또한 대륙의 모든 학문이 모여드는 패스파인더, 나아가 카마인에서 벗어난다는 것은 곧 흐름에서 밀려난다는 걱정을 하고 있습니다."

"허어~ 제국의 황제가 내건 조건이 일개 귀족 영지보다 못하다는 것인가?"

다우닝 공작의 설명을 들은 에드먼드 2세는 장탄식을 했다. 상심을 감추지 못하던 에드먼드 2세는 자리에서 일어났다.

"수고했소. 우선은 돌아가서 쉬시오. 자세한 이야기는 내일 다시 합시다."

"알겠습니다, 폐하."

다우닝 공작은 예를 취하고는 조심스럽게 몸을 돌렸다. 회의실을 나가는 다우닝 공작의 어깨도 상심으로 인해 축 쳐져 있었다.

"제국의 칭호를 가진 국가가 일개 영지보다 못한 취급을 받다니… 허허허허."

휘청거리며 침소로 돌아가는 에드먼드 2세의 허탈한 웃음소리가 황궁의 복도를 울렸다.

그 뒤로도 에드먼드 2세는 틈만 나면 다우닝 공작을 패스파인더로 보내서 인재의 유입을 시도했다. 하지만 그의 시도는 번번이 쓴잔만을 들이켜야 했다. 에드먼드 2세는 더욱더 좋은 조건을 내놓았지만 대상자들의 반응은 냉담했다.

"도대체가 왜 오지를 않겠다는 것이오?"

또다시 실패라는 결과를 가져온 다우닝 공작에게 에드먼드 2세는 원인을 물었다.

"전에도 말했듯이 패스파인더 자작의 그림자가 너무 큽니다."

"우리가 해주겠다는 지원도 무시할 만큼 말이오?"

"죄송합니다."

"허어~"

다우닝의 짧은 대답을 들은 에드먼드 2세는 말없이 손을 저어 축객령을 내렸다. 다우닝 공작 역시 조용히 고개를 숙여 예를 취하고는 밖으로 물러났다.

계속된 인재 영입이 좋은 결과를 맺지 못하자 에드먼드 2세는 좀 더 근원적인 부분까지 검토를 다시 했다. 에드먼드 2세는 우선적으로 독토르에 관한 조사와 검토를 명령했다.

"독토르 폰 패스파인더. 출생지는 모릅니다. '운석 계곡' 의 드워프 마을에서 드워프들과 함께 생활을 했습니다. 카마인에 정착을 한 계기는 지난 크레티스와 카마인과의 전쟁이 계기가 되었습니다. 전쟁 준비를 위해 카마인의 황제가 운석계곡의 드워프들을 초청했고, 그 일행에 그가 끼어 있었습니다."

"작위를 받게 된 배경은?"

"크레티스와의 전쟁 때 서전에서의 승리를 얻게 해준 각종 장비 개발을 그가 담당했습니다. 유명한 '퀸 브레이커' 가 그의 처녀작이었습니다. 전쟁 중에는 자발적으로 종군해 자신이 개발한 장비의 보수, 유지를 담당했습니다. 또한 당시에 있었던 새도우 나이츠의 기습을 방어하는 전투에서 공훈을 세웠습니다. 전후에 그 공과를 인정받아 남작 위를 수여받았고, 지금의 패스파인더 영지를 하사받았습니다."

"호오, 다시 한 번 느낀 것이지만, 일개 남작에게 준 영지치고는 매우 큰 영지로군."

벽에 걸린 지도를 보면서 설명을 듣던 에드먼드 2세가 감탄을 하자, 보고를 하던 신하가 부연 설명을 했다.

"전쟁이 일어나기 전에 있었던 퀸 브레이커의 시험 발사 당시에 황제를 압박하던 전황후가 퀸 브레이커의 포격에 휘말려 사망한 사건이 발생했고, 뒤를 이어 황후를 지지하면서 황제를 압박하던 귀족들의 상당수가 숙청을 당하는 사건이 이어졌습니다. 진위가 밝혀지지는 않았지만, 이는 당시 황후에게 압박을 받던 황제가 사고를 가장해 황후를 살해했을 거라는 설도 있습니다. 그렇기 때문에 황제는 독토르 폰 패스파인더에게 커다란 호의를 가질 수밖에 없었고, 독토르 폰 패스파인더 역시 그 호의로 인해 황제에게 강한 충성을 보이기 시작했습니다."

"전공이라… 그의 무력은 어느 정도로 알려져 있나?"

"확실히 입증은 되지 않았으나, 그가 처음으로 존재를 드러낸 지 61년이 지났지만 그다지 늙지 않았다는 사실로 미루어 보아 적어도 최상급 엑스퍼트 이상으로 파악되고 있습니다."

"61년이라, 적어도 80세는 넘었다는 소리인가?"

"그렇습니다."

"나보다도 나이가 많군. 계속하게."

독토르의 대한 단상을 정리하던 에드먼드 2세는 보고를 속행시켰다.

"예, 폐하. 황제로부터 작위와 영지, 패스파인더란 성을 하사받은 독토르 폰 패스파인더는 자신과 깊은 유대 관계를 가진 드워프들을 자신의 영주에 거주하게 만들었으며, 그들과 함께 만들어낸 각종 상품들로 막대한 부를 축적하기 시작했습니다. 그가 만들어낸 각종 기계들과 새로운 기술들은 카마인을 발전시키는 원동력이 되었으며, 그렇게 모은 부를 이용해 그는 다른 영지에도 투자를 하기 시작했습니다. 그가 투자한 자본과 완성된 산업 시설로부터 창출되는 경제적 효과에 주목한 황제와 공작들은 친황제파 귀족들이 산업 시설을 유치할 수 있도록 도와주었고, 그 결과 많은 귀족들이 친황제파에 합류하게 되었습니다. 이후 황제와 당시 황태자 사이에서 벌어진 제왕투에서 황제의 든든한 버팀목이 되었으며, 패스파인더 성 대회전에서 황태자군을 격파, 반란을 종식시키는 주역이 되었습니다. 그 전공을 인정받아 자작으로 승작되었으며, 황제의 외동딸인 마가리타 카마인 공주와 결혼, 정계에서도 실세로 인정받기 시작했습니다. 이상이 지금까지 독토르 폰 패스파인더가 카마인 내에서 입지를 굳혀온 과정입니다. 추가적인 정보로는 마법적 재능에 관한 것이 있습니다. 드워프들과 지인들을 통해 알려진 바로는 주문 영창을 통한 일반적인 마법 수행 능력은 5서클 유저지만, 마법진을 이용한 드워프 마법은 7클래스로 인정되고 있습니다."

"뛰어난 기술과 두뇌, 그리고 무력을 겸비하고 마법적 재능도 가지고 있고, 거기에 상재와 정치적 감각까지 가지고 있다는 소리인가? 이 인간, 정말 정상적인 인간이 맞는 것인가?"

독토르에 대한 보고를 들은 에드먼드 2세는 진심으로 감탄했다. 발표자는 '테레사'를 언급하기 시작했다.

"그 부분에 있어서 반드시 짚고 넘어가야 할 사람이 있습니다. 바로 테레사 패스파인더입니다. 독토르 폰 패스파인더의 여동생으로서 오라버니인 독토르와 함께 드워프 마을에서 생활한 것으로 알려져 있습니다. 신체적 결함을 갖고 있는 것으로 알려져 있으며, 좀 더 자세한 정보를 수집하려 했으나 실패했습니다. 오라버니와 달리 순수한 신체적 특성으로 인해 노화가 더딘 반면, 매우 약한 체력을 가지고 있는 것으로 알려져 있습니다. 독토르 폰 패스파인더 자신이 밝힌 바에 따르면, 이는 자신들의 혈통에서 가끔씩 나타나는 유전적 질환이라고 합니다. 체력적인 문제로 휠체어에 의지하는 육체를 가졌기에 정상적인 결혼 생활을 할 수 없는 테레사 패스파인더이지만 두뇌만큼은 오라버니를 능가한다는 평가를 받고 있습니다. 실제로 마법을 제외한 기술 과학은 패스파인더 자작과 드워프들이 그녀에게서 자문을 받을 정도라 하며, 뛰어난 상재를 발휘해서 지금의 패스파인더 영지를 만든 사람은 독토르 폰 패스파인더 자작이 아니라 테레사 패스파인더라는 것이 중평입니다. 현 카마인의 황제인 율리안 마커스 카마인이 황태자였을 무렵, 그녀를 황태자비로 맞이하려 했다는 기록도 있습니다."

"대단한 오누이로군."

"그렇습니다. 패스파인더 자작과 그가 키운 이들이 새로운 상품과 기술을 만들어냈을 때, 상품성을 따져서 취사 선택을 하는 것은 테레사 패스파인더입니다. 지금까지의 패스파인더 영지의 성장과 그를 기반으로 한 카마인의 발전은 그녀의 선택에 큰 실패가 없었다는 반증입니다. 그녀의 능력을 인정한 카마인의 황제와 공작들은 중요한 문제가 있을 때마다 두 오누이를 불러 상담을 했을 정도입니다. 카마인에서 과학 기술인들이 높은 대우를 받는 것은 패스파인더 자작의 발명품의 덕이기도 하지만, 그것을 실생활에 널리 쓰이도록 만든 테레사 패스파인더의 힘이라는 것이 중평입니다."

"대단하군, 대단해!"

에드먼드 2세는 진심으로 독토르와 테레사에게 감탄을 했다. 짧은 휴식 시간을 가진 에드먼드 2세가 다시 자리에 앉자 보고는 계속 이어졌다.

"이어서, 패스파인더 영지에 관한 보고를 드리겠습니다. 카마인 제국 중앙부에 위치한 패스파인더 영지는 왈 강에 접한 패스파인더 시를 중심으로 발전했습니다. 건설 초기부터 전투 요새와 산업, 학술 연구 단지로 만들어진 패스파인더 시는 경제력이 커지면서 점점 전략적 가치도 커지기 시작했습니다. 패스파인더 시와 영지가 궤도에 오르고 얼마 지나지 않아 경제적 피해를 입은 주변 자유도시들이 당시 황태자파의 비호와 우리 제국으로 통합되기 전의 세 왕국의 지원을 받아 공격을 하는 사건이 벌어졌습니다. 하지만 그들의 공격은 대실패로 끝났고, 자유도시들은 카마인의 경제가 지금처럼 발전하기 전까지는 쇠퇴만을 거듭했습니다. 이후 카마인의 황제는 패스파인더 영지와 그 주변을 보호할 중부군을 신설했습니다. 이 중부군은 패스파인더 영지의 전폭적인 지원 아래 정예로 성장했으며, 제왕투에서 전공을 인정받아 더욱 강화되었습니다. (중략) 경제적, 물리적으로 안정을 획득한 패스파인더 영지는 생산을 담당할 공단이 들어선 주변 도시를 만들면서 행정, 통신, 교통의 중심축이자 학술 도시로 변화를 했습니다. 이미 건설 초기에 대륙 전체에서 최대, 최고를 자랑하는 도서관을 가졌던 패스파인더 시는 이후 대륙 학문의 중심으로 변한 것은 주지의 사실입니다."

짝. 짝. 짝!

패스파인더 영지에 관한 보고가 끝나자 에드먼드 2세는 박수를 끊어 쳤다.

"대단하군! 대단해! 어렸을 때부터 귀가 아프게 들어왔지만, 정리해서 들으니 기가 막힐 정도야! 아무리 주변의 도움이 있었다지만 단 둘의 힘으로 이렇게 만들어냈다는 것인가!"

감탄인지 비아냥인지 모르는 소감을 말한 에드먼드 2세는 시종이 가져다 놓은 음료를 마시며 잠시 숨을 골랐다.

"자, 저들의 역사와 강점은 잘 들었네. 그럼 그 반대에 관련된 사항이 있는가?"

에드먼드 2세의 물음에 다른 신하가 앞으로 나섰다.

"저들의 강점이 오히려 약점이 될 수도 있습니다."

"호오? 계속해 보게."

"솔직히 지금의 패스파인더 영지가 가진 힘은 대륙의 누구라도 인정하고 있습니다. 하지만 이 힘은 오랜 역사를 가지고 내려온 것이 아닙니다. 패스파인더 자작 당대에 만들어낸 것입니다. 만혼을 한 결과, 자작의 뒤를 이을 두 아들은 아직 나이가 어리고, 인정을 받을 만한 실적이 없습니다. 패스파인더 남매의 힘으로 쌓아올린 이 탑은 오히려 사상누각일 수도 있습니다."

"자네의 말은, 두 사람이 쓰러지면 패스파인더가 무너질 수 있다는 것인가?"

"그렇습니다. 여기 계신 분들 모두가 예전에 카마인을 떠들썩하게 했던 테레사 패스파인더 납치 사건을 기억하실 것입니다. 테레사 패스파인더가 납치된 이후, 기력을 되찾을 때까지 패스파인더 영지의 모든 것이 말 그대로 완전 멈추었습니다. 그리고 패스파인더 영지가 얼어버리자, 그 여파는 카마인 제국 전역과 우리에게까지 충격파가 왔었습니다. 이 예에서 두 사람 중 어느 하나라도 문제가 생긴다면 패스파인더 영지는 제 기능을 멈출 것입니다."

"그렇군. 두 사람의 영향력이 필요 이상으로 과하다는 것이군."

"그렇습니다. 두 사람은 완벽하게 서로를 보완하고 있습니다. 하지만 조금 저급한 예이지만 싸구려 도색 소설의 단골 주인공일 정도로 완벽한 두 사람의 보완 체계는, 반대로 어느 한쪽이 멈추면 더 크게 무너질 수도 있다는 것 또한 주지의 사실입니다."

"만약 자네의 말처럼 둘 중에 하나, 아니면 둘 다 사라질 경우에 말일세. 패스파인더의 영향력이 지금과는 다르게 약화될 수 있다고 보는 것인가?"

"상황에 따라 다릅니다. 앞으로 최소 20년에서 30년 이상 독토르 폰 패스파인더 자작 남매가 건재하다면, 패스파인더 영지는 사상누각이 아니라 기반을 확실하게 잡을 수 있습니다. 하지만 지금이라도 둘 중에 하나가 쓰러진다면 그 영향력은 반감될 것이고, 두 사람 다 사라진다면 와르르 무너져 내릴 것입니다. 만약 독토르 폰 패스파인더 자작이 사라진다면, 테레사 패스파인더가 영지 외부로 행사할 수 있는 영향력은 크게 줄어듭니다. 반대로 테레사 패스파인더가 사라진다면 패스파인더의 모든 운영 능력은 30%대로 떨어질 것입니다. 카마인 정부와 자작 남매 역시 그 사실을 인지하고 있기 때문에 겉으로 보이는 덩치를 키우기보다 내적 충실을 기하고 있기는 합니다만, 아직 그들의 뒤를 받쳐 줄 만한 인재의 확보는 미흡한 상황입니다."

신하의 보고를 들으며 에드먼드 2세는 손가락으로 테이블을 두드리며 생각에 빠져들었다. 말없이 자신만의 생각에 빠져들던 에드먼드 2세는 보고자에게 물었다.

"아까부터 '사라진다' 라는 단어를 많이 사용하던데, 자네는 저 둘의 암살이라도 생각하는 것인가?"

에드먼드 2세의 물음에 보고자는 입을 다물었다. 에드먼드 2세가 자신의 대답을 기다리는 것을 본 보고자는 입을 열었다.

"그렇습니다. 지금 우리 제국도 발전을 하고는 있지만, 저 둘이 있는 한 따라잡기는 힘이 듭니다. 하지만 만약 저 둘이 사라지고 우리가 좀 더 투자를 한다면, 우리는 그 차이를 점점 줄여 나가 따라잡을 수 있습니다."

"너무 쉽게 생각하는 것 아닌가? 저 둘이 아니라도 패스파인더 영지에는 뛰어난 이들이 많이 모여 있네."

"아닙니다. 둘이 사라진다면 그렇게 모인 이들의 응집력도 상당히 약화됩니다. 그렇게 된다면 우리에게도 기회가 옵니다."

"응집력이 약화된다고 확신하는 근거는? 둘이 사라진다고 지원을 끊을 정도로 멍청한 카마인이 아닐 텐데?"

"지금은 패스파인더 남매의 지원보다도 패스파인더 남매가 중심축입니다. 오라버니인 자작은 항상 한발 앞서서 새로운 기술과 발명품을 만들어내고 있고, 그에게서 하나라도 더 배우기 위해 사람들이 모여듭니다. 그가 사라진다면 다른 원로들이 나서겠지만, 그 정도의 카리스마나 참신함이 없습니다. 테레사 패스파인더의 취사 선택은 주류, 비주류에 상관없이 항상 공정하고 정확합니다. 하지만 그녀가 사라지고 다른 이가 그러한 자리를 맡는다면 공정성의 문제가 생길 가능성이 높습니다. 따라서 둘 다 혹은 둘 중 하나라도 사라진다면 패스파인더는 분열을 일으킬 가능성이 높습니다."

"자네가 아까 말한 납치 사건 이후로 두 사람에 대한 경호가 강화되었다고 알려졌는데, 가능하다고 보는가?"

"그 사건은 납치 사건이었습니다. 그것도 인질의 몸값을 요구했던 것이 아니라, 인질의 두뇌를 목적으로 했던 사건이었습니다. 당시 관여를 했다고 알려졌던 우리 제국 상단의 비밀 조사 기록에도 적혀 있습니다."

"나도 봤네."

"즉, 당시에는 인질과 함께 퇴로까지 확보해야 한다는 어려움이 있었습니다. 하지만 이번에는 암살입니다. 대규모 인원과 복잡한 안전장치가 필요없습니다. 단지 몇 명의 뛰어난 암살자들과 몇 발의 총탄만 있으면 끝나는 일입니다."

"흐음."

에드먼드 2세는 확신에 가득 찬 신하의 발언에 가만히 주판을 튕기기 시작했다. 잠시 생각을 하던 에드먼드 2세는 자리에서 일어났다.

"자네의 의견은 잘 알겠네. 가능성을 한번 계산해서 확률이 얼마인지 보고하도록. 오늘 회의는 여기서 마치도록 하지. 아, 다우닝 공작은 좀 따라오게."

"알겠습니다, 폐하."

에드먼드 2세의 축객령에 신하들은 예를 취하고 줄줄이 회의실을 빠져나갔고, 에드먼드 2세와 다우닝 공작은 자리를 옮겨 마주 앉았다.

"자네는 어떻게 생각하나?"

"전혀 틀린 말은 아닙니다."

"작전을 만들어 실행시킨다면 성공하리라 보는가?"

"도박입니다만 의외로 성공할 수도 있습니다. 납치가 아니라 암살이라면 자유도가 높아지니 말입니다."

"도박은 항상 잃을 확률이 50%인 선에서 시작하는 법이네만……."

"나머지 50%가 성공할 확률일 수도 있습니다. 패만 확실하다면 말입니다."

다우닝 공작의 말에 에드먼드 2세는 자리에서 일어나 선반으로 걸어갔다. 선반에서 술병과 술잔을 가지고 온 에드먼드 2세는 자신의 잔과 다우닝 공작의 잔에 술을 따르며 물었다.

"경이 생각하기에 내가 가진 히든카드로 도박에서 이길 가능성이 높다고 보오?"

"그들이라면 아주 강한 패입니다."

다우닝 공작의 말에 에드먼드 2세는 자신의 술잔에 담긴 술을 들이

켰다. 빈 잔에 술을 채우며 에드먼드 2세는 다시 물었다.

"그들을 그렇게 쓴다는 것은 사도(邪道)가 아닐까?"

"폐하, 치국에 왕도는 없습니다. 국가의 존립과 백성의 안위를 위해서라면 비열한 수를 써서라도 목표를 이루는 것이 왕도입니다. 폐하, 저 카마인이 벌이는 수많은 공작과 음모를 모르시는 것이 아니지 않습니까? 훗날에 사람들이 사실을 알게 되더라도 결과를 알기에 그리 큰 비난을 할 수는 없을 것입니다. 오히려 현명한 선택이라고 말하는 이들이 더 많을 것입니다."

다우닝 공작은 에드먼드 2세를 강하게 설득하기 시작했다. 계속 이어지는 다우닝 공작의 설득에 에드먼드 2세는 결론을 내렸다.

"좋소, 이번 판에 한번 걸어봅시다."

"현명한 판단이십니다, 폐하."

사흘 뒤, 에드먼드 2세는 신하들이 모인 자리에서 공식적인 결론을 내렸다.

"지난번에 있었던 패스파인더 관련 회의에서 거론된 암살에 관한 안건은 모든 기록에서 삭제한다. 제국은 항상 정의의 편이었으며, 정의를 수호해야 할 의무가 있다."

에드먼드 2세의 선언에 신하들은 모두 고개를 숙였다.

"선장님, 이제부터 몸조심을 하셔야 할 것 같습니다."

"무슨 소리지?"

독토르의 물음에 테레사는 포린트에 심어놓은 눈들이 보내온 정보

를 내밀었다. 서류를 읽은 독토르는 고개를 갸웃하며 테레사를 쳐다
봤다.

"그런 주장이 있었다는 거지 결정이 내려졌다는 것은 아니잖아?"

"위장 같습니다. 그들이 숨겨놓은 카드를 잊으셨습니까?"

"포린트가 섀도우 나이츠를 키운다는 확증은 없어."

"반증도 없지요."

거듭 이어지는 테레사의 주장에 독토르 역시 반론을 내밀었다.

"하지만 그 눈탱이들이 그들을 발견했다는 보고는 없어. 나한테까
지 신분을 밝히지 않은 것을 보면 상당한 고위층이라는 소리인데,
고위직에 있는 이가 확인하지 못할 정도면 아니라고 볼 수 있지 않
아?"

"하지만 고위층이기 때문에 운신의 제약이 있다는 것도 잊으시면 안
됩니다. 남들보다 빨리 신뢰도가 높은 정보를 얻을 수 있다는 장점은
있지만, 깊이 파고들 수는 없습니다. 기록이 남으니 말입니다. 눈은 눈
일 따름이지 X—레이 투시기가 아닙니다. 아르고스의 눈들이 지금까
지 무사히 유지될 수 있었던 이유도 바로 그렇게 행동했기 때문입니
다."

"덕분에 포섭도 쉬웠지. 그렇다면 언제로 예상해?"

"모릅니다."

"에?"

"장소, 시간, 투입 가능 인원 모두 불확실입니다. 단지 위험도가 상
승했을 뿐입니다. 섀도우 나이츠 자체가 지금 완전히 숨어 있는 상태
이기 때문에 그들의 흔적이 드러나기 전까지는 제대로 파악할 수가 없

습니다.”

“그런데도 조심을 하라?”

“그렇습니다.”

“완전히 ‘여름에는 물조심하고 겨울에는 불조심해’ 라고 말하면서 부적 파는 냥반들하고 똑같은 소리를 하는군.”

“그래도 어쩔 수 없습니다.”

“하아~”

여태까지의 테레사와 달리 너무나 감이 안 잡히는 말에 독토르는 한숨을 내쉬었다.

“어쩔 수 없지. 하지만 계속해서 긴장을 유지하면서 움직일 수는 없어. 그렇게 한다면 우리가 먼저 지쳐.”

“알고 있습니다. 우선적으로 주의를 기울여야 할 곳은 바이스란트입니다. 패스파인더 시는 산업 스파이 문제로 각종 감시 장치가 잘 완비되어 있습니다만, 바이스란트는 그렇지가 못합니다.”

“제2연구 단지는 어때?”

“요르드 시의 경우, 제2의 패스파인더 시라고 불리는 곳입니다. 그곳 역시 각종 감시 장치와 방범 체계가 건설 초기부터 도입되어 있었기 때문에 약간의 경비만 강화하면 됩니다.”

“그렇다면 이동 중에 습격을 당할 위험은?”

“만약에 그 방법을 선택한다면 저로서는 대환영입니다.”

테레사의 대답에 독토르는 패스파인더 호를 떠올렸다.

“그렇지. 그 상황이 우리로서는 제일 원츄겠지. 자, 그렇다면 제일 먼저 해야 할 일은 그놈들이 어디로 비집고 들어오느냐를 알아내는 것이겠지?"

"그렇습니다. 그래서 국경과 삼림지대를 순찰하는 엘프들에게 부탁을 해놨습니다."

"바쁜 엘프들에게 일만 늘려준 것 아냐?"

"아닙니다. 그들이 오히려 더 환영하더군요. 지난번에 놓친 것 때문에 심한 스트레스가 되고 있었나 봅니다."

"그렇겠지. 명색이 산과 숲은 자기들의 무대라고 장담하는 이들이 국경을 들어오는 것도 놓치고, 사고를 치면서 다니는 것도 놓치고, 도망가는 것도 놓쳤으니… 그럼 당분간은 수동적인 대처만을 해야겠군."

"마음에 안 들지만 그럴 수밖에 없습니다. 이 기회를 이용해 선장님의 훈련을 좀 더 강화하겠습니다."

"내가 샤이아인이냐! 훈련시키면 시킬수록 늘어나는 무한 전투력이냐고!"

"샤이아인 코스로 맞춰드릴까요?"

[재기동 22,340일. 섀도우 나이츠, 이 친구들 덕에 선장님을 굴릴 수 있어서 좋기는 한데… 얼른 얼른 나오렴. 이 누나는 참을성이 별로 없단다.]

포린트의 황궁 지하에 있는 비밀 선착장, 에드먼드 2세와 사일런트의 대원들이 다시 자리를 함께했다.

"제군들이 해야 할 일이 있다."

“말씀하십시오, 폐하.”

에드먼드 2세는 명령을 내리기에 앞서, 사일런트 대원들의 얼굴을 하나하나 다시 살폈다. 굳게 입을 다문 채 꼿꼿이 서 있는 사일런트의 대원들을 보며 에드먼드 2세는 입을 열었다.

“패스파인더 남매를 죽여라.”

쿵!

그의 명령을 들은 사일런트의 대원들은 발을 굴러 땅을 울리고는 오른손을 가슴에 대고 군례를 올렸다.

에드먼드 2세가 내린 명령을 수행하기 위해 사일런트의 대원들은 작전을 짜기 시작했다. 언제나 침묵만을 유지하고 있던 대원들은 대륙 전도가 펼쳐진 대형 테이블 주위에 둘러서서 활발히 의견을 나누었다.

“우선은 두 사람과 관련된 정보부터 파악하도록. 앞에 놓인 파일들에 기록된 내용들을 숙지하라.”

아브르의 말에 대원들은 파일을 펼쳐 들고 읽어 나가기 시작했다. 꼼꼼히 파일을 읽는 대원들의 귀로 아브르의 목소리가 들렸다.

“우선 정정할 사항이 있다. 독토르 폰 패스파인더의 무력은 마스터에 근접이 아니라 마스터다.”

그 말을 들은 대원들의 시선이 모두 자기에게 향하자 아브르는 자신의 흉터를 가리켰다.

“이 흉터를 안겨준 장본인이 바로 그다. 물론 방심했던 문제도 있지만, 실력은 확실히 마스터다.”

"인간입니까? 마스터라는 것이 아예 불가능한 존재는 아닙니다만, 다른 학문까지 병용하면서 될 수 있는 경지는 아닙니다."

"인간은 맞다. 처음 만났을 때는 확실히 마스터는 아니었다. 실력이 좀 좋았을 뿐이지. 하지만 그 다음에는 마스터가 되어 있더군. 세칭 '천재'라고 불리는 부류일 것이다. 그러니 우리가 맡아야 할 일이지. 안 그런가?"

아브르의 물음에 사일런트의 대원들은 호승심에 불타며 살기 짙은 미소를 지었다. 자신감을 내비치는 대원들의 모습을 확인한 아브르는 지도를 살폈다.

"자~ 그럼, 어디가 좋을까?"

"패스파인더 시가 가장 좋지 않겠습니까? 본거지이니 오히려 안심을 해서 허술할 듯합니다."

"패스파인더 시는 아니라고 봅니다. 각국의 산업 스파이가 가장 많이 몰리는 곳이 패스파인더 시입니다. 경계가 허술할 틈이 없습니다."

"내 경험으로도 그렇다고 생각하네."

"그렇다면, 바이스란트는 어떻습니까?"

"카마인의 수도에서? 거기는 카마인의 황제가 버티고 앉아 있는 곳입니다. 경계 상태가 가장 높은 곳이란 말입니다."

"압니다. 하지만 바이스란트는 가장 크고 복잡한 도시지요. 경비가 튼튼하다고는 하지만 의외로 틈이 많습니다. 거기에 상원 의원이자, 과학 기술청 청장인 독토르는 또 다른 목표인 테레사 패스파인더를 비롯한 다른 가족들과 함께 매월 정기적으로 바이스란트에 옵니다. 그때가 기회입니다."

"자세히 말해보게."

아브르와 다른 대원들이 깊은 관심을 보이자 의견을 낸 대원이 자세히 설명을 하기 시작했다.

"방금 말했다시피 패스파인더 일가는 매월 정기적으로 바이스란트에 옵니다. 그때마다 많은 귀족들과 부호들이 그들을 파티에 초대하지요. 이때가 기회입니다. 바이스란트는 카마인의 황제가 거주하는 곳, 일개 귀족이 규모 이상의 호위를 둘 수가 없지요. 파티에 참가하기 위해 이동하는 두 목표를 노리면 됩니다."

"바이스란트에 침투하기가 그렇게 쉽지가 않습니다. 차라리 이동하는 도중을 노리는 것이 어떻습니까?"

다른 대원이 그의 의견을 반박하며 자신의 의견을 내놓자 아브르는 고개를 저었다.

"아니, 이동하는 도중을 노리는 것이 더 힘드네. 호위도 만만치 않게 붙을 것도 확실하고, 더욱이 그들이 타고 다니는 그 패스파인더 호가 제일 난관이야. 예전에 그 패스파인더 호를 공략하기 위해 나섰던 동료 중에 돌아온 이는 하나도 없었네. 영악한 저 둘은 아마도 우리가 도중에 습격하기를 바랄걸?"

"그렇다면, 결국은 바이스란트가 가장 적합한 곳이겠군요."

"다른 의견은 없나?"

아브르의 말에 대원들 사이에서는 몇 가지의 의견이 더 나왔고, 치열한 갑론을박 끝에 작전의 실행 장소가 결정되었다.

"좋다. 우리가 갈 곳은 바이스란트다."

포린트와 카마인 국경지대에 위치한 삼림지대. 일단의 엘프들이 숲 속 작은 공터에 모여 있었다. 나무들과 바위들을 의지해 몸을 숨긴 엘프들이 주변을 경계하는 가운데, 공터 한쪽 구석에서는 세 명의 엘프가 땅을 만지며 이야기를 나누고 있었다.

"인간들의 캠프 흔적입니다."

"근처 마을 주민들이 숲으로 들어온 기록이 있나?"

"3일 전 세 명이 들어왔습니다만, 훨씬 더 남쪽에서 확인되고 있습니다."

"사냥꾼들은?"

"서북쪽으로 3㎞ 떨어진 곳에 있습니다."

"군에서 훈련을 한 것이 아닐까요?"

"그랬다면 우리에게 통보가 왔겠지."

그렇게 대화를 나누는 가운데 엘프 하나가 야전삽으로 땅을 팠다. 땅속에 묻힌 재와 흙을 만져 보고 냄새를 맡아보던 엘프가 입을 열었다.

"불을 끈 지 얼마 지나지 않았습니다. 길어야 닷새 안짝입니다."

"규모는?"

"이곳과 다른 한 곳을 합쳐서 10여 명 내외."

"도대체 누가 지나간 것이냐······."

대화를 이끌어가던 엘프는 고심을 하기 시작했다. 옆에 서서 캠프의 흔적을 유심히 보던 엘프가 자신의 생각을 이야기했다.

"혹시 그놈들 아닐까요? 수련을 하던 우리 애들이 놓쳤던 그 인간들 말입니다."

"가능성은 높습니다. 규모도 비슷하고 말입니다."

재를 만지던 엘프도 그의 의견에 동의를 했고, 리더로 보이는 엘프 역시 고개를 끄덕였다. 리더는 뒷춤에 차고 있던 작은 배낭에서 소리 통을 꺼내 들었다. 소리 통을 입에 대고 한참을 불어댄 엘프는 잠시 후 고개를 끄덕이며 입을 열었다.

"다른 조에서도 수색에 들어갔다. 우리도 움직인다. 닷새라면 몇 군데 더 흔적이 있을 거야."

리더의 명령에 다른 두 엘프는 주변에서 경계를 서던 엘프들에게 수신호를 보냈다. 엘프들은 조용하고 빠르게 숲 속으로 녹아들어 가기 시작했다.

"선장님, 엘프들에게서 연락입니다. 상당수의 인간들이 국경을 통과한 흔적을 잡았다고 합니다."

여느 때처럼 업무를 보던 독토르는 테레사가 전해준 소식에 하던 일을 멈췄다.

"규모는?"

"10여 명 선이라고 합니다. 엘프들의 보고로는 이동 거리가 일반인들에 비해 한참 길고, 발자국의 흔적을 봐서는 적어도 엑스퍼트 중급 이상의 수련을 쌓고 특수전 교육을 받은 이들로 추정된다고 전해왔습니다."

"그럼 그놈들일까?"

"엘프들 역시 그렇게 추정하고 있습니다. 뒤처리 방식이 전에 쫓던 집단과 동일하답니다. 동일 집단이거나 같은 훈련을 받은 집단이라는 것이겠지요. 진행 방향과 정확한 규모는 지금 추적 중이라고 합니다."

"흐음."

테레사의 보고에 독토르는 옷걸이에 걸어둔 싸이 블레이드를 쓰다듬으며 생각에 빠져들었다.

"여기로 올까?"

"저라면 안 옵니다. 예전에 당했던 경험을 살릴 줄 아는 사람이라면 이곳이 얼마나 위험한 곳인지 잘 알 것입니다."

"알았어. 추가적인 정보가 들어오면 즉시 나에게 알려줘."

"알겠습니다."

그 뒤로 일주일 동안 엘프들의 추적은 답보 상태에 있었다. 의문의 집단은 언제나 엘프들보다 한 발자국 빨게 움직이고 있었고, 이에 엘프들은 휴식 중이던 엘프들까지 추적에 투입했다. 10일째 되던 날, 드디어 엘프들은 목표물을 잡았다.

"선장님, 그들이 드디어 잡았습니다."

"그래?"

PDA로 들어온 테레사의 연락에 독토르는 급히 패스파인더 호로 향했다. 독토르가 함교에 자리를 잡자, 테레사는 중앙 모니터에 정보를 출력했다.

"규모는 19명. 전원 남자. 이동 속도로 보아 전원 엑스퍼트 중급 이상. 무장한 것을 확인. 철저하게 제국민과의 접촉을 피하고 있음… 무장간첩이냐?"

"그냥 특수전 부대라고 부르시지요. 너무 선장님이 사시던 국가의 특색을 드러내지는 말아주십시오."

"그런데 엘프들은 각자 맡은 경계 지역이 있잖아. 보아하니 상당히 대규모로 쫓는 것 같은데 괜찮을까?"

"엘프들의 자존심이 걸린 문제니까요. 지난번에 놓친 것이 분했나 봅니다."

"문제는 저렇게 크게 움직이면 공식 라인으로 말이 올라간다는 거야."

"이미 공식 라인으로는 보고가 올라갔습니다."

"괜찮을까?"

"지난 습격 사건 때 이미 보고가 올라가지 않았습니까? 그 회의의 결과로 추적 담당이 수련 엘프들에서 성년이 된 엘프들로 격상이 되었고 말입니다. 이미 제국의 특수 기사단이 비상대기에 들어갔습니다."

테레사의 보고를 들으며 독토르는 모니터를 뚫어지게 쳐다봤다. 모니터에서 시선을 떼지 않은 채 독토르는 테레사에게 물었다.

"우리 특수 기사단이 저들을 막을 수 있을까?"

"만약 저들 가운데 마스터 급만 없다면 가능합니다. 하지만 저들 가운데 마스터가 있다면 힘듭니다. 카마인 제국 특수 기사단에는 아직 마스터가 없습니다. 지난 전쟁에서 사라진 마스터가 너무 많습니다."

"그렇지. 조금이라도 날뛰면 집중사격의 표적이 되었으니까. '마스터 무용론'이 나온 것도 그래서 그렇고."

"하지만 기간트의 조종이나 특수전에서 마스터의 존재 가치는 여전히 강하지요. 문제는 제아무리 카마인이라도 붕어빵 찍어내듯이 마스터를 찍어낼 수는 없다는 것이지요. 지금 예상으로 카마인이 예전만큼의 마스터를 보유하기 위해서는 적어도 70년이 더 소모됩니다."

"결론은 만약 저 안에 마스터가 섞여 있으면 내가 나서야 한다는 소리?"

"그럴 가능성이 가장 높지요. 다른 분들은 다 군 요직에 있어서 쉽게 움직이지 못하니 말입니다."

테레사의 대답에 독토르는 말없이 엘프들이 보내온 추적 경로를 바라봤다.

사흘 뒤, 테레사는 독토르에게 한 장의 몽타주를 내밀었다.

"엘프들이 보내준 저들의 몽타주 중 하나입니다. 선장님이 잘 아시는 얼굴이 들어 있군요."

독토르는 몽타주에 그려진 남자의 얼굴을 들여다보았다. 이마에서 시작해 얼굴을 가로지르는 흉터를 가진 남자의 몽타주에 시선을 고정시킨 독토르는 테레사에게 명령을 내렸다.

"위에 전해. 이번 일은 내가 하겠다고 말이야."

"알겠습니다."

독토르의 말이 테레사를 통해 전해지자마자 황제와 공작들은 발칵 뒤집혔다.

"이보게! 좀 참게! 그러다 자네에게 무슨 일이 생기면 제국은 큰일 나네!"

"꼭 제가 해야 할 일입니다!"

"제국에는 뛰어난 기사도 많은데 왜 자네가 나서야 하나!"

"그들을 잃어도 될 정도로 제국이 회복되지는 못했습니다."

"허어! 이 답답한 친구 좀 보게!"

통신구를 통해 나타난 노이만 공작은 독토르를 말리기 위해 애를 쓰고 있었다. 하지만 여전히 고집을 굽히지 않는 독토르를 본 노이만 공작은 가슴을 두들겼다.

"내가 가겠네! 가서 다시 이야기 좀 하세!"

"오시면 안 됩니다! 이곳은 보는 눈들이 많습니다. 아직 저들의 목표가 무엇인지도 모르는데 타초경사의 우를 범할 수는 없습니다."

"이보게!"

노이만 공작이 여전히 그를 만류했지만 독토르의 결정은 바뀌지 않았다. 그날 오후, 엘레판트가 독토르를 찾았다.

"자네, 또 사고 쳤다며?"

"사고는 아닙니다. 단지 해결해야 할 일이지요."

"자네가 칼질로 해결해야 할 일이 있었던가?"

"잊으셨습니까? 영주관까지 쳐들어왔던 놈들 말입니다."

"설마, 섀도우 나이츠?"

"맞습니다."

"확실한가?"

잔뜩 격앙된 목소리로 엘레판트가 묻자 독토르는 몽타주를 그에게 넘겼다.

"혹시나 해서 엘프들에게 부탁했습니다. 역시나더군요."

"그래서 나선 것인가?"

"그렇습니다. 아! 위에는 알리지 말아주십시오. 그 양반들 심장마비로 쓰러집니다."

그의 대답을 들으며 몽타주에 시선을 고정시키던 엘레판트가 독토르를 돌아봤다.

"나도 같이 가지."

"예?"

"내 선대와 이 섀도우 나이츠들과의 악연을 모르지는 않겠지? 나서야 한다면 자네가 아니라 내가 먼저 나서야 하네."

"은퇴가 오늘내일하시는 양반이… 참으시지요."

"걱정 마! 내가 무슨 몰트케 선배인 줄 아나! 내 뒤를 이을 놈도 하나 잘 키워놨으니까 이젠 과거의 인연을 정리해야지!"

"그동안 뜸하셨던 것이 그 이유였습니까?"

"지금 그게 문제가 아니지. 언제 이놈들을 잡으러 갈 것인가?"

당장이라도 나설 듯이 팔을 걷어붙이는 엘레판트를 본 독토르는 한숨을 내쉬었다.

"이들의 최종 목표가 확인되는 대로 움직일 것입니다."

"알았어! 나도 준비하지!"

엘레판트가 일으킨 바람이 가시고 나자 이번에는 또 다른 곳에서 바람이 몰아쳤다.

"야! 너, 또 사고 쳤다며?"

"무슨 소리야?"

난데없이 사무실로 들어선 아인이 보자마자 내던진 질문에 독토르
는 어리둥절한 표정을 지으며 되물었다. 그의 물음에 아인과 같이 온
쯔바이가 이유를 설명했다.

"어제 황제가 아버지한테 긴급 통신을 보냈어, 너를 말려 달라고. 제
국에 칼 쓰는 놈들도 많은데 왜 내가 나서려는 거야?"

"아주 온 동네방네 소문을 내라, 소문을."

쯔바이에게서 이유를 들은 독토르는 이를 부드득 갈면서 투덜거리
고는 아인들에게 이유를 설명했다.

"마지막 담금질을 해야 해."

그의 말에 아인들의 얼굴은 순식간에 굳어졌다.

"우리가 기억하기에 너와 척을 진 이들은 얼마 없는 것으로 아는데?
그리고 그들은 대다수가 이 세상 사람들이 아니고 말이야."

"아직 남아 있는 이도 있지."

독토르의 대답을 들은 아인들은 잠시 그들의 기억을 다시 한 번 되
짚었다. 더욱 굳어진 표정으로 아인이 다시 물었다.

"그놈들이냐?"

"응."

독토르의 대답이 나오자마자 아인이 결정을 내렸다.

"나도 간다."

"에!"

"형!"

"야!"

아인의 결정에 독토르를 비롯한 나머지 일당들은 기겁을 했지만, 아인의 결심은 흔들리지 않는 듯했다.

"그놈들이라면 나도 마지막 담금질을 해야 할 이유가 있지. 아니, 우리 종족 전체가 그 이유를 가지고 있을걸?"

"상대는 강하다."

"그래도 해야만 해."

독토르가 주의를 줬지만 아인의 표정은 전혀 흔들림이 없었다. 그러자 옆에 서 있던 쯔바이가 머리를 흔들며 고함을 쳤다.

"아우! 좀 알아먹게 이야기 좀 해! 도대체 무슨 이야기야!"

"새도우 나이츠!"

아인의 단 한 마디에 쯔바이들은 그대로 굳어버렸다. 떠듬거리는 목소리로 자이가 물었다.

"그놈들인 거냐?"

"맞아."

독토르가 다시 긍정을 하자 자이가 재차 질문을 했다.

"그때 다 죽은 것 아니었어? 그때 그놈들 어중이떠중이 다 긁어모은 놈들이었잖아? 그래서 그때 다 끝난 줄 알았는데?"

"도망간 놈이 있었잖아."

독토르를 대신해서 아인이 대답해 줬고, 그 대답을 들은 자이가 곧장 입을 열었다.

"나도 간다!"

“우리도 간다!”

자이를 비롯해 일당들이 모두 참가를 선언하자 가만히 보고만 있던 테레사가 경고를 했다.

“만만한 상대가 아닙니다.”

“그래서 더욱 우리가 가야 해. 우리는 그나마 그놈들하고 붙은 경험이 있어서 괜찮지만, 다른 놈들은 잘 모르잖아.”

테레사의 경고에 쯔바이가 자신들이 가야 할 이유를 설명했고, 이유를 들은 테레사는 조용히 독토르를 쳐다봤다. 테레사가 부정을 하지 않자 독토르는 고개를 끄덕였다.

“좋아, 준비해.”

“좋았어!”

독토르의 말이 떨어지자마자 아인들은 환호했다. 하지만 이어진 테레사의 말에 환호는 절망으로 바뀌었다.

“우선 수련부터 하셔야겠습니다.”

“왜?”

“그 이유는 옆구리에서 출렁거리는 살들에게 물어보십시오.”

“우리도 참가하겠네.”

“이유가 무엇입니까?”

아인들이 참가를 선언한 다음날, 난데없이 찾아온 아다눈의 폭탄선언에 독토르는 좌절 마크를 취하며 이유를 물었다.

“두 가지가 있네. 하나는 우리도 그 작자들과 악연이 좀 있었고, 또 다른 하나는 드워프들이 잘났다고 설치는 꼴이 눈에 거슬려.”

"죽을지도 모르는 일입니다. 자존심으로 결정하기엔 위험도가 큽니다."

"때로는 자존심을 위해 목숨을 걸어야 할 일도 있네. 드워프들 6명이 간다 하니 우리도 나를 포함해 6명이 나서지."

"좋으실 대로……."

"알았네."

독토르의 승낙을 들은 아다눈이 돌아가자, 독토르는 테레사를 보면서 투덜거렸다.

"사흘만 더 지나면 온 제국이 다 알겠다."

"가능성이 0%는 아니군요."

"하아~"

"너무 한숨만 쉬지는 마시지요. 오히려 좋을 수도 있습니다. 잘 모르는 특수 기사단보다는 잘 아는 이들과 호흡을 맞출 수 있지 않습니까? 백업으로 특수 기사단의 지원이 있으니 매우 유리한 상황입니다."

"하아~"

테레사의 말에도 불구하고 독토르는 한숨만을 내쉬었다. 한참을 한숨만 내쉬던 독토르는 테레사에게 물었다.

"몇 대 몇이냐?"

"19:14입니다. 저를 뺀 수치입니다. 남은 돌들을 모두 전투용으로 튜닝하겠습니다."

"알았어."

독토르는 지친 얼굴로 테레사의 제안을 수용했다.

그날 저녁, 독토르는 몰트케 후작이 찾는다는 전언에 통신실로 향했
다.

"안녕하십니까?"

"그런 사고를 치고서도 그 말이 나오나?"

까칠한 대답에 독토르는 머리를 긁적였다. 그런 독토르의 모습을 보
면서 몰트케는 혀를 찼다.

"공주님은 어떠신가?"

"머리 싸매고 누워 있습니다."

"쯧쯧쯧."

몰트케는 다시 혀를 찼고, 독토르는 계속 머리만을 긁적였다.

"소식 들었네. 드워프들하고 엘프들도 가세한다며?"

"그렇습니다."

"모두 몇 명인가?"

"12명입니다."

"거기에 나이 생각 안 하는 철부지 두 명까지 하면 14인가?"

"그렇습니다."

"그럼 거기에 넷을 더하게."

"네?"

몰트케의 말을 제대로 이해하지 못한 독토르가 헤매는 모습을 보이
자, 몰트케 후작이 이유를 설명했다.

"새도우 나이츠라며?"

"어떻게 아셨습니까?"

"어떤 철부지 하나를 땀나게 굴리니 불더군. 대륙 역사에 강자로 소

문난 이들과 싸울 수 있는 마지막 기회일지도 모르는데 어떻게 이런 호기를 놓칠 수가 있겠나?"

"설마 후작님도?"

"맞네. 나하고 크리안하고 황실 제1기사단장과 기간트 부대장하고 넷일세. 나한테 들어온 정보로는 모레 정도면 그 친구들의 예상 진로가 잡힐 것 같으니까 모레 아침까지 그곳으로 감세."

"…알겠습니다."

통신이 끝나자 독토르는 옆에 있던 테레사에게 한숨을 쉬며 입을 열었다.

"하아~ 테레사."

"예."

"보라순이 하나만 준비해라. 다이다이를 원하시는 것 같으니 맞춰 드려야지."

"알겠습니다."

[재기동 22,380일. 바보들이 모이다. 이번에도 패스파인더 호에 설치된 레일 건은 쓸 일이 없겠다.]

사흘 뒤, 패스파인더 시의 영주관에 엘프와 드워프들이 모이기 시작했다. 회의실에 엘프들과 드워프들, 그리고 몰트케 일행과 엘레판트가 자리를 잡자 독토르와 테레사, 보라색의 투구와 보라색의 흉갑을 걸친 돌이 들어섰다.

"안녕하십니까?"

독토르가 가볍게 목례를 하자 회의실에 모인 이들도 다 같이 답례를 했다.

"여기 모이신 분들은 왜 여기에 모이셨는지 다 아실 것입니다. 우선은 서로 인사나 나누시지요."

독토르의 말에 참석자들은 다들 인사를 나누었고, 그러는 가운데 몰트케는 보라색으로 휘감은 돌에게 주의를 기울였다.

"그 아가씨는 누구신가?"

"아, 이번에 저를 도와주실 분입니다. 예전에 섀도우 나이츠가 이곳을 공격할 때도 도와주셨고, 제 여동생이 봉변당했을 때도 도움을 주신 분입니다."

"아! 그러신가!"

독토르의 소개가 끝나자마자 몰트케는 매우 반갑다는 듯이 자리에서 일어나 돌에게로 달려왔다. 오랜 친구를 만난 것처럼 반갑게 인사를 한 몰트케는 눈을 반짝이며 입을 열었다.

"자네! 혹시 군에 들어올 생각 없나?"

"아직은 없습니다."

돌의 대답에도 몰트케는 몇 번이나 더 권유를 했고, 계속되는 거절을 당하고 나서야 아쉽다는 듯이 입맛을 다시며 자리에 앉았다. 짧은 소동이 가라앉자 테레사가 회의를 시작했다.

"여기에 계신 분들께서도 다 아시고 계시겠지만, 현재 제국 내부에 섀도우 나이츠가 침투해 들어와 있습니다. 18일 전에 국경을 순찰하던 엘프들이 그들의 흔적을 발견했고, 그들을 추적하던 중에 그들이 섀도우 나이츠라는 것까지 확인할 수 있었습니다. 현재 저들의 예상 목적지는 황도 바이스란트입니다.”

“그럼 그들의 목표는 무엇인가?”

“암살이 제일 유력합니다. 19명으로 황도에서 할 수 있는 일은 매우 제한되어 있습니다.”

“그렇다면 암살 표적은? 역시 폐하신가?”

설명을 듣던 몰트케의 질문에 테레사는 고개를 저었다.

“아니라고 보입니다.”

“그럼 누구인가?”

“오라버니와 저입니다.”

그녀의 말에 회의실의 분위기는 무겁게 가라앉았다. 몰트케가 진지한 목소리로 입을 열었다.

“이유를 설명해 주게.”

“폐하와 세 분의 공작 각하들의 가치가 크기는 합니다만, 지금 그분들에게 위해를 가함으로써 이익을 얻을 나라는 없습니다. 포린트는 아직도 회복 중이고, 크레티스도 전력 차를 극복하지 못한 상태입니다. 물론 유고 직후에 기습적인 작전을 벌인다면 효과가 있을 수 있습니다. 하지만 아무리 기습을 한다 해도 그 준비는 필요한 법이고, 그 과정에서 상당 부분 미리 감지가 됩니다. 혹시 이에 관한 첩보를 입수하신 적이 있으십니까?”

“아직 없네.”

“알겠습니다. 그런 이유로 바이스란트에 계시는 최고위층 세 분은 우선순위에서 순위를 낮추었습니다. 같은 방식으로 우선순위를 놓고 검색을 해본 결과 저희 남매가 남은 것입니다.”

“자네들에게 일이 생긴다 해도 전쟁이 나지는 않아.”

“물론입니다. 하지만 다른 문제가 생깁니다. 솔직히 말씀드려서 이 영지의 성과는 오라버니 당대에 만들어진 것입니다. 만약 오라버니가 돌아가신다면 영지에 있는 여러 인재들이 다른 국가들의 유혹에 넘어갈 확률이 높아집니다. 그리고…….”

테레사의 설명은 그 뒤로 계속 이어졌고, 설명이 끝나자 회의실에 모인 이들은 테레사가 말한 근거를 납득할 수가 있었다. 설명을 들은 몰트케가 독토르를 쳐다봤다.

“그렇다면 더욱 자네는 여기에 있어야 하는 것 아닌가? 나섰다가 일이 생기면 문제만 커지네.”

“각오는 하고 있습니다. 제가 나서지 않는다면 저들은 다시 숨어들 가능성이 높습니다. 그렇다면 나중에 더 큰 문제를 가져올 수도 있습니다.”

“그래도 더 큰 것을 봐야 하지 않나?”

“제가 관련된 문제에서 뒤로 물러설 수는 없습니다.”

독토르의 굳은 다짐에 몰트케는 혀만 찼다.

“허참! 그 사람 고집하고는!”

계속해서 몰트케가 혀만 차자, 엘레판트가 대신 나섰다.

“그렇다면 저들을 요격할 곳은 어디인가?”

그의 질문에 테레사는 벽에 걸린 지도의 한곳을 가리켰다.

“바로 이 계곡입니다. 바이스란트 서남쪽 30㎞ 지점이며, 현재는 거의 사용을 하지 않는 길입니다. 현재 섀도우 나이츠들이 이동하는 진로가 이 계곡을 통과할 것으로 보입니다. 따라서 이 계곡에서 저들을

맞이합니다. 만약을 대비해 바이스란트로 향하는 출구에는 제국 특수
기사단을 배치하고, 추적을 계속하는 엘프들은 상황이 종료될 때까지
그들의 뒤를 추적합니다.”

“그럼 작전의 실행은 언제인가?”

“내일 출발합니다. 돌발 변수가 없다면 일주일 후 이 계곡에서 저들
을 만날 것입니다.”

“이의있으십니까?”

테레사의 말이 끝나고 독토르가 묻자 아무도 반론을 제기하지 않았
다.

“그럼, 내일 출발합니다.”

일주일 뒤, 사일런트의 대원들은 아브르의 뒤를 따라 빠르게 이동하
고 있었다. 계곡을 눈앞에 두고 아브르는 대원들을 멈춰 세웠다.

“잠시 쉰다. 저 계곡만 통과하여 반나절만 더 가면 바이스란트다.
이제부터는 적들의 경계도 심해지니 각자 자신들의 장비를 점검하
라.”

아브르의 말에 대원들은 편히 앉아서 자신들의 장비를 점검하고는
물을 마시거나 가볍게 다리를 마사지했다. 10분 정도 휴식을 취한 아
브르는 손을 들었다.

“가자.”

대원들은 아브르의 뒤를 따라 계곡 안으로 들어서기 시작했다. 거리
를 두고 그 뒤를 쫓던 엘프들은 그 광경을 보고는 품에서 소리통을 꺼
내 불었다.

계곡에 들어선 아브르는 눈앞에 버티고 선 패스파인더 호를 발견하고는 대원들을 정지시켰다. 그들이 멈추자 패스파인더 호에서 독토르 일행들이 밖으로 나와 그들과 마주했다.

"기다리고 있었던 것인가?"

혼잣말을 중얼거리며 아브르는 앞을 막아선 이들을 죽 훑어보았다.

"몰트케와 엘레판트라… 쟁쟁한 분들이 납시셨군. 다 합쳐서 19인가? 훗!"

일행들의 머릿수를 헤아린 아브르는 피식 웃고는 뒤에 서 있는 자신의 대원들을 향해 입을 열었다.

"19:19다. 정성껏 준비를 해주었으니 우리도 사양할 필요는 없겠지? 어차피 가장 중요한 목표물도 저기 있다. 잘되었다는 생각 안 드나?"

아브르의 물음에 대원들은 조용히 고개만 끄덕였다. 아브르는 등에 멘 배낭을 땅에 내려놓았다.

"준비해라."

그의 말에 대원들 역시 배낭을 내려놓고는 한 손에는 검을, 다른 손에는 권총을 꺼내 들었다. 맞은편의 상대들도 비슷하게 준비를 한 것을 본 아브르가 크게 외쳤다.

"쳐라!"

계곡 중앙에서 양쪽은 정면으로 충돌했다. 계곡 여기저기에 쓰러진

나무들과 바위들을 이용하여 양쪽은 몸을 숨기거나 상대의 뒤로 돌면서 매서운 공수를 교환했다.

탕! 탕! 탕!

찡! 찌징!

"이크!"

사일런트 대원이 가한 총격을 피해 바위 뒤로 숨은 엘프 하나가 잽싸게 옆으로 돌면서 빠르게 움직이는 사일런트 대원들을 향해 방아쇠를 당겼다.

탕! 탕!

"크윽!"

"좋았……."

자신의 사격에 사일런트 대원이 절명하는 것을 확인한 엘프는 재빨리 자리를 옮기려 했지만, 어느새 뒤로 돌아온 또 다른 사일런트 대원의 총에 목숨을 잃었다.

서걱!

"크악!"

탕!

또 다른 곳에서는 검을 휘둘러 드워프의 목숨을 취한 사일런트 대원이 또 다른 엘프의 총격으로 목숨을 잃고 있었다. 독토르 역시 방아쇠를 당기며 칼을 휘둘렀고, 테레사의 돌이 그의 등 뒤를 보호하며 전투를 벌였다.

한차례의 교전이 끝나고 양쪽은 뒤로 물러섰다. 거칠게 숨을 쉬던 독토르가 호흡을 조절하면서 상황을 파악했다.

"상황은?"

"풀턴과 마이네가 중상. 융게는 사망."

아인이 적들을 노려보면서 보고했고, 그 뒤를 이어 아다눈이 받았다.

"우리는 나와 재마나, 울라만이 남았네."

"나와 몰트케 선배는 무사, 크리안은 한쪽 팔을 당했고, 나머지 둘은 갔고."

"10:10인가……."

남은 자들의 수를 비교하던 독토르는 맞은편에서 호흡을 조절하고 있는 아브르를 향해 고함을 쳤다.

"이봐! 이젠 권총이 필요없겠지?"

그의 말에 아브르도 대답했다.

"그렇군! 이제는 칼로 승부를 볼까? 총은 영 마음에 들지 않는군."

아브르의 말이 끝나자마자 독토르는 손에 쥔 권총을 아브르에게 집어 던지며 내달렸다.

"가자!"

"우오!"

다시 재개된 전투는 아까보다 더욱 격렬했다. 교전 거리가 좁아진 양측은 바싹 붙어서 서로에게 검을 휘둘렀다.

푹!

"크악!"

푹!

"컥!"

서걱!

계곡의 절벽을 타고 돌아온 엘프 하나가 사일런트 대원의 등을 찔렀다. 등을 찔린 사일런트 대원이 비명을 지르는 순간, 다른 대원의 검이 엘프의 심장을 찔렀다. 그와 동시에 달려든 자이의 도끼에 엘프를 찌른 대원의 목이 잘려 나갔다. 허공을 날아 공격한 자이가 땅에 닿는 순간, 다른 사일런트 대원의 칼이 그에게 휘둘러지자 자이는 몸을 굴려 공격을 피했다. 그렇게 양쪽은 끊임없이 상대의 목숨을 취하기 위해 움직였다.

한바탕의 이전투구가 끝나자 사일런트에서는 아브르만이 남아 있었다. 독토르는 잠시 일행을 살폈다. 엘프들 가운데에서는 아다눈만이 살아남았고, 드워프 중에서는 아인만이 멀쩡히 서 있고, 첫 교전에서 살아남은 나머지는 어디 한 군데씩 부상을 입고 땅에 주저앉아 있었다. 엘레판트가 크리안의 상처를 돌보는 가운데 몰트케가 독토르의 옆으로 걸어왔다.

"3:1인가?"

"그런 셈이군요."

"이봐! 독토르! 끝을 봐야지?"

잠시 호흡을 정리한 아브르가 검을 들어올리자 몰트케가 독토르를 잡았다.

"내가 나가지. 자네가 다치면 내 목이 위험해."

그렇게 독토르를 뒤로 뺀 몰트케가 앞으로 나가려 하자, 이번에는 독토르가 몰트케를 잡았다.

"참으시지요. 영감님 두 분 중에 한 분이라도 다치면 폐하와 공작 각하들한테 제가 무슨 욕을 먹을지 잘 아시지 않습니까?"

"양보 좀 하지?"

"연세를 생각하시지요."

그렇게 몰트케를 잡아끌던 독토르는 옆에 서 있던 돌을 향해 고갯짓을 했다. 그의 신호를 본 돌이 앞으로 나가자 몰트케가 혀를 찼다.

"에잉~! 여자에게 일을 떠넘기나?"

"실력이 제일 확실하니까요."

"차라리 자네가 나서지!"

"저는 소중하니까요."

"지랄"

가쁜 호흡을 조절하면서 전의를 불사르던 아브르는 돌이 앞으로 나서자 허탈한 표정을 짓다가 분노의 표정으로 바뀌었다.

"이놈! 독토르! 내가 그리 쉬워 보였더냐!"

아브르의 외침에 독토르는 자신의 귀를 후비며 심드렁하게 대꾸했다.

"그 친구부터 이기고 나서 따지시게나!"

"이 기사의 자존심도 없는 놈!"

"난 기사 아닌데?"

"으아!"

독토르의 이죽거림에 이성을 잃은 아브르가 독토르를 향해 달려들자 돌이 그의 앞을 재빨리 막아섰다.

"비켜라!"

챙! 챙! 챙! 찌잉!

아브르는 거칠게 검을 휘둘렀지만, 돌은 그의 공격을 받아넘기며 역습을 취했다. 돌의 역습에 아브르는 급히 정신을 차리고는 신중하게 돌을 공격하기 시작했다. 한편, 독토르는 뒤로 물러나 다친 일행들의 부상을 치료하기 시작했다.

"저 아가씨, 괜찮겠나?"

"괜찮을 겁니다."

돌과 아브르의 검투를 보면서 몰트케가 걱정스런 목소리로 물었지만, 독토르는 여전히 태평한 목소리로 대답을 했다.

'내가 134전 130패 4무의 성적을 기록하게 만든 돌인데 질 리가 없지. 그리고 졌다간 테레사 성격에 저 친구 벌집이 되어버릴걸?'

'어디서 이런 강자가!'

돌과 공수를 교환하면서 아브르는 속으로 비명을 질러댔다. 대륙에서 알아주는 강자인 자신의 검이 계속해서 막히고 있었다. 상대는 자신보다 한발 앞서 진로를 막았고, 조금의 틈도 주지 않고 역습을 걸어왔다.

창!

크게 검격을 교환한 아브르는 뒤로 물러서 돌에게 물었다.

“너는 누구냐? 난 너같이 강한 여검사에 대해 들어본 적이 없다.”

“글쎄요. 나는 누굴까나?”

“나를 우롱하는 거냐?”

“뭐, 사용자의 성격을 닮아가는군요. 아, 사용자가 내 성격을 닮아가
는 건가?”

“사용자?”

난데없이 튀어나온 ‘사용자’라는 단어에 아브르가 의아해하자, 테
레사는 얼굴을 가린 투구의 스위치를 눌렀다. 얼굴 가리개가 위로 올
라가고 투구 속의 얼굴이 드러나자 아브르의 눈이 한껏 커졌다.

“넌?”

“거기까지!”

푹!

“크윽! 어떻게 이렇게 빨리······.”

“투구에 뿔 하나 붙이면 되지요.”

방금 전에 비해 더욱 빠른 기습에 심장을 찔린 아브르가 최후로 묻
자, 돌은 그렇게 답하며 검을 뽑았다. 숨이 멈춘 아브르가 땅에 쓰러지
자 돌은 얼굴 가리개를 밑으로 내리며 뒤돌아섰다.

“악당 두목의 최후는 언제나 허망하군.”

한편, 마지막 공격을 본 몰트케는 독토르를 붙잡고 질문을 해댔
다.

“방금 봤나? 봤어?”

“예, 봤습니다.”

"세상에 저렇게나 빠르다니!"

"그래서 제가 믿고 맡긴 것이지요."

"믿을 수 없어! 숙련된 마스터보다 최소한 세 배는 빠른 속도야!"

잔뜩 흥분해서 소리치는 몰트케를 뇌두고 독토르는 부상자를 나르기 시작했다.

'그래서 뿔을 붙인 것이냐!'

패스파인더 호에 부상자와 사망자를 싣고 바이스란트로 들어선 독토르 일행은 커다란 환영을 받았다. 대륙 역사에 한 페이지를 당당히 장식하는 '섀도우 나이츠' 를 쓰러뜨린 영웅들을 환영하기 위해 황제가 직접 나섰고, 목숨을 잃은 이들을 위한 장례식이 정중하게 치러졌다. 영웅담의 주인공이 되고 싶은 소년, 소녀들이 다시금 기사 학교와 군사 학교로 몰려들었고, 일행들을 주인공으로 한 '기사문학 소설' 들이 날개 돋힌 듯이 팔려 나갔다. 특히 마지막까지 밝혀지지 않은 '보라색의 여기사' 는 소설들의 단골 소재가 되어버렸다.

"하아~"

살롱의 사무실에 앉은 에리나는 한숨을 쉬었다. 그녀의 살롱은 여전히 성업 중이었지만, 그녀가 애써 만들어놓은 정치 조직은 지난 테러로 분해가 되어버렸다. 반대로 그녀의 커지는 좌절감은 독토르에 대한 증오심만을 키워갔다. 그녀는 술잔을 비우며 손에 들린 칼로 독토르의 초상화를 찔러댔다.

"너는 꼭 죽이고야 만다."

똑똑.

"들어와."

문을 두들기는 노크 소리에 에리나는 서둘러 초상화를 숨겼다. 옷매무새를 정리한 에리나가 입을 열자, 문이 열리며 집사가 들어왔다.

"무슨 일이지?"

"카타츠님의 자제 분이 초대장을 가져다주셨습니다."

"그래?"

집사의 말에 에리나는 크게 미소를 지으며 쟁반에 놓인 편지 봉투를 손에 쥐었다. 조심스럽게 봉투 속의 초대장을 확인한 에리나는 집사에게 물었다.

"모레 있을 이 파티에 독토르 폰 패스파인더 자작이 참석하는 것이 확실한가?"

"그렇습니다."

"알았어. 나가 봐."

집사가 문을 닫고 나가자 에리나는 작게 웃음을 터뜨리기 시작했다. 초대장의 내용을 다시 확인한 에리나의 웃음소리가 조금씩 더 커졌고, 에리나는 옷장의 문을 열고는 드레스를 찾기 시작했다. 원하던 드레스를 찾은 에리나는 서둘러 드레스를 갈아입었다. 화려한 붉은빛의 가슴을 강조한 드레스를 입은 에리나는 거울 앞에 서서 이리저리 자신의 모습을 살피기 시작했다. 잠시 몸을 비틀며 옷 태를 살피던 에리나는 다소곳하게 서서 허리를 굽히며 정중하게 예를 취하기 시작했다. 한 손을 가슴에 대고 다른 손으로 드레스 자락을 잡은 채 허리를 굽힌 에리나는 허리를 피면서 가슴에 댄 손을 빠르게 앞으로 향했고, 그 손에는 가슴에서 꺼낸 작은 권총이 들어 있었다.

찰칵!

거울을 향해 방아쇠를 당긴 에리나는 짙은 미소를 지었다.

"독토르 폰 패스파인더, 모레 파티에서 봅시다. 서로 마지막이겠지만……."

옷을 갈아입은 에리나는 권총에 총알을 장전해 드레스의 비밀 주머니에 집어넣었다. 작업을 끝낸 에리나는 창밖에 있는 고양이를 보며 미소를 지었다.

"고양이야, 고양이야. 모레는 세상이 발칵 뒤집힐 거란다. 재미있겠지?"

"이젠 처리할 때가 되었군."

고양이가 가져온 정보를 확인한 테레사는 담담하게 결론을 내렸다.

"역시 사후 결재가 제일 속 편하겠지?"

미리 이야기를 하면 말이 길어질 것이 확실한 자신의 선장을 떠올리며 테레사는 한숨을 쉬었다.

다음날 해가 질 무렵, 영업 준비를 마치고 사무실로 올라온 에리나는 습관적으로 창밖을 살폈다. 언제나처럼 같은 시간에 같은 자리에 있는 고양이를 보며 미소를 짓던 에리나의 눈이 갑자기 크게 떠졌다. 고양이의 옆에는 꿈에도 잊지 못할 사람이 서 있었다.

"너! 너는!"

챙강!

　　보라색의 옷을 입은 여기사를 확인한 에리나는 급히 몸을 돌렸지만, 날카로운 파열음과 함께 유리가 깨지며 뜨거운 것이 그녀의 뺨을 스치고 지나갔다. 에리나는 천천히 몸을 다시 돌려 여기사를 쳐다봤다. 여기사는 오른손 검지를 좌우로 흔들며 그녀를 바라보고 있었다. 에리나는 떨리는 몸을 억지로 가누며 여기사를 똑바로 쳐다봤다. 여기사 역시 그녀를 보면서 투구 옆으로 손가락을 갖다 댔다. 그러자 투구의 얼굴 가리개가 열리고 여기사의 얼굴을 본 에리나는 경악을 했다.

　　"넌! 테레사 패스파인더! 설마!"

　　손으로 입을 가린 채 바들바들 떨던 에리나는 테레사가 무어라 말하는 것을 보고는 따라 했다.

　　"이젠 안녕?"

　　챙강!

　　유리를 깨뜨리며 날아든 탄환은 에리나의 미간을 꿰뚫었고, 에리나는 바닥에 쓰러졌다. 에리나의 사망을 확인한 테레사는 자신의 옆에 앉아 있는 고양이를 부드럽게 쓰다듬었다.

　　"이제 돌아갈까?"

『독토르』終

[맺음말]

어렵사리 또 하나의 이야기가 끝이 났습니다. 언제나처럼 시원섭섭하군요.

이번 이야기를 쓰면서 참 많은 일을 겪었습니다. 개인적인 일도 있고, 좀 공적인 일도 있었지요. 나름대로 사회에 대해 실망을 한 일도 있었습니다.

매번 이야기를 풀어갈 때마다 저는 꿈을 꿉니다. 제가 주인공이 되어서 이야기를 풀어가는 꿈도 있고, 거대화한 담당자님 앞에 무릎 꿇고 워드를 치는 꿈도 꾸었었지요(죄송함다!).

언제나 전 제 글의 주인공들을 좋아합니다만, 이번 글에서는 특히 그랬습니다. 다 저의 한 조각 같은 이들이지요.

저는 이제 다시 꿈을 꾸러 갑니다. 길몽이 될지 악몽이 될지는 모르겠지만 여러분들이 즐거워하셨으면 합니다.

그럼 언제나 행복하세요.